魅丽文化　桃天工作室

反差人设

//// 吕天逸 / 著 ////

百花洲文艺出版社
BAIHUAZHOU LITERATURE AND ART PRESS

图书在版编目（CIP）数据

反差人设 / 吕天逸著 . — 南昌：百花洲文艺出版
社，2021.3
ISBN 978-7-5500-4087-8

Ⅰ.①反… Ⅱ.①吕… Ⅲ.①长篇小说－中国－当代
Ⅳ.① I247.5

中国版本图书馆 CIP 数据核字（2021）第 013546 号

反差人设
FANCHA RENSHE
吕天逸 著

责任编辑	蔡央扬
特约编辑	刘思月　曾桦
装帧设计	黄　梅
封面绘制	游　元
出版发行	百花洲文艺出版社
社　　址	南昌市红谷滩区世贸路 898 号博能中心 A 座 20 楼
邮　　编	330038
经　　销	全国新华书店
印　　刷	湖南凌宇纸品有限公司
开　　本	880mm×1230mm　1/32　印张 9.25
版　　次	2021 年 4 月第 1 版第 1 次印刷
字　　数	218 千字
书　　号	ISBN 978-7-5500-4087-8
定　　价	42.80 元

赣版权登字：05-2021-98

网址 http://www.bhzwy.com
图书若有印装错误，影响阅读，可向承印厂联系调换。

目录

C
O
N
T
E
N
T
S

第 一 章
从一场真人秀说起

傍晚高峰时段，车流沿着人行道缓慢地流淌。

业内泰斗级导演陈靖安新作今日开机，叶辰作为男二号出席新闻发布会，这会儿刚从会场出来，现在人已经在回家路上，坐的是剧组安排的车。他被片刻前劈头盖脸的闪光灯照得够呛，神色疲惫。他扯过一条毯子盖在身上，准备假寐片刻养养神。

见叶辰合眼，司机立即关了音响、调高暖风、降低遮阳帘，被手套包裹的五指如弹奏乐器般翻飞在光洁锃亮的按键与旋钮上方。不止司机，这辆车内的一切都散发着"为您提供至臻服务"的气息：座椅皮革触感之细腻不逊于婴儿的脸蛋儿，内里填充物软硬适中，完美契合人体曲线，昂贵的冷香若有似无地弥漫在鼻端。

叶辰假寐几分钟，缓过神来，摸出手机欠了欠身："请问有数据线吗？"

"有。"司机目光扫过后视镜，指了指插口的位置，"在您右手边的储物格里。"

"谢谢。"叶辰礼貌地一笑。

他一笑，司机便忍不住又扫了一眼后视镜。

即便在娱乐圈，叶辰的颜值也是在金字塔顶端那一小撮里。他今年刚满十九岁，五官清灵俊秀，眉眼精巧得好似极细的小狼毫蘸着松烟墨一丝丝地勾勒出来的，量身定制的礼服将他残存着少年感的腰身掐得极窄，深色面料则将他的皮肤衬得格外白。

昂贵的织物与奢华的豪车堆砌成一座纸醉金迷的堡垒，将这瓷器般脆弱骄矜的美少年团团包围，悉心呵护，叶辰坐在这里，连毛孔都灌满了金钱因子。

叶辰给手机充上电，问："还有数据线吗？"

"有的。"司机忙不迭地递去一根。

"谢谢。"叶辰不知从哪摸出一个充电宝，也给充上了。

随即，他再次打开后排中控台的储物格，储物格中齐整地摆着一摞纸巾，他掂量着捏走薄薄的一沓，悄悄地揣进礼服口袋。

司机专注于路况，没留意后排的动静。

叶辰便又捏走一沓纸巾，揣进口袋。

他又捏走一沓。

又……

最后，储物格里只剩下两张纸巾，是叶辰给下一位艺人预留以应付突发事件的，比如流鼻血、打喷嚏……

叶辰拍拍礼服长裤两侧鼓鼓囊囊的口袋，心里微微踏实，并按照流程在心中进行感谢——感谢剧组的纸巾和电，我一定全力以赴，好好拍戏！

轿车转入胡同，停在一扇大气的朱红院门前，门后是一座四合院。

叶辰取下充电宝和手机，揣着一口袋纸巾，反手拿起一瓶纯净水下了车，微微躬身，礼貌地向司机点头致谢："麻烦您了。"

司机没注意叶辰那些抠抠搜搜的小动作，受宠若惊，忙道"不客气"。

院门没锁，叶辰推门而入。

这座四合院占地面积有六百平方米，其中一百多平方米是花园，满院雕梁画栋、浮翠流丹，装修得好似故宫。四合院位置好，京海二环以内，房产证、土地证上都是叶辰的名字，是他前段时间全款购置的，不存在纠纷隐患，转手卖不到一亿都算亏。

叶辰穿过垂花门与庭院，走进正房。

房内的装修与大气的建筑外观不太相符，由于年头久远，屋里的一切都相当陈旧、老气：地板浮凸变形，墙上散布着成分不明的斑驳痕迹，大衣柜掉漆掉得像匹脱毛的老马，雕着龙纹的红木床头上还残留着菜刀劈砍的痕迹，也不知之前住在这里的夫妻有过怎样激烈的家庭矛盾。

叶辰掏出裤子口袋里的两大撮纸巾，拉开抽屉放进去。这个大号抽屉是专门用来存放卫生用品的，里面散落着一些纸巾包，上面印着各种各样的标志，什么钱塘人家、云成渔港、登瀛花园酒店……还有几卷大小不一、纸质不同的卷纸，似乎是从不同的酒店客房带回来的。

——叶辰这明星当得只是表面光鲜，实则穷得能惊动全世界，最近一个月，他的可支配收入不足五百元，是当之无愧的贫困人口。

放好今日的纸巾战利品后，叶辰从床下拖出一个老式木箱打开。木箱中整齐地放着两撮国际一线品牌服装，还放着些腕表、腰带、墨镜、钱夹之类的小物件——都是奢侈品。他脱下昂贵的定制礼服叠好，放进木箱，把木箱锁起来，推回床底。

这是因为他信不过大衣柜，大衣柜里有一块挡板被耗子嗑出洞了，他怕自己仅剩的一箱好衣服被耗子糟蹋。要是那样的话，他就得穿地摊货了。

收好礼服，叶辰直起身，身上只剩一条式样朴素的内裤。

内裤是从夜市淘的，五元一条，被叶辰砍到十元三条，有那么一点可以原谅的掉色。

褪去锦衣华服的叶辰仍旧惹眼，他身形清瘦，但不羸弱，腹部与胸口覆着恰到好处的肌肉，小腿与脚踝纤细，却也不乏雄性的力量感，皮肤白璧般光洁温润。他拉开大衣柜，套上一条松松垮垮的跨栏背心、一条粗布长裤、一件脏兮兮的夹克，以及一双草绿的胶鞋。

随即，"画风"突变的叶辰操起立在墙角的锄头往肩上一扛，拿起桌上的剧本走出正房，穿庭过院踏上垂花门后的游廊，用一种仿佛在跳房子的奇怪步法在游廊上蹦跳着行走，并默念着步数。

……五步，六步，七步。

第七步踏定的一瞬，叶辰周遭的游廊、庭院皆如幻影般消散，一片广袤无垠的平原徐徐铺展开来。

平原上的苍穹剔透如晶石，西沉的太阳在远山之巅露出余烬般暗淡的一角，与它相近的八轮月亮如一幅月相变化示意图般排列在天空的幕布上，大小各异且分别呈现出绯红、珠白、嫩黄等颜色，大地被交错的月光勾勒出温柔而清晰的轮廓。

严格来说，这不是月亮……它们其实是洪荒时期被古神后羿射残的八个太阳。

叶辰四下张望，呼喊道："奇奇？吼吼？玄玄？"

无人回应。

叶辰皱了皱眉，朝离他不远的一片菜地走去。

菜地面积不大，就是寻常农家小院的规模，地里种着白菜、番茄、红薯……总计七八样蔬菜与水果——有些刚出苗，有些已经结果了。这些农作物是整片平原中除叶辰和神兽之外仅有的生命，别处是寸草不生的模样。

泥土湿润，说明不久之前这里下过雨，农作物不用浇水。叶辰琢磨了一下目前菜地的配置，准备今天加种两排韭菜，等韭菜长成，好包饺子吃。

翻地属于机械劳动，不费脑子，时间可以利用起来。于是，今年蹿红的叶小鲜肉一边抢着锄头刨地，一边背起了台词，为明天的拍摄找感觉。

叶辰不是科班出身，缺乏系统训练，纯属天赋加沉浸型，入戏之快宛如鬼上身，缺点是抽离角色的速度慢，如果接连拍摄的两场戏需要表现两种截然相反的情绪，他就容易抓瞎。

叶辰几秒就沉浸角色，目光凄惶地用锄头敲碎板结的土块，哆嗦着嘴唇背台词："父皇无恙！父皇只是……"他话说一半，猛地打了个冷战，抖着手往坑里撒韭菜种子，撒得非常均匀，倾情演绎道，"我不敢说！我说了，他就会找上我！三哥，三哥，你救救我！"

陈靖安的新作《问鼎》是一部玄幻、惊悚的宫廷大戏，叶辰扮演的男二号是宠妃所出的五皇子。皇帝病重，册立五皇子为太子，五皇子为父皇侍疾，却意外发现父皇已被妖邪侵染，而妖邪正准备抛弃老皇帝病弱的躯体，寻隙寄生在五皇子的身上。

窥破秘密的五皇子惊骇欲绝，被逼无奈之下，他向男一号，也就是影帝沈默风饰演的三皇子吐露实情并求助。向来不受宠的三皇子心机深沉、善于谋算，他假借保护之名控制了天真脆弱的五皇子，在与妖邪父皇周旋的同时，从五弟手中抢夺太子之位……

整部作品极尽妖异、诡谲之能事，虽脑洞大开，剧情却严谨得滴水不漏，抽丝剥茧、扣人心弦，加上男一号和男二号的对手戏极具张力，给观众留下了很大的解读空间，不火简直天理难容。

叶辰读过一次剧本就盯上了这部戏，打滚求经纪人顾秋帮自己拿下一个小角色，万万没想到顾秋竟一举帮他拿下了男二号。

叶辰是快十八岁的时候签入星尚野传媒的，到现在才不过一年多，都说在娱乐圈没后台难混，但他一个没家世、没背景的新人倒也没觉得有多难混。可能也是星尚野的实力太雄厚，总之，这一年来，他的事业顺风顺水，大银幕首秀就是与影帝沈默风演对手戏，还是名导陈靖安的制作团队，这起点已经没法更高了。

"我没得失心疯！我亲眼瞧见的！"演至动情处，叶辰扔了锄头，扑通跪倒在一株茄子前，将茄子当成沈默风，揪着几片茄子叶失神地摇晃，嘶声道，"父皇成日以白纱掩面，不是因为生了风疹，而是因为他的脸上长出了……长出了……"

这时，叶辰身后传来一串吧嗒吧嗒的脚步声，他一扭头，瞥见三张面团似的小圆脸，一个小孩子奶声奶气道："哥哥，我们回来了。"

叶辰恍惚片刻，才勉强抽离出角色，起身拍拍膝盖上沾的土，目光往三个小孩子身后一扫，语气温和地埋怨道："不是叫你们别去捡了吗，怎么不听话？！"

三个小孩子都是三四岁的模样，五官一个赛一个精致漂亮，但都有些非人类的特征，左边的脑袋上顶着一对软绵绵的兔耳朵，中间的背上覆着一块龟壳，右边的头上长着两只犄角，脑门上用油性笔写着一个歪歪扭扭的"王"字。

三个小朋友从左往右依次是吼吼、玄玄和奇奇，分别是犼、玄武与穷奇。

他们是三只神兽幼崽。

"吼吼想吃肉了。"犼宝宝耷拉着一对兔耳朵，用两只小胖手把一个塞得鼓鼓囊囊的编织袋推到叶辰的面前，小小声道，"一斤瓶子能卖三块钱呢。"

一斤塑料瓶子直接拉去回收厂能卖三块钱，但卖给走街串巷收废品的人，市场价就在一块三毛到一块五毛间浮动，收废品的人转手卖给回收厂，一斤就净挣一块多……电视剧片酬一集几十万的叶辰在心里打着小算盘，决定直接卖给回收厂，不让中间商赚差价。

"多捡几斤就能吃鸡腿了。"穷奇宝宝舔舔嘴唇，很馋。

中间的玄武宝宝缓缓地点头，慢吞吞道："玄……玄……也……想……"

"呼——"叶辰一听玄武宝宝说话就喘不上气来，急忙深呼吸。

玄武宝宝："吃……鸡……腿……儿……"

叶辰语重心长道："玄玄啊，你这语速就把儿化音省了吧。"

玄武宝宝："好……的……"

叶辰接过编织袋，沉下脸，道："以后不许再出去捡瓶子，再不听话，哥哥真生气了。"

他是穷，除了箱子里锁的那些奢侈品外，全身上下也就两瓣屁股还算值钱，但让这么几个软嘟嘟的幼崽出去捡瓶子卖废品，他不能接受。

"哥哥有的是钱买鸡腿。"叶辰撒谎道。

事实上，他只剩下压箱底的十块钱了。

穷奇宝宝皱眉："哥哥不是穷得连手纸都买不起吗？"

叶辰闻言，心虚得眼珠乱转："谁说的？"

"没谁说。"穷奇宝宝嘟囔，"但抽屉里全是饭店的纸。"

"哥那是不想浪费。"见穷奇宝宝没证据，叶辰一秒演技全开，大义凛然道，"我不拿走，服务员收拾桌子的时候可能就给扔了，节约资源是做人的品格，与贫富无关。"

然而，三个神兽宝宝并没那么好糊弄，纷纷用狐疑的眼神打量着叶辰。

犼宝宝蔫蔫地摇摇兔耳朵："上次吃肉都是三天前了，还是哥哥从饭店打包回来的剩菜……"

"剩菜怎么了，大半个肘子呢，要是没人吃，就扔垃圾桶了，那猪不就白死了吗？"叶辰满脸悲天悯人，见宝宝们仍是不信，他砰砰拍着胸口，立下军令状道，"我保证明天让你们吃上鸡腿，我真有钱！"

……光种地不行，得开始养鸡了。叶辰沉稳地想。

叶辰扛起那一编织袋塑料瓶，将其放在菜地附近的一小片空地上。这片空地上已堆了不少塑料瓶和纸盒，都是神兽宝宝们趁叶辰不在家偷偷溜出去捡的。叶辰说过他们几次，但焦虑的神兽宝宝们仍然会趁他不在家偷偷溜出去捡废品。

无论如何，他们捡都捡来了，叶辰打算哪天有空把这些废品一股脑地运到回收厂，做笔大买卖。

这可是资金流动分分钟就上一百元的大买卖……

"哥哥，我们晚上吃什么？"犼宝宝按按自己空瘪的小肚子。

"西红柿鸡蛋面？"叶辰征询宝宝们的意见，"西红柿又成熟了十几个。"

犼宝宝点点兔耳朵："好。"

从外面买回来的肉固然美味，但真正能帮助他们这些神兽崽崽修炼、长身体的是叶辰亲手种出的灵植。

"你们先去陪卢卢玩一会儿，我把剩下这些韭菜种完就去做饭。"叶辰安排道。

犼宝宝和穷奇宝宝用奇门遁甲的步法走出空间，小小的身影眨眼间消失在空气中。玄武宝宝则慢慢提起左侧的小胖腿，重心微微前移，旋即将左脚掌以先脚跟再脚心再脚趾的顺序缓缓地贴放在距右脚五厘米远的前方——这是迈出了一步。

"拉……我……一……把……"玄武宝宝悠悠地呼唤已离开空间的小伙伴们。

"我送你。"叶辰抱起地上的玄武宝宝，走出空间，回到四合院，一溜小跑，把玄武宝宝送到后院。

玄武宝宝在半空中缓慢扑腾着短胳膊、短腿，小圆脸上满是惊恐："太……快……了……我……害……怕……"

一句话没说完，他已经到地方了。

后院里，一个小孩子正生无可恋地歪着脑袋趴在地上，白净的脸蛋儿与地面紧密地贴在一起，有些变形，如果仔细看，便能发现他的脸蛋儿与地面间有一层凝固的胶状物。他的面前立着一台平板电脑，上面正在播放缓存的动画片，穷奇宝宝与犼宝宝一左一右坐在他的旁边，和他一起看动画片。

——趴在地上的是一只尚无法控制自体生物胶分泌的蒲卢神兽

幼崽。

蒲卢是一种硬壳水生神兽，可通过黏度超强的生物胶将自己附着在其他神兽或普通动物身上，吸取其养分，也能利用生物胶做武器禁锢敌人的行动。眼前这只蒲卢幼崽前几天在后院玩耍时不慎摔倒，由于摔倒的一瞬过于紧张，导致生物胶分泌失控，他的半个身子都被牢牢地粘在地面上，一摔不起……

神兽的生物胶过于霸道。叶辰试过能想到的所有办法，却无法在不伤害蒲卢宝宝的情况下把他从地上揭下来，好在他的生物胶黏性有时限，在大约七天后就会干结、剥落，而他已经在院子里趴了三天，只要再趴四天，即可成功起身。

叶辰在顾秋的办公室蹭 Wi-Fi 往平板电脑里下载了上百集动画片，摆在院子里让蒲卢宝宝打发时间。

叶辰把玄武宝宝往三只正在看动画片的神兽宝宝之间一插，第无数次叮嘱道："你们去哪记着拉他一把。"

"又忘了。"穷奇宝宝喷了一声，略烦躁。

犰宝宝拍着胸脯保证："下次肯定记得！"

粘在地上的蒲卢宝宝满眼羡慕地看着这些可以到处乱跑的小伙伴。

叶辰回到空间中，播撒剩下的一点儿韭菜种子，摘下熟透的西红柿，拔了一棵鲜绿的葱，去厨房下面条。

神兽宝宝们正是长身体的时候，食量大过普通成年人，叶辰一夜暴穷后，所剩无几的存款已被四个宝宝吃得只剩十块钱，所以，这几天饭菜里都不见荤腥，全靠空间中长势迅猛的作物与有钱时采购的米和面维持。

而叶辰的一夜暴穷要从一档真人秀节目说起——

此前，顾秋帮叶辰接了一档人气爆棚的搞笑真人秀节目，节目中有个叫"饲养员大挑战"的环节，让参与节目的"小花""小鲜肉"照料农场中的动物。一个多月前，叶辰在录最后一期节目的"饲养员大挑战"环节时，一头公猪意外地冲出没关好的围栏，将他拱得落下陡坡。

当时叶辰穿着一身饲养员的服装，拎着饲料桶，被发狂的公猪追得哇哇乱叫、满场乱窜。工作人员跑不过叶辰与猪，虽在后面穷追不舍，却并不能施以援手。

叶辰不甘心束手待毙，不时回身偷袭，英勇地与猪搏斗。不过，人终归斗不过猪，可怜的叶小鲜肉在绕场半周后不幸被猪拱下斜坡，后脑勺碰巧磕上一块石头，当场晕厥，原因：被猪拱。

晕厥的一瞬，痛苦消散无踪，叶辰离体的魂魄被一股力量裹挟着急速朝天空飞去，他甚至都没来得及反应。不知过了多久，向上牵扯着魂魄的巨力蓦地消失，他像被谁拉了一把，魂魄停驻在一片白雾中。

他正惊恐、茫然着，从白雾中忽然传来人声："你想活吗？"

"想！"叶辰脱口而出。

话音未落，白雾忽地向四周散开，叶辰这才发现自己面前趴着一个人。这人顶着一头狗啃似的乱发，面颊深凹，形销骨立，嘴唇微微一动，便是哇的一口老血，比叶辰还狼狈。

"这是你晕厥后的幻境。"这人吐着血说，"你就要死了，我能救你的命。"

"我们这是……谁救谁？"叶辰毫无即将获救的感觉，甚至想帮这人打120。

"我是山海境残存的灵脉化身的境灵。"怪人抹抹嘴角的血，沉声道，"百年前，邪神蚩尤于涿鹿解除封印，意欲祸乱人间，被山海境中神兽群起攻之并再次封印。经此一战，九成神兽陨落，山海境万里焦土，灵脉尽毁。"

境灵沉吟片刻，又道："前些年新甲子开启，天地灵气复苏，山海境的灵脉有少许恢复，能勉强支撑我活动。这些年，我一直在中阴界寻找能彻底修复山海境灵脉的天命之人。"

叶辰听得满脑子问号，出于习惯性的礼貌频频点头并惋惜地附和："哦……这样……唉……"

"这么多年下来，我终于等到了……"境灵喟叹道，"你身上有隔代遗传的双重远古神灵基因序列，简称古神血脉。我可以帮你把它们激活，古神血脉激活后，你现在遭受重创的身体会自动修复，你还会获得两位古神的部分力量。事成之后，我会将山海境传承给你，只要你用古神之力帮忙修复灵脉，境中万事万物就都归你所有，任你驱策，你愿不愿意？"

这番话太像诈骗团伙忽悠傻子时说的了，简直就是"我是秦始皇，我吃了长生不老药，所以没有死，我在西安藏了两百吨黄金，只要给我打两千块路费，事成之后，我就把黄金分你一半"的玄幻版……叶辰脑子一抽，抛出一句："要钱吗？"

境灵噎了一下："……要。"

叶辰："……"

境灵："……"

两人大眼瞪小眼片刻，境灵吐着血道："你当我是骗子？"

"没有，没有，"叶辰猛摇头，"条件反射，那……要多少钱？"

境灵搓搓手，试探着道："只要你买下位于京海二环占地六百平方米的一套四合院，我就为你激活古神血脉，并把山海境传承给你。"

叶辰一愣，音调一秒拔高八个度："二环的四合院？！"

境灵神色紧张："怎么，买不起？"

"废话！"叶辰暴躁，"那少说也得上亿元，全国有多少人买得起？！"

"你买不起，"境灵目露失望，"那我救不了你……"

叶辰崩溃："为什么？"

境灵垂头丧气："山海境的时空与那个院子重叠，山海境入口关闭的几十年里，那座院子被上一任山海境之主的败家儿子卖了，后来几经易主，早就不归我管了……激活古神血脉会耗尽我最后的法力，你买不下院子，我也不可能把最后的法力平白送给你。"

"你这么厉害也没办法？"叶辰想象着一个神仙可能做到的事，"比如点石成金啊，变出一屋子的钞票啊……"

"变钱？"境灵戳着自己虚无缥缈的胸口，悲愤道，"我现在连肉身都变不出来，只能勉强具现出魂体，不然，我为什么要守株待兔，去人界找合适的人选不是更方便吗？"

叶辰痛苦道："我只有三百万存款……"

"罢了，"境灵摆摆手，"你上路吧。"

"等……"熟悉的吸力再度来袭，叶辰的魂魄倏地向上飞去，在奔赴死亡的巨大恐惧中，叶辰失声大叫，"我是艺人，我的片酬特别高，几年就能赚一亿元！能不能先交三百万元，剩下的欠着，啊——"

眨眼间，叶辰又回到境灵面前。

境灵指尖亮起一小簇光焰，严肃道："我起誓，我愿意先支付三百万元，并预支未来的演艺酬劳，用来购买与山海境时空重叠的四合院……你把我的话重复一遍。"

叶辰惊魂未定，抖如筛糠，生怕一言不合又被境灵安排"上路"，于是喘着粗气飞快地把这句话重复了一遍。

"好，"境灵以指尖光芒为笔，在空气中写字，边写边道，"我起誓，在激活古神血脉后，我会尽我所能修复山海境的灵脉，努力完成境灵派发的任务，如果刻意消极怠工，愿受五雷轰顶之刑……重复一遍。"

叶辰乖得像只小鸡崽，将境灵的话一字不落地重复了一遍。

"好。"境灵一挥手，写在空中的字幻化成两张轻飘飘的字条，"现在我会激活你的古神血脉，经我感应，你的血脉分别来自……"

之前叶辰被购买四合院这个坑爹的条件吓住了，没把念头放在古神血脉上面，这会儿才真的有了自己身兼古神血脉的真实感。

这简直就是玄幻文主人公的"标配"！

叶辰半是忐忑、半是激动地竖起耳朵，做好了从此刀枪不入、神功盖世、大杀四方、雄霸天下的准备！

以后可能我跺一跺脚，山就塌了。叶辰想。

中阴界与阳界的时间流速不同，滚下斜坡原地晕厥的叶辰在众工作人员围上来的一瞬间原地"满血复活"，头上连一点儿轻微的擦伤都没有，别说向剧组索赔医药费了，索赔一块创可贴都底气不足。

只有叶辰知道他其实已经"死"过一次，而且他的人生已在这看似有惊无险的几秒内发生了翻天覆地的变化。

叶辰隔代遗传来的两条残存古神血脉分别是伏羲血脉与神农血脉，大约是两位古神的子孙喜结连理，而叶辰就是两位古神的子孙孕育出的第不知多少代子孙。一开始听到境灵说出伏羲与神农两尊古神的名号时，叶辰并没失望，还颇为惊喜，然而……

伏羲擅长渔猎，能驭百兽，神农擅长种植，曾播五谷，伏羲、神农残存的古神血脉加之于一人之身，那便意味着……

毁天灭地之神通？

不。

那意味着叶辰将点亮农、林、渔、牧四大天赋！

经叶辰之手喂出的猪，滚瓜溜圆，五花三层；经叶辰之手养出的鸡，肉质鲜嫩，羽翼丰盈；经叶辰之手种出的蔬菜，绿色有机，轻身健体；经叶辰之手结出的水果，甜蜜多汁，皮薄肉厚……

"这有什么用啊！"中阴界中，叶辰绝望的咆哮响彻云霄。

"怎么会没用？"境灵反驳，"这是最适合修复山海境的两条古神血脉。"

"但是，和我想象中的一点儿都不一样！"叶辰失望至极，几乎黑化成厉鬼。

境灵沉下脸，恐吓道："你的肉身已修复完毕，还不快回去做任务？你想挨五雷轰顶？"

叶辰的魂魄顿时吓得缩成拳头大的一小团，可怜巴巴道"不……不想"，遂老老实实地回来了。

苏醒后，叶辰的账户中神不知、鬼不觉地多出了一亿四千七百多万元，手机里也莫名其妙地多了一个名叫"山海境"的应用。

存款来自未来，应用则是境灵所化。

由于境灵法力全废，他化身的应用也极其简陋，只有查看山海境的概况与接收任务的功能，还时常卡顿。

叶辰接到的第一个任务就是在限期内买下位于二环以内的某座四合院。叶辰先去房产中介打探情况，发现那座四合院碰巧是在售状态，不接受贷款，算上各种手续费用，总计要花销一亿五千多万。

原本的三百万存款加上来自未来的一亿四千七百多万演艺酬劳，恰好足够支付一切费用。叶辰仔细计算一番，发现在限期内买完房后自己的全部身家将只剩下区区几千元。

显然，事态完全处于境灵的掌控中……

甚至连选中身具伏羲、神农血脉的叶辰这件事可能都在境灵的预料之内，因为在购下四合院后，叶辰才彻底领悟到境灵那句"这是最适合修复山海境的两条古神血脉"是什么意思。

——修复山海境的方法，就是将曾经生存在境中的神兽尽数养育成熟，同时将各种仅存于传说中的植物种满山海境，恢复山海境往日的繁荣生机。不止如此，据境灵说，经叶辰亲手种出的作物灵气浓郁，神兽幼崽可通过食用他种植的灵气作物加快生长与修炼速度。

养神兽和种灵植，这任务简直就是为伏羲与神农的后人量身打造的。

四合院的所有者长居国外，房子已许久无人居住，叶辰抽空跑了几天手续，交接完成后，境灵发布了第二个任务，让他搬家到四合院。

叶辰此前住的是公司租的高级公寓，迫于五雷轰顶的威慑，只得搬去屋内装修破破烂烂的四合院。

搬来四合院后，境灵传授给叶辰奇门遁甲中的几段口诀。

山海境虽与四合院的时空交叠，但不会显露于外，唯有通过口诀计算方位步法，才能沿着肉眼看不见的时空通道走入境中，而且，除境灵外的一切生灵出入都须经过山海境之主的首肯。

在多年前那场导致九成神兽陨落的大战中，境灵在山海境中划出一小块独立空间，以损耗灵脉为代价，将陨落神兽的元神与各色灵植的种子或幼芽保存在这一小块独立的空间中，简而言之，这就是山海境版的挪亚方舟，而这块独立空间与四合院的东厢房的时空重叠。

叶辰第一次走进这块独立空间时，被其中的景象深深地震撼了：这片空间极其广阔，但因封闭而缺乏照明，丝绒般的乌黑如液体般流向四面八方，而在这幽暗的底色中悬浮着成千上万散发着微光的气泡，每一个气泡都贮存着一种灵植的种子或幼芽，抑或包裹着一只神兽的元神。

在大战中陨落的神兽们失去了法力、记忆乃至身体，它们变为幼崽的状态，在境灵的庇护下等待新生。

叶辰看到如小指般粗细的烛龙宝宝，它口中衔着一支更微小的蜡烛，如同婴儿含着奶嘴，还有巴掌大小通体覆盖着真火的凤凰宝宝，他不怕着凉，仰面朝天露出燃烧的小肚皮，以及肥嘟嘟的饕餮宝宝，它顶着一对比它的脑袋还大的羊角，一直在梦中磨牙，口水流了一地……这些包裹着幼崽的发光气泡大多很小，只有几个是大的，按境灵的说法，那些大的是快苏醒了。

"好可爱……太神奇了！"叶辰眼睛都不够用了，不住地东张西望并发出感叹，"这么多神兽，还有灵植，这株幼芽长大肯定漂亮！"

手机中的境灵温声介绍道："……山海境诞生于盘古时期，是盘古心脏所化，从形成伊始，便继承盘古心中遗志，背负守护人间、庇佑黎民苍生的职责。"

如果邪神再临，这些神兽会成为凡人最锋利的战刀和最强悍的护盾，他们已经在上一场大战中证实了这一点——凡人们都被保护得极妥帖，以至于几乎没人知道这件事。

想到此时眼前看到的所有神兽都曾为保护这个世界而陨落，叶辰眼眶不禁有些发热。

境灵煞风景地道："先别感动，这里的所有神兽都归你养，别的不说，他们的吃喝拉撒，你至少得管明白，灵植也得你种，要让山海境的植被覆盖率超过百分之八十，我才能算你及格。"

"……"叶辰噎了片刻，幽幽地道，"更想哭了。"

…………

为了让叶辰尽快掌握相关知识，免得干起活儿来手忙脚乱，从化身为App（手机应用）的那天开始，境灵就不遗余力地每日向叶辰推送技术小论文，诸如《梓树移栽及栽后管理技术》《檫木杂交育种技术》《扶桑木根部肿大防治法》，以及《凤凰产蛋后的护理》《如何避免当康感染非洲猪瘟》《鲲鹏的双重神格不是病》……

　　叶辰每天都耐着性子把境灵的推送文章读一遍，越读越发现大多数灵植很难种，要么需要苛刻的生长条件，要么需要大量的时间侍弄。

　　叶辰不敢轻视，怕自己一个种植萌新会把珍稀的种子种死。所以，在穷奇、玄武、蒲卢与狐四只神兽崽崽相继复苏的过程中，叶辰只是买了些普通作物种子与农具，抛开一切明星包袱，摸索着在山海境中种地。

　　毕竟只要经他的手种出来的，就算大白菜都是灵气大白菜，完全可以为神兽崽崽们提供营养和灵气。

　　由于身具神农血脉，叶辰种植的作物生长速度是正常的许多倍，需要一百天才成熟的庄稼在他的地里十来天即可成熟。他在菜地里摸爬滚打一个月，总算在只剩压箱底的十块钱时勉强形成了作物种植与收获的循环，能凑合着自给自足了。

　　…………

　　但如果再有几只神兽幼崽复苏，菜还是不够吃，而且……叶辰在灶台前做着西红柿鸡蛋面，琢磨了一下明天的赚钱项目，觉得扩大种植与养殖规模迫在眉睫。

　　面条煮好了，叶辰翻出四大一小五个碗盛面，用大勺舀起西红柿鸡蛋卤往沥过水的面条上一浇。汤汁在面条上挂了浓稠的一层，随即从间隙渗入，沉进碗底，碗面上铺满了鲜红软烂的西红柿与蓬松金黄的蛋花，叶辰又撒了些碧绿的香葱碎末增色提味。

　　三只宝宝早已闻香而至，穷奇宝宝背着玄武宝宝走到餐桌边，又与狐宝宝合力把玄武宝宝举到椅子上，场面十分温馨友爱。

　　叶辰分给他们三大碗面，又拿起一大碗和一小碗去后院，大碗里的面喂给蒲卢宝宝，小碗的面，自己吃。小蒲卢艰难地歪着嘴吸溜面条，生怕吃东西时嘴唇贴在地上影响食欲。

艰难地将一顿晚饭吃完，叶辰拿个小盆来给蒲卢宝宝把尿，又用毛巾沾水给他擦脸，最后把一床小棉被盖在他的身上，掖得严严实实，还细心地把几块板砖立在他的脑袋周围，防止风吹脑袋凉。

翌日凌晨四点，叶辰被闹钟吵醒，一骨碌爬起来。

今天《问鼎》正式开拍，司机八点会准时来接他，但昨天他立下了军令状，保证让宝宝们吃上鸡腿，所以只好早起赚个鸡腿钱。

叶辰套上干活穿的破衣服，背着菜筐去地里摘菜，西红柿、豆角、小白菜……每样成熟的作物，他都摘了些，直到把菜筐装满。随即，他往筐里塞了一块铺地用的塑料布，戴上口罩、帽子、墨镜，全副武装，朝最近的早市走去。

墨镜是 Prada（普拉达）的，设计精致，拥有独特的搪瓷金属眉线框，配合着跨栏背心、绿胶鞋与菜筐，让叶辰整个人都散发着一种倔强的时尚感。

是的，倔强。

叶辰前几天来早市踩过点，一到地方就麻利地铺开塑料布占好位置，把几样菜码放好，用粉笔头在几块硬纸板上写好单价摆在前面。

这些菜不仅卖相好、味道好，还蕴含灵气，对身体大有裨益，叶辰琢磨着稍卖贵点不算黑心，就每斤都定了高于市场价两块钱的价格，乖巧地坐等伯乐来相中他这匹千里马。

其实，如果按"爽文"的套路，这种灵气作物别说一斤贵两块，就是一斤贵十块，也会有大爷大妈壮着胆子来尝菜，然后被好吃得原地失智，一拍大腿，咬牙就是买、买、买，扭头还会携亲带友集体来送钱……然而，现实是残酷的：来来往往的大爷大妈个个精明俭省，对"菜价K线图"分析之熟稔宛如华尔街精英，别说蜂拥抢购，连问都没人问。

无人问津二十分钟后，终于有个老大爷走到摊位前蹲下，撇着嘴在菜堆里挑拣："您这菜怎么卖得这么贵？卖金条呢？"

"这都是我自己家种的，不打农药，味道特别好！"叶辰如弓弦般绷紧了，忙不迭地掰了半根黄瓜递过去，"您尝尝，我家的菜真的和别人家的不一样，特别水灵，菜味还浓，而且功效也好，这个品种的黄瓜降血脂的效果特别好……"

在叶辰叽叽咕咕的推销声浪中，老大爷从容不迫地啃黄瓜，待到半根下了肚，才一抹嘴，道："您一斤便宜两块，我买一点儿。"

"不行，真便宜不了，我这菜可都是……"叶辰还没说完，老大爷拍拍屁股走人了。

白费了半根黄瓜。

叶辰心痛得心跳一滞！

时间不断流逝，情况却未见好转，叶辰急着赶通告，跟大爷大妈们耗不起。他用袖口抹抹硬纸板上的粉笔字，改为一斤便宜一块，过了一会儿，又抹抹，一斤再便宜五毛钱……最终，满腔创立农业帝国的豪情壮志都"零落成泥碾作尘"。他垂头丧气地把最后五毛钱的坚持也画掉了，以市场价卖出三十斤菜，总计收获一百零三块五毛钱。

这就是生活吧。叶辰愁苦地想着，去肉铺买了四根琵琶腿，准备拍完戏回家给神兽崽崽们烧着吃。买完鸡腿，他摸摸被零钱撑得鼓鼓的钱包，心态也随之膨胀，又买了一斤鸡胸肉和一斤香菇，打算回家给崽崽们做香菇鸡丝面。

要开荤就开个彻底！

卖完菜回到家，叶辰卸下菜筐捶捶发酸的肩膀，深深地认识到攒钱买辆小三轮的必要性——背三十斤菜徒步去早市，他的体力可以承受，但体态承受不来，被菜筐压矬了就得不偿失了。

神兽崽崽们陆续醒来，最乖巧的犰宝宝自告奋勇地端着水盆，拿着毛巾去后院帮蒲卢宝宝擦脸。穷奇宝宝洗漱完毕时，玄武宝宝还在慢吞吞地挤牙膏，暴躁的穷奇劈手夺过玄武宝宝的牙刷，不耐烦道："张嘴。"

"啊……"玄武宝宝缓缓张开嘴，露出稚嫩的乳牙。

穷奇宝宝抬手就是一通暴风般的狂刷！

特别解恨！

就在半个月前，叶辰还需要手把手地教宝宝们刷牙、洗脸，这么短的时间里，宝宝们不仅初步学会了自理，甚至还有余力料理别人，真是"穷人的孩子早当家"。

叶辰把鸡腿藏好，防止穷奇宝宝偷吃生肉——这小崽子有前科——随即做了一大锅香菇鸡丝面，盛出四大碗做早餐。

备好早餐，叶辰又麻利地焖好米饭，炒了一大盘蒜蓉小白菜，烧了一盘鱼香茄条，用防尘罩盖住，让宝宝们中午吃。

料理完家务，叶辰再用井水简单粗暴地冲了个凉，吹干头发，穿上压箱底的好衣服，挺胸抬头地管理表情，运用演技将气质切换到营业状态。缺角落地镜中的美少年脊背笔直，下巴微扬，神色略带矜傲，细密上翘的睫毛随着他的目光流转微微颤动，透出一种蝶翼般精致的脆弱。

任谁想象力再丰富，也很难把他与穿着跨栏背心的卖菜小哥联想到一起。

九点钟，叶辰准时赶赴片场。他刚下车，一辆如移动堡垒般的豪华房车便紧挨着载他来的保姆车徐徐停下。

助理小高眼皮一抬，连忙截住心不在焉的叶辰，压低嗓音飞快道："沈老师来了。"

小高口中的沈老师便是去年新晋影帝的超一线演员沈默风。沈默风今年二十五岁，据传是某大企业的"太子爷"，性情骄纵跋扈，不爱从商、爱演戏，当年拼死拒绝继承家业，才得以进入娱乐圈"体察民情"。沈默风的外形俊美得无可挑剔，堪称人形荷尔蒙喷洒机，虽不是科班出身，却肯下苦功，加上有天赋、有资源，出道没几年便顺利地斩获影帝之名。

这位完美男神唯一遭人诟病的就是脾气：他有家世撑腰，人脉极广，不怕得罪圈里这些人，呛媒体、呛黑粉、呛同行都是家常便饭。

据传，沈默风之前有一次拍摄某部电视剧，与他演对手戏的"流量小花"事先没背台词，对着他念绕口令，他半点儿情面不留，训斥得"小花"情绪失控崩溃地大哭。此事在网上掀起轩然大波，剧组本想息事宁人，奈何他态度强硬要求换人，直言不与只会念绕口令的艺人合作，剧组求爷爷告奶奶也哄不好这尊煞神，最后只得硬着头皮把"小花"换掉。

娱乐圈中流言漫天，真真假假本就说不清楚，再加上听风就是雨的媒体和黑粉添油加醋，沈默风的煞神形象越来越深入人心。圈里没根基的小艺人见了他都比赛着装孙子，从普通孙子到孝顺孙子到先不信邪、后学乖的成长型孙子，再到起步就是卧冰求鲤的贤孙，各种孙子五花八门、一应俱全。

叶辰被小高截住，步子一顿，转过身，打算跟前辈问声好。

他倒不是怕沈默风，而纯粹是出于后辈对前辈的礼貌，因为除去开机发布会上的碰面，他两年前碰巧与沈默风有过一次私下接触，觉得这人顶多是脾气差些，人品应该是好的。

说起那次私下接触……叶辰眉梢神经质地跳了两下，心想沈默风铁定忘得一干二净了。

这时，沈默风迈下房车。

他今天穿了件衬衫，领口的扣子随性地解开着，晃眼的英俊中透着一丝淡淡的风流，即便用大清遗老式的贞烈目光望过去，也很难不被那两道锁骨与肌肉紧实鼓胀的胸部吸引。

"沈哥。"叶辰侧身让路，低眉顺眼地叫人，模样乖得让人想掐一把。

沈默风慵懒地一笑，语气莫名地熟稔："好好表现啊，小朋友，别让我失望。"

这语气……叶辰微怔，连忙稳住表情，一边与沈默风一起往化妆间的方向走，一边不咸不淡地说些"一定努力""请前辈多指点"之类的场面话。常规寒暄完毕，叶辰谨慎地抛出一句试探性的话："我特别喜欢您的作品，您的《隐城》，我看过五遍。"

这种恭维作品的话挑不出毛病，圈内人"商业互吹"天天挂在嘴边，说的人不走心，听的人也一样，要么随便感谢一下，要么一句"我也特别喜欢你的作品"捧回去。

岂料沈默风并不按套路出牌，而是偏过头，朝叶辰投去探究的一瞥，似笑非笑道："你不是最喜欢《空的云》吗？"

叶辰悚然一惊："……"

影帝怎么……还记得呢？！

"《空的云》我看过多少遍，我都不记得了……"叶辰一直处于全面警戒状态，对接话有准备，故而内心的惊愕没反映在脸上，而是先飞快地补救了一句，才诧异地瞪大双眼，像才反应过来似的，"呃，您怎么知道我喜欢《空的云》？"

万一是巧合呢……叶辰不抱多大希望地祈祷着。

沈默风扑哧笑了，叼住一支烟左右看看，见助理都在几米远外跟着，才低声道："不是追过我的车吗……年纪轻轻，忘性不小。"

他说后八个字的语气纯属调侃，不是真的埋怨叶辰忘性大，而是笃定叶辰没忘，只是逗着玩。

"我没忘！"叶辰心脏猛地一缩，生怕穿帮，连忙拿捏出一种受宠若惊的语气，结巴道，"我……我就是以为您肯定不记得了，就没敢提……"

沈默风懒懒地"嗯"了一声，算是接受了这个解释。

"您……您居然还记得我，我真是……我太荣幸了，这次能和您一起拍戏，我特别激动。"事已至此，唯有狠下心来将错就错，叶辰攥紧拳头定了定神，匆忙抛开艺人包袱，拿捏出一种小粉丝面对偶像兴奋得忘乎所以的感觉，"真的，我这段时间像做梦一样，我今天凌晨四点就醒了，然后就再也没睡……"

因为去早市卖菜了！

不过，这个不能说……

艺人间的"商业互吹"不可信，但叶辰的崇拜作不了假……沈默风像只被捋顺了毛的大猫，嘴角的笑意漫不经心，却默许着叶辰的吹捧，直到走到独立化妆间的门口，他才打断叶辰的粉丝式发言，道："我去化妆了。"

"啊，"叶辰演粉丝演得入戏，情绪险些没拔出来，闻言，忙道，"抱歉，沈哥，打扰您这么久……那我也去了。"

沈默风颔首，进化妆间关上门，叶辰长舒一口气。

其实沈默风记得那件事对叶辰没有坏处，只是这意味着叶辰以后得立稳人设，死也不能露馅。

那件事发生在两年前——

…………

两年前，叶辰十七岁，背井离乡，独自在京海漂泊。

叶辰幼年父母离异，双方都有再婚打算，不想要累赘，叶辰这个小皮球就被父亲踢给了爷爷奶奶。

叶辰文化课的成绩从小就不大好，因为他的天赋点加在其他地方：

首先是加在脸上……

其次，他擅于模仿电视剧中角色的动作、语气，天生就懂得如何揣摩人物的心理并沉浸其中，电视上的演员哪个演技好、哪个演技烂，他一眼就能看出来。他对表演有兴趣，也有天赋。

然而，考艺校要学才艺，考前要上培训班，加上大考小考的报名费、食宿费、交通费……处处都是花销。叶辰舍不得爷爷奶奶为自己节衣缩食，也不愿向如陌生人般的父母寻求帮助，故而从未表露过对艺校的向往，一直浑浑噩噩地随大溜学文化课，但他清楚自己有当演员的天赋。

因此，在爷爷奶奶相继过世后，孑然一身的叶辰在反复思量后，决定放弃学业，带上两位老人留给他的一点儿积蓄去京海碰运气。

在京海漂泊的生活虽拮据，但也新鲜有趣，那时叶辰每天揣上两个面包、一瓶水，在电影厂或影视基地门口乐呵呵地蹲活儿。他性格虽软，却有韧劲，群演也干，在剧组跑腿打杂也干，有时还会接一些特殊的工作，比如去综艺节目当热情观众，或是给明星当假粉丝撑场面。

那天，叶辰接了个给人当接机假粉丝的活儿，发任务的人知道他脸皮厚、体力好，安排他捧着花束尖叫着追车，追着追着还得故意摔一跤，以示奋不顾身。追车给一百五十元，假摔再给一百五十元，几分钟三百块钱到手，实属肥差。

叶辰当天状态其实很糟，感冒严重得六亲不认，但他指着这三百块钱给自己放天假，便强打起精神接下任务。

这次叶辰要接机的明星叫沈默风——三年前出道，是个富二代。叶辰看过几部他的作品，印象最深刻的一部叫《空的云》——属于先锋文艺类电影，打眼一看不知所云，得耐着点儿性子才能品出味道。或许是有钱任性，这大少爷入行三年，主演的大多是艺术性较强的作品，叫好不叫座。因此，沈默风虽有颜值、有实力，又有资源，但一直没能跻身顶级"流量"的行列，他的粉丝忠诚度很高，但数量不够多。

叶辰对沈默风并无特别的好感，但摸着良心讲，他不觉得沈默风这种演员会耐不住寂寞买假粉丝，还让假粉丝加这么多戏——这种后台强大的艺人如果不甘心没人气，放下架子拍部大 IP（知识产权）商业片，分分钟就能吸粉吸到爆，犯不着玩虚的，很可能是经纪人或幕后团队想撑场面。毕竟这年头资讯发达，明星越来越不好当，一帮人把放大镜悬在艺人脑袋上面盯着找错处，今天门庭冷落、粉丝寥寥，明天可能就会被人借机盖章、"糊穿地心"。这位大少爷或许不在乎，但经纪公司在乎。

帽子、口罩全副武装的沈默风在助理的陪同下走出出口，以叶辰为首的假粉丝团伙顿时沸腾了，尖叫的尖叫，拍照的拍照。叶辰捧着花，不远不近地跟着，积蓄体力，直到沈默风乘坐的小轿车突破围堵顺利地开走，他才猛地拔足狂奔，一边追，一边在车后撕心裂肺地尖叫呐喊："沈默风！沈默风！啊！男神等等我——"

狂奔出大约五十米后，叶辰觉得对得起那一百五十块钱了，便故意左脚绊右脚，结结实实地摔了一跤狠的，以对得起另外一百五十块钱。

这演得太逼真了，应该给我加五十块钱！叶辰疼得咝咝倒抽着凉气，心里的小算盘却没闲着。他正想起身回去领钱，载着沈默风的小轿车却忽然减速泊在路边，还开了双闪。

接着，一个助理模样的年轻人下车跑到叶辰的身边，扶他起来，又捡起被摔得造型凌乱的花束，语调挺和气："怎么样，没事儿吧？沈哥让你上车。"

"上车？！"叶辰惊了，脑中飞快地闪过几个念头。

——他哇哇乱叫、狂奔追车，好不容易追上了，却拒绝见偶像，岂不摆明了是假粉丝？

——偶像不忍见粉丝摔倒，破例请上车，结果粉丝却是个拿钱干活儿的假粉丝，岂不是等于打偶像的脸？

叶辰迅速捋清逻辑，决定把狂热粉丝演到底，人家好心好意地请他上车，他不能害人家尴尬，于是乖乖地跟助理走到车旁，做鹌鹑状缩手缩脚地坐进去。

沈默风坐在后排双臂环抱，脸上泛着一股令人捉摸不透的神气，有几分阴沉，又有些微妙的愉悦。

一段短暂的安静后，叶辰尿了吧唧地扭头与沈默风对视，半是表演，半是被对方的气场压迫得真紧张，结巴道："我……我特别崇拜您……"

叶辰外形极好，五官、骨相、肤质，皆无可挑剔，如果娱乐圈只是一场单纯的选美大赛，那他已然跻身一线了。

沈默风在圈里早已看明星看到腻歪，但与叶辰四目相对的一瞬，他还是忍不住多看了一眼。

结果，下一秒，被多看了一眼的叶辰就默默掏出一个口罩戴上，遮住了半张脸。

"……"沈默风一挑眉。

叶辰讪讪地道："我重感冒，怕传染您。"

"重感冒，"沈默风缓缓重复这三个字，声线又低又富有磁性，反问道，"还出来追车？"

"我就是……"叶辰揣摩着狂热粉丝的心理活动，倾情演绎道，"就是实在太崇拜您了，知道您今天的航班，我就忍不住了，想近距离看您一眼……"

沈默风发出一声短促的哼笑，语气不善："知道追车有危险吗？"

叶辰蔫头耷脑，小声地嘟囔："嗯……知道。"

"知道还追？"沈默风慢条斯理地教训道，"你刚才那么摔在车道上就容易出事，这是后面没车，不然，司机一个刹车不及时就把你轧了，这一点儿安全意识都没有吗？"

叶辰被这训斥小朋友般的口吻说得难受，忙道："我错了，沈哥，对不起。"

沈默风沉着脸："以后还追吗？"

叶辰大力地摇头："不了，再也不了！"顿了顿，他怕沈默风误会自己把好心当驴肝肺，忙补充说明道，"不是我不喜欢您了，而是我知道注意安全了。"

小粉丝这副鹌鹑状、惊慌认错的模样太好玩，沈默风绷不住了，"哧"地乐出声，放软了语气，含笑道："行了……午饭吃了吗，小朋友？"

他问这个倒不是为了塑造什么亲民"人设"，只不过是他自己也得吃饭，捎带给小粉丝压压惊——大庭广众之下追车追得摔在地上，怪难受的。

"没吃。"叶辰老实道。

"想吃什么？"沈默风自然地问。

叶辰已经一连吃了几天泡面，闻言，眼珠顿时亮晶晶的："我都行。"

这份能蹭饭的激动落在沈默风的眼中完全变了个意思，他扭头和司机说了个名字，小轿车便拐了个弯，朝吃饭的地方开去。

然后，叶辰就做梦般地与沈默风一起吃了顿饭。

这家餐厅的消费之高完全超出叶辰的心理预期，因此，席间他一直拼命地放"彩虹屁"，全方位赞美沈默风的演技，还大胆预测沈默风不出一年定能斩获影帝。沈默风把狂热小粉丝的无脑吹当背景音乐听，被吹得通体舒泰、心旷神怡。

我这轮精神按摩应该够抵饭钱了。叶辰暗暗地想。

一顿饭过后，两人再无交集，叶辰便渐渐将此事抛到脑后。

万万没想到……

在化妆弄头发时，叶辰打开沈默风的百度百科，拿出念书时背古文的架势把沈默风的资料死记硬背了一遍，又把他主演而自己没看过的那些影视作品全找出来通读剧情梗概，避免与影帝聊作品时露馅。

我也不想这么缺德的！叶辰痛苦地想。

今天早些时候，他试探沈默风就是想确认对方是否还记得追车事件，如果沈默风不记得的话，他本打算将此事埋在心里，没想利用旧事抱大腿。毕竟耍心机这种事不露馅则已，一旦露馅就会得不偿失，奈何沈默风不仅记得，而且明显是记得很清楚，他想赖账都不行……

一个谎言往往要用后续的无数个谎言来维系，这是颠扑不破的真理。

叶辰做足了粉丝的功课，造型也完成了。他扮演的五皇子并无帝王之才，文弱天真，只爱诗词书画，寄生在老皇帝身上的妖邪正是看中他好拿捏，才将他立为太子。但他的脆弱在编剧的塑造下并不惹人厌烦，更多的是给人一种无法逃离命运的悲哀感。

因此，五皇子的造型是透着纤弱与疏离感的，叶辰容貌中的这些特质被化妆手法增强，墨云般的青丝衬着瓷白的脸，眉梢眼角细微的拉长如羊毫闲闲的一笔，将角色从一纸设定中画活了。叶辰对镜做出几个表情，连自己都被惊艳到了。

"叶老师，这边请。"工作人员引着叶辰去拍定妆照，比叶辰先一步做好造型的沈默风还差几个镜头就拍完，叶辰便站在一旁观摩。

在等待拍定妆照的空当，叶辰发了条朋友圈，配图是自己摆出胜利手势的手，文字是一句语焉不详的"幸福，人生圆满"。

他还没与沈默风互加微信，但估计以后得加，所以抓紧时间在加好友之前就发一条，以示自己是发自肺腑地觉得与偶像搭戏幸福，而不是加完好友才虚伪地发给谁看。

提前做好准备，心机假粉丝淡淡地舒了口气。

至于微博，圈里有头有脸的大佬，叶辰礼貌性地关注过一批，其中也包括沈默风，不会穿帮，但微博上叶辰没发过，也不方便乱发与沈默风相关的资讯，在今天之前朋友圈也没提过沈默风，若深究起来，其实有点问题。

但也不至于深究吧……叶辰忐忑，一方面觉得堂堂影帝不可能如此精神病地视奸一个小粉丝的社交平台，以检测其作为粉丝的纯度，另一方面又担心那万分之一暴露的可能性。毕竟这破事摊在谁的头上，谁尴尬，自己都装到这个份上了，若哪天真相大白，沈默风还不得气成"沈默疯"？

叶辰犹豫着要不要收个沈默风的老粉丝微博号假装是自己的小号，把伪证做全套，杜绝哪怕万分之一的惹沈默风恼羞成怒的可能性，但转念一想，发现自己目前并没有闲钱买微博号……

目前就先这样，到时候随机应变，叶辰打定主意。

············

第一天上午的主要任务是定造型、主要角色拍定妆照、熟悉拍摄场地、走位、讲戏、对戏等，第一镜要下午才正式开拍。杂事纷乱的一上午过去，叶辰已饿得前胸贴后背。他早晨时间紧迫，没正经吃饭，只啃了半根黄瓜，听说盒饭送到了，便连忙催小高去拿。

小高转身去拿盒饭，顶着皇子造型的叶辰紧追几步，衣袂飞扬如云："等等！"

"啊？"小高一扭头，那张谪仙般清俊的脸"咻"地凑近了。

紧接着，他便听到叶辰低声吩咐道："给我拿两盒。"

小高被这"小鲜肉"的要求弄得一愣："……好。"

"不是两盒，"终于能放开肚皮吃顿饱饭，叶辰难掩兴奋，语气激动道，"三盒吧，拿三盒！"

他还能带回家给神兽崽崽们加菜！

小高："……"

"挑肉多的。"叶辰殷切地叮咛，旋即神仙般飘然地坐回椅子上，神色矜持、清冷，垂眸研读剧本。

小高几乎以为片刻前发生的一切都是幻觉。

很快，四份盒饭被取回来了，其中包括小高的一份。小高怕人看见叶辰一连吃三份盒饭的模样，道："辰哥，上车吃吧？"

叶辰拿起剧本，起身跟小高往保姆车走去，刚上了车，便听见沈默风的助理小刘挺抱歉地说着："不好意思啊，沈哥，堵车，才买回来。"

叶辰如掠食者般凌厉的双眼一秒透过车窗锁定目标——沈默风的两个助理小刘和小何各自提着几个一看就很高档的食盒，正往隔壁的房车里送。

剧组一日三餐大多是盒饭，所以，有些吃不惯盒饭的艺人会单独开小灶。

……这么多盒好吃的，沈哥能吃完吗？可别浪费了，浪费可耻啊！特别可耻！叶辰忧心忡忡地把盒饭往桌上一放，誓要阻止他沈哥做出可耻的事情来！

"辰哥，怎么了？"小高扒拉着醋熘白菜，心想：刚才不是饿得都要一连吃三盒饭了吗，怎么又不急了？

"我有一点儿事问沈老师。"叶辰拿起剧本，屁颠屁颠地跑下车并溜到沈默风的车门旁，探进去小半个脑袋，声调怯怯地问离门较近的小何，"请问沈哥在车上吗？"

"叶辰？"沈默风懒懒地道，"上来。"

叶辰立马蹿上车。

房车中弥漫着诱人的饭菜的香气，精致的食盒铺了满桌，叶辰抬眼一扫，虚伪地朝车门的方向退去："不好意思，沈哥，打扰您吃饭了，我一会儿再过来。"

"不打扰，"沈默风心不在焉，随口邀约道，"一起吃吧，买多了。"

沈哥威武！沈哥牛×！叶辰心花怒放地坐到沈默风的面前，一低头，瞄见那盒耀武扬威、夺人眼球的红烧大虾，激动得脸都红了，垂着眼帘，饥渴地扫视别的菜。

沈默风眼皮一抬，见小粉丝红着脸蛋儿盯着虾，不敢抬头看人，含笑道："找我有事？"

"就是……"叶辰咽咽口水，翻开剧本虚伪道，"下午那场戏有个地方想请教您。"

他又馋又饿，还要抵御美食的诱惑，演技顷刻间跌落谷底，神态显得不大自然，勤勉好学的表情用力过猛，崩了。

沈默风瞥了叶辰一眼，险些"破功"。

他本想顺着话题聊下去，话到嘴边，却忍不住想逗逗叶辰，遂凉凉地抛出一句："就那么几场戏，上午不都讲透了吗，还问？"

叶辰噎住。

沈默风悠悠地道："借口吧？"

这都看出来了？！叶辰惊得舌头直打结："不……不是借口，是真的想问……"

静默片刻后，沈默风轻笑出声："逗你玩呢，当真了？"

"没当真。"险些被吓尿的叶辰嘴上否认着，绷紧的肌肉却明显松懈下来了，垂眼死死地盯着虾。

差点以为要吃不着了！目测这是今年唯一一次吃虾的机会！

……这眼睛是粘在虾上了？沈默风好玩地看看叶辰，道："先吃饭，吃完再讨论。"

于是，叶辰就乐颠颠地吃起了香软的蒸排骨与滑嫩的白切鸡，目光时不时偷偷溜向大虾，却不敢吃。

一来，夹虾剥虾的动作太明显，二来，大虾是一种价格较贵的食材，在主人尚未动筷时，客人也不大好先吃为敬……

叶辰沉思片刻，福至心灵，"狗腿"道："我给您剥虾吧……我来之前洗手了。"

"剥吧。"沈默风愉悦道。

叶辰麻利地剥好一只，放到沈默风的餐盘，随即剥好第二只，无比自然地放到自己的餐盘，再剥第三只，放到沈默风的餐盘……如此循环往复，叶辰的餐盘里便多了四只"明媒正娶"的红烧大虾！

我究竟是什么聪明大宝贝！叶辰埋头吃着虾，嘴角止不住地上扬，险些笑出声！

沈默风停下筷子，半是不解、半是好笑地打量着叶辰，问："笑什么呢，小朋友？"

叶辰连忙做好表情管理："没什么……"

沈默风打趣道："大虾太好吃，吃得真高兴？"

猜……猜中了！叶辰险些噎死。

经济宽裕时，叶辰不会在乎这样的调侃，可能还附和着玩笑一句，奈何贫穷令人敏感，于是他矢口否认道："不是，不是，我是太激动了……能……能坐得这么近，给您剥虾，我以前想都不敢想……"

沈默风忍住笑，道："开玩笑的，别紧张。"

他并非真的怀疑叶辰是为了蹭虾吃。他自小生活优越，身边的人亦非富即贵，还真没接触过穷得瞄见几只虾就移不开眼睛的人。远的不说，他身边那两位月薪不过两万的生活助理都不会这样，何况最近一年多迅速走红的叶辰——此前他碰巧看到过叶辰的动向，认出之前追车的小粉丝竟一路追进了圈里，便一直怀着某种微妙的心态暗地里关注着叶辰。

人气"小鲜肉"能穷到跟人蹭饭吃？

怎么可能，星尚野传媒又不是黑煤窑。

午饭期间，叶辰仍致力于放"彩虹屁"，给沈默风提供精神按摩，尽职尽责地扮演小粉丝。吃饱喝足后，他拿起剧本乖巧地向沈默风讨教了几个无关痛痒的细节，沈默风也难得好脾气地陪他说了一会儿废话，气氛虚伪而融洽。

沈哥人真的好，请我吃两顿饭了。叶辰感动地想，还两顿都有大虾，这是一种怎样的慷慨？

等我将来把山海境的灵脉修复好了，我非得在里面给我沈哥开辟十亩虾塘……思维方式已全然农业频道化的叶辰攥紧拳头，默默地起誓。

滴水之恩，当涌泉相报，一虾之恩，便当以虾塘相报！

午休结束，拍摄正式开始。

沈默风饰演的三皇子心机深沉、有谋略，却偏偏是冷宫妃子所出，不受待见，为掩盖野心，方便暗中行事，他在其他皇子面前素来是一副温和良善的模样，因此，五皇子对他颇为信赖。

这一场戏演的是三皇子听见寝殿外的花丛中有异响，过去查看，却见五皇子的爱猫被几根从地底伸出的血红色藤蔓缠住并飞速拖入地下。猫消失的一瞬，五皇子慌慌张张地跑出来寻猫。

这场戏没多大难度，沈默风神情错愕地站在花丛边，正欲细看，叶辰却从一棵树后绕出来，冒冒失失地大喊："小雪团！"

沈默风一晃神，从那妖异的景象中抽离出来，视线勉强在叶辰的脸上对焦。

叶辰气喘得厉害，迎上沈默风的视线，目光闪亮，声调乖顺："……三哥，你看见我的猫了吗？"

"咔！"陈靖安大喊，"叶辰的状态不对！"

爱猫不见踪影，主人应是焦急的，可叶辰这简直是一副……粉丝见到偶像的架势。

叶辰一脸"果然如此"的表情，狠狠地闭了闭眼。

……午休这一小时装粉丝用力过猛，他入戏太深了！

入戏快而抽离慢，一直是叶辰最要命的缺点。

"陈导，"沈默风不禁泛起一阵苦恼，转向陈靖安道，"我和他说两句。"

陈靖安暴躁地挥挥手："说！"

沈默风问小何要了手机，带叶辰走到人少的地方，欣赏着他的小苦瓜脸，打趣道："怎么了，看见我就连戏都不会演了？"

叶辰不能说是演粉丝演得入戏，只痛苦地捂脸道："对不起，沈哥，让我缓缓，三分钟就行。"

"怎么办呢，"沈默风半开玩笑地出主意道，"要不，我给你说说我的缺点，让你别这么崇拜我了？"

岂料叶辰忙不迭道："好啊，您说。"

听听沈默风自抖黑料确实有助于他出戏。

几秒钟的寂静后，沈默风低头摆弄着手机，无耻地反问："哥像是有缺点的人吗？"

叶辰："……"

可以，他出戏了一半。

忽然，沈默风把摆弄了半天的手机屏幕朝叶辰的方向一转。

屏幕上赫然是一张沈默风的表情包，是不幸被抓拍了一个痴呆状的瞬间，配字"地主家的傻儿子"。

叶辰"噗"地笑出声。

沈默风淡定自若地把屏幕往下滑，各种搞笑的表情包层出不穷，还有故意 PS 得变形制造笑点的……

"目瞪口呆""笑容变态""笑容愈发变态""我好圆""我好方"……

叶辰笑得肚子疼，整个人以光速出戏！

下午的拍摄进行得十分顺利。

叶辰记不清自己此前研读过多少遍剧本，他的本子都被翻得磨毛边了，这些日子他连种地都不忘背台词，兴致来了，分分钟扔掉锄头在田里来一段。这些努力都没白费，与沈默风的小插曲过后，他全身心地将自己融入角色，将演技发挥到自身水平的极致，而且，下午安排的几场戏里，角色的情绪碰巧比较连贯，掩盖了他的短板，连素来挑剔的陈靖安都挑不出什么瑕疵。

当天收工早，叶辰回家后将险些被小高扔掉的三份盒饭热了热，均匀地分成四份，还给宝宝们做了红烧鸡腿，每个一只，手笔极大！

"拍戏这段时间，我天天给你们带盒饭。"叶辰面露慈爱道。

剧组要确保餐食供应，会订多于实际人数的盒饭数目，不然，现场人多而杂，哪个胃口大的多吃一盒，另一个人就没得吃了。

再加上有些演员自己开小灶，这就导致收工时常常会有少量剩饭。虽说剩饭的命运是垃圾桶，好端端的粮食都浪费了，但叶辰也不可能把剩饭全带走——他没法解释。

一粒米，七担水啊，叶辰惋惜，如果有个乾坤袋用来装剩饭就好了。

——想到乾坤袋这般高端玄妙的法宝，叶辰的第一反应就是用来装剩饭。

面对有很多肉的饕餮盛宴，神兽宝宝们激动到原地变形。狨宝宝变成肥嘟嘟的长耳朵小毛团，上蹿下跳叽叽叫；穷奇宝宝变成插着翅膀犄角的幼虎在院中奔跑长啸；玄武宝宝仰面朝天，缓缓地伸展它四只小短腿，以龟壳中心为轴风车似的悠悠旋转，宣泄内心的喜悦之情……然而，每次狂奔路过时，穷奇宝宝都会一爪子抽过去给玄武宝宝提提速。

一分钟后，旋转出残影的玄武宝宝惊恐地呼救："救……命……啊……太……快……了……"

叶辰连忙冲过去把玄武宝宝翻过来，获救的玄武宝宝"啪"的一声趴在地上，晕得爬都爬不起来。

"奇奇！"叶辰暴躁，"不许再那么转玄玄了！"

穷奇宝宝玩疯了，又没听懂，扑扇着小翅膀飞着落到叶辰的头上，用四只肉垫抓着他的头发，奶里奶气地仰天长啸："嗷嗷嗷——"吃鸡腿啦——

"反了你了！再欺负玄玄，不给你饭吃！"叶辰一把将小穷奇掀下来，按在大腿上打了几下毛茸茸的小屁股。听说不给饭，穷奇宝宝秒尿，摇头晃脑地咬了几口空气泄愤，一口尖牙咔嚓作响。

喂饱四只崽崽，叶辰进入东厢房储存神兽元神的独立空间，检查元神们的情况。

自叶辰搬进四合院后，境灵就没再难为他，目前这个阶段的任务只是"照料好已复苏的神兽幼崽"，没立刻逼着他种灵植修复山海境。

毕竟境灵与单纯按算法办事的计算机不同，他勉强能通点人情。叶辰用言灵的力量透支了一亿四千多万元的演艺酬劳，在这笔巨款还清前，叶辰的全部演艺相关酬劳会直接被言灵吞噬，经济状况不容乐观，而且他目前还没发展什么能保证温饱的副业，确实没有余力种植大批量的灵植。

包裹着元神的发光气泡变大就是神兽即将苏醒的前兆，而目前个头最大的是混沌宝宝。除去两双比例小得可怜的微型翅膀外，混沌宝宝周身不见任何器官，只是一个圆滚滚的四翼橘色毛球，像只团成一团的橘猫。

叶辰轻抚包裹着混沌元神的气泡，眼神慈祥，充满怜爱。

连嘴都没长，一看就是个省粮食的好孩子。

——贫困的老父亲欣慰地想。

接着，叶辰走到另一个体积尚小的气泡前，用卷尺将气泡轻轻围住测量周长，见气泡今天与昨天的周长相等，暂无复苏的迹象，他幽幽地舒了口气。

这个气泡包裹的是以食量被封神的神兽饕餮，据境灵推送的科普文章说，饕餮幼崽一日须进食五餐，每餐须吞噬约为其体重十倍的食物，而随着发育和成长，食量还会呈几何级增长。如果饕餮宝宝在近期苏醒，叶辰是真的养不起。

"饕餮啊，你千万要晚一点儿醒，"叶辰叽叽咕咕地对饕餮宝宝进行胎教，"不然，哥只能让你吃土……"

听见"吃土"二字，饕餮宝宝在梦中磨牙的动作都是一滞！

············

接下来的两天，叶辰仍旧凌晨四点摘菜去早市练摊，一连去了三次早市后，多余的菜卖得差不多了。在新种的几排作物成熟前，他暂时不打算再卖菜。这天六点收了摊，他背起菜筐，去找卖鸡蛋摊位的大姐。

这年头，市里罕有卖活鸡崽的小贩，就算有，卖的也都是不下蛋的公鸡崽，要买优质母鸡崽，得去村里找养鸡的农户，但这一来一回的交通费太令人心痛。叶辰琢磨着卖鸡蛋的肯定认识养鸡农户，就托附近卖鸡蛋的大姐去村里进货时帮自己捎些鸡崽。

"姐姐，"叶辰小嘴抹蜜，"您帮我带鸡崽了吗？"

"带啦。"大姐从摊位下捧出一个大纸盒，毛绒球似的鸡崽张开稚嫩的喙，叽叽大叫，却在感受到叶辰的气息的一瞬集体噤声了。

"几只公的，几只母的……"叶辰话音未落，大纸盒中的鸡崽忽地骚动起来，十几只挤在纸盒右下角，三只挤在纸盒左上角，自动隔出一条泾渭分明的线来。

大姐乐呵呵："十七只母的，三只公的。"

叶辰望着纸盒中自动按性别分群的鸡崽，微微一怔。

"还有果树苗也给你带了。"大姐又搬出三棵半人高的小树苗，热情道，"红富士、黄元帅，还有一棵冰糖心的，都是正经五年苗，种上就出果，放心吧。"

这几天叶辰潜心对菜市场进行分析，感觉卖水果才是长久的赚钱之道：蔬菜受自身食材种类的限制，再好吃，也就是蔬菜，一个人可能会对味道甜美惊艳的水果念念不忘，但很少人会特别惦记谁家的胡萝卜、白菜，卖水果应该会比卖蔬菜更容易打出口碑，而有了口碑，才能慢慢提价。

叶辰斗志昂扬，誓要成为西林街早市水果界一哥，甚至比成为星尚野传媒一哥的斗志还要强上几分……

"谢谢姐姐。"叶辰乖巧地道谢，给大姐补齐带货的余款，又塞过去几颗又红又大的灵气西红柿作为谢礼，认真道："自己家种的，酸甜，直接吃就很美味了。"

大姐高高兴兴地接过，道："下次要捎什么，和姐说一声就行。"

叶辰带着鸡崽和树苗回家，鸡崽们一路上安静得很。

进了院子，叶辰把装鸡崽的大纸盒往地上一放，兴致勃勃地搓搓手，命令道："坐下。"

鸡崽们立刻趴得好好的。

叶辰："起立。"

鸡崽们叉着两条小细腿，精神抖擞地站起来。

叶辰清清嗓子，如魔鬼教官般双臂环抱踱着步，在小鸡崽的面前耀武扬威，喝令道："向左——转！"

鸡崽们静默无声地齐齐转向左边，宛如一支训练有素的军队。

不得了，我还能驭鸡呢！叶辰感受到了伏羲古神的血脉威力，顿觉自己的确有网络文学作品里的男主的潜力，美得冒泡。

第 二 章
蹭亦有道

今天叶辰要拍的是夜戏，一整个白天都没安排，正好能干农活儿。

他先是泡了小米喂鸡崽，喂着喂着，赫然听见穷奇宝宝嘴里传来鸡叫声，遂对穷奇宝宝采取武力镇压，强行掰开嘴巴并掏出一只惊恐万状的鸡崽。

上午，穷奇宝宝在院子里被罚站，叶辰用涂抹金箔般的谨慎手法涂了薄薄一层防晒霜，戴上草帽去理论上有九个太阳的山海境里植树。他照着手机里的《致富经之苹果苗栽种步骤》折腾了一上午，先是浸泡苗木，随即精准地调配多菌灵、生根育苗剂与井冈嘧苷素溶液以杀灭果树病菌并促进生根，最后挖坑，有条不紊地将三棵苹果树苗栽好。

"呼……累死了。"叶小鲜肉蹲在田埂上，把被汗水浸湿的毛巾往脖子上一搭，打算先缓一口气，然后趁着今天日头不毒，再在菜地旁加种两排奶油草莓。

于是，叶辰打开微博登上小号转发了几个抽奖活动，随即登录大号翻看评论。他这几天微博大号都没动静，评论区大批大批的"辰辰出来让妈妈看一眼吧"。他犹豫片刻，回到四合院照照镜子，发现外形状态还不错，便摘掉草帽，抓抓头发，仔细地把汗擦干，左手拿毛巾做出一个正在擦脸的姿势，右手举着手机拍了张大头照。

这张自拍照没带什么有辨识度的背景，跨栏背心也被毛巾与手臂挡得不剩什么，能清楚地看见的只有叶辰的脸蛋儿：那面颊瓷白，透着桃花般的薄红，眼睛因运动后的精神焕发而显得格外明亮，微湿的额发加上线条流畅紧实的小臂，极具活泼、清爽的少年感。

叶辰："健身归来。"

评论区瞬间沸腾，粉丝们尖叫着表白并纷纷放起"彩虹屁"——"辰辰在跑步机上跑，我在辰辰的睫毛上百米冲刺！"

"辰辰，你还小，妈妈不许你露那么多胳膊！"

"这就是玉琢冰雕的小王子啊！"

"这是什么又奶又甜的奶油小草莓！"

叶辰随手回复了几个粉丝，并对评论区中有新意的"彩虹屁"进行分析与背诵，留待将来哄沈默风时用，随即，"又奶又甜的奶油小草莓"重新戴好草帽，扛起锄头，去地里种起了奶油小草莓。

《问鼎》中的恐怖元素很多，叶辰与沈默风今晚要拍的这几场夜戏就是惊悚向的，讲的是侍疾的五皇子窥破了父皇的秘密并怀疑自己也已被寄生，在崩溃逃离寝宫的路上被三皇子救下。三皇子早已察觉宫中诸多怪象，却佯装不知，套五皇子的话。

"……你什么都顾不上了，你直接从你父皇的寝宫里逃出来，你怀疑那个怪东西从你的胸口钻进去了，你快吓疯了，边跑边扯衣服，想把它给抓出来。"陈靖安给叶辰说戏。

这场戏开始前有几分钟准备时间，叶辰捧着特效化妆师鼓捣出的老皇帝的怪脸，循序渐进地加快呼吸，缓缓地沉浸在角色惊骇欲绝的情绪中……

随着场记打板声响起，叶辰瞳仁骤缩，眼眶含泪，无助地奔逃在妖异的夜色中。因极度恐惧，他手脚都不听使唤了，短短这么一小段路，他接连摔倒两次，可甫一摔倒，他便如摔在滚烫的铁板上般猛地弹起并继续逃跑。他狂乱地撕扯着自己的领口，在身上徒劳地抓挠着，带着哭腔地哀求道："出来！出来啊……"

接着，失魂落魄的叶辰直直地撞到沈默风的身上，被一双温热、有力的大手拉住。

"怎么了，五弟？！"沈默风貌似忠良，满眼诧异与关切。

月光下的小皇子神色凄惶，衣衫凌乱，指甲抓挠出的红痕与奔跑中散下来的乱发令他格外惹人心疼。

"三哥！"见到沈默风，叶辰如获大赦，然而这时，有什么东西沿着他来时的路追了上来……

"咔！"陈靖安大手一挥，"过了！"

沈默风一秒抽离角色，叶辰却仍愣怔着，三魂七魄尚未归位。他神经质地偏过头，仿佛导演喊了"咔"也还是不放心，想确认一下身后究竟有没有怪东西在追。

可他的头还没转到一半，脑袋就被一双手按住了，接着，他的头就被沈默风缓缓地扳正了。

"没东西追。"沈默风嗤笑道，"什么毛病？深呼吸。"

"沈哥……"叶辰用力眨了两下眼，听话地做起了深呼吸。几个深呼吸后，他情绪平定了不少，拢了拢领口，随沈默风坐到布景外的椅子上休息。

这场戏角色的情绪太激烈，不容易快速转换，好在下一场戏就是接着这一场的，是两人察觉到身后有东西追来，躲到假山的缝隙中屏气噤声，逃过一劫，情绪很连贯。

叶辰捧着老皇帝的妖怪脸道具找了一会儿感觉，成功沉浸角色，把自己吓得哆哆嗦嗦。

"……"沈默风好笑又无奈地看着自家学艺不精的小粉丝，心想这破毛病迟早得改。

但叶辰是半路杀进娱乐圈的，没在艺校系统地学过表演……而他急着进娱乐圈的原因，沈默风用脚指头猜也能猜出七八成，所以沈默风觉得他缺乏技术只能靠情绪沉浸不是什么太严重的问题，甚至可以说是一种有天赋的表现，只不过是欠操练罢了。

打板声响起，两人几乎同时望向来时的路，待看清来者的一瞬，叶辰发出一声短促的尖叫，沈默风则一把捂住他的嘴，一闪身，把他拖进身后假山的石缝里。

需要通过后期特效制作，而目前仅存于想象中的妖邪在假山周围逡巡，腥臭可怖的四肢在假山上蜿蜒而过。叶辰在妖邪错乱的肢体中看到一只扭曲变形的手，那是他失踪已久的母亲的手，手指上还戴着她最爱的玉石戒指，妖邪吞噬了她，却谎称她是被风光大葬的……叶辰目眦尽裂，泪水涔涔而下，恐惧渐渐被暴怒代替，他疯狂地扭动着身体，想脱离沈默风的掌控，冲出去为母亲报仇。沈默风却拼死禁锢着他，用右臂死死地箍着他的腰，左手则强势地捂着他的嘴，不允许他制造出丝毫响动。

这令人屏息的一场戏持续了许久，陈靖安才终于大发慈悲地喊道："咔！"

沈默风一扭头，从石缝里挤出去。

虽说都是幸运的一条过，但接连两场惊骇欲绝的戏演下来，叶辰情绪不怎么稳定，总觉得身后有妖怪在追自己。

这两场难度大的戏演完，两人会有一段比较长的休息时间，为缓解恐惧感，叶辰登录微博小号狂转一拨抽奖活动分散注意力，随即点开《致富经之苹果苗栽种步骤》，继续学习后半段追肥技术的讲解，边学边淘宝搜索家里没有的有机饼肥与硫酸铵液肥，并成功地被有机饼肥"种草"（被激起了购买欲望）了。

学习苹果树追肥技术学得忘我，以至于忘记拍马屁的叶辰并没察觉到身边的影帝自上一场戏收工开始，周身就散发出了魅力的气息……

"叶辰。"沈默风忽然叫了他一声。

"怎么了，沈哥？"叶辰立马把手机锁屏，做乖巧状听令。

"刚才那场戏，"沈默风叼着烟，慢条斯理道，"感觉怎么样？"

叶辰犹豫着说了一下挑不出错的客观事实："呃……感觉那石头缝太挤了。"

沈默风悠悠地道："拍着别扭，不喜欢？"

"没有，没有！"叶辰怕沈默风误以为自己是嫌弃与他接触，忙"狗腿"道，"喜欢，特别喜欢，没别扭。"

沈默风轻轻笑了一声，继续低头摆弄手机。

"……"叶辰看看时间，再次登录微博小号。

叶辰觊觎已久的一个奖品就要开奖了，因为太想要这个奖品，他最近常常给抽奖小姐姐转、评、赞以增加互动，加上这条抽奖微博被转发得不多，所以他觉得自己有戏。此时，他正忐忑地刷新抽奖小姐姐的微博等结果，还在小姐姐的最新微博下疯狂地蹦跶："人美心善的小姐姐看看我！"

眼瞅就到开奖时间了，沈默风却非常添乱地叫道："叶辰。"

叶辰连忙把不舍的视线从屏幕里拔出来，看向沈默风。

沈默风垂眼看着手机，凉凉地抛来一句："怎么不加我的微信？"

剧组之前就建过一个群，场记每天在群里发通告，叶辰和沈默风都在群里，叶辰却一直没加沈默风的微信。

"我想加您的微信！"叶辰睁大了眼睛，诚惶诚恐道，"就是……怕您不愿意加我……"

——这是叶辰在仔细分析过自己在娱乐圈中的人设并写出人物小传后有意做出的行为。

他这个人已经脱离了青春期的浮躁、冲动，在进入娱乐圈一年多之后变得沉稳，不再是会追在偶像身后尖叫着表白的狂热少年。而且，他也有了艺人的身份，他看得出自己和男神沈默风的差距很大，所以他才会在沈默风面前表现得如此恭顺，甚至可以说是有一些卑微。他只要能在早、中、晚三顿饭的时候和男神说说话，就觉得很满足了，他不敢奢望更多……当然，重点是早、中、晚三顿饭的时候。

这时，他因为忐忑、因为卑微、因为害怕被沈默风拒绝而不主动加沈默风的微信，会更加符合他这个人物现阶段的性格表现与成长曲线。

是的，为了能把"沈默风的粉丝"这个角色演绎到极致，叶辰甚至暗暗地给自己写了个人物小传……

还给自己讲戏！

毕竟他已经打定主意把这个秘密带进骨灰盒里了，所以完全不打算暴露。

忽然，微信提示音响起。

叶辰低头，看见一条添加好友提示。

——"对方请求添加您为好友。"

叶辰连忙通过好友申请。

他虽不是沈默风的真粉丝，但被超一线艺人主动加好友对于刚蹿红的"小鲜肉"来说，本身就值得受宠若惊一下，他真实地手足无措道："您加我了？"

"嗯。"沈默风慵懒地一笑，随手点进叶辰的朋友圈，把屏幕往下滑去。

滑到叶辰某张摆胜利手势的照片时，沈默风的手指微微　顿。

——"幸福，人生圆满。"

沈默风扫了眼这条朋友圈的发布日期，发现果然是开机第一天。

"……"沈默风原本只是闲着无聊顺手一点，并非存心"视察"叶辰的朋友圈，却在看到这条朋友圈后果断地滑动屏幕逐条看起来。

心机深沉的假粉丝此时如坐针毡，抻长脖子斜着眼，拼命瞄沈默风的手机屏幕，并惊悚地发现堂堂影帝竟然真的看他这个小艺人的朋友圈看个没完，也不知是不是在检测粉丝纯度……

人家就是随手一翻。叶辰自我安慰。

十分钟后，沈默风"随手一翻"到底。

叶辰："……"

叶辰剩下的朋友圈都没提过沈默风半个字。

沈默风倒也没怎么在意，只偏过头，问："就这一个号？"

有些艺人会把工作号与私人号分开，故而，沈默风这个问题也算平常，可假粉丝做贼心虚，一秒便嗅出问题下可能暗藏的玄机。为杜绝一切负面可能，叶辰字斟句酌道："微信就一个，我签了公司就把以前的东西都删了。"顿了顿，他又缜密地为未来埋下伏笔，用闲聊的语气道，"但我微博有小号。"

微博小号……沈默风低低地一笑，倒也没追问，关了微信，玩别的去了。

成功蒙混过关，叶辰舒一口气，把收购微博小号一事正式提上日程，同时暗暗悔恨自己当年为什么要抛弃节操赚那三百块钱。

赚三百块钱一时爽，售后一辈子！

这时，叶辰想起那被自己重点关注的抽奖活动，连忙打开微博，在心中虔诚地焚香后缓缓地睁开双眼……

自惨遭猪拱晕厥、被迫种地养鸡、遇强买强卖欠下一亿四千多万块钱后……穷得每天转发几十条抽奖微博企图靠抽奖养家糊口的叶小鲜肉，终于否极泰来，中奖了！

于是，正在一旁看娱乐新闻的沈默风忽然听见身侧传来几声轻微的响动，像是有人兴奋得忍不住却又不敢张扬的那种压抑的笑。

沈默风挑眉，扭头一看，见叶辰正弓着背把脸埋在膝盖上，虽看不到表情，但傻子也能猜出来他是在偷笑。

沈默风微怔，待想通其中关窍，心里便泛起一股荡漾又柔软的无奈，忍不住在心里笑骂一声。

偷笑片刻后，叶辰直起身，垂眼看着手机屏幕，嘴角柔软地翘着。

沈默风盯他片刻，因角度问题，看不到他的手机屏幕，遂狠狠地抽一口烟，丢了，踩灭烟蒂，打开自己的朋友圈。

他动态很少，最近发的一条是他上周去冰岛拍广告时小何给他照的几张旅游照。

……看哪张呢？沈默风猜测了一会儿，又觉得自己有病，叶辰也未必就是在看他的照片，遂收起手机，点起一支烟，强迫自己低头看剧本。

他打死也想不到的是，显示在叶辰手机屏幕上的……其实是一条微博中奖通知。

然而，想得太多也不能全怪沈默风。

他自小家境优越，又是年少成名，加上相貌俊美、演技过硬，完全是被人一路小心翼翼地捧着哄着长到二十五岁的。他虽没被捧到"三观"不正、目中无人，却多少落下了自恋的毛病，况且叶辰还装得那么像他的真粉丝……让他怀疑叶辰的粉丝纯度，太难。

另一边，叶辰去找搞抽奖活动的人兑奖。

搞抽奖活动的人是个土豪妹子，说是最近"水逆"，工作不顺，为转运，弄了这么个抽奖活动，没有具体奖品，而是抽出一人给他清空货物价钱在一千元以下的购物车，见不小心抽中一个抽奖专用小号，土豪妹子懊丧地表示要重抽。

叶辰急道："小姐姐，我不是僵尸号，我是真人。"

他现在急需这样的奖励，因为他有必须抓紧时间买的东西。

搞抽奖活动的人："那你也是专门抽奖的呀，你微博里除了转发抽奖活动，都没什么别的东西……"

叶辰望着抽奖小姐姐的头像，陷入沉默。

——她的头像是叶辰的照片，她本人也是叶辰的粉丝，这几天叶辰为了和她提高互动频率，常常在她抒发"辰辰宝宝，妈妈爱你"的微博下无耻地夸赞自己。

叶辰："叶辰真的是个小王子吧，我一个男生都是叶辰的粉丝！"

叶辰："辰辰小宝贝怎么能这么可爱！我窒息了！"

叶辰："为辰宝的美好流下了老父亲的泪水！"

…………

叶辰叹气。

这几天的无耻，终究是错付了！

叶辰："小姐姐，我也是辰辰的粉丝，我这几天总评论你，你忘了？"

你抽中的就是你的辰辰宝宝啊！辰辰宝宝悲伤地想。

搞抽奖活动的人："你的微博都没有与辰辰相关的东西啊，全是抽奖。"

叶辰一咬牙："我真是他的粉丝，我还存了好多他没外传过的私照呢，是我花大价钱跟人买的，我传给你，你看看，网上肯定没有。"

搞抽奖活动的人来了兴致："真的假的啊？"

叶辰一口气发过去十来张自己没往网上传过的自拍照与生活照。

搞抽奖活动的人："啊！我真的转运了！"

搞抽奖活动的人："你这是在要一位老母亲的命！"

搞抽奖活动的人："清、清、清！我给你清购物车！购物车的截图给我发过来！"

叶辰"狗腿"道："谢谢小姐姐，小姐姐人美心善！"

随即，他大手一挥，发去两张截图。

第一张截图的界面是某二手交易网的购物车，购物车中只有一件名为"九成新二手电动三轮车"的商品，商品图上是一辆颜色介于绿与蓝之间的电动小三轮，货斗容量可观，卖菜、收废品、运化肥都没问题，一口价九百五。

搞抽奖活动的人："……"

第二张截图则是淘宝购物车，里面放着五小袋有机饼肥，算上邮费，刚好四十九块五毛钱，两辆购物车加起来就是九百九十九块五毛钱，正好一千元以下。

今天刚种的"草"，这就有机会拔了！

搞抽奖活动的人沉默片刻，发来满屏的省略号，一时有些精神错乱。

叶辰乖巧地问："可以吗，小姐姐？如果只能清一辆购物车的话，那我就不要有机饼肥了，谢谢小姐姐。"

土豪小姐姐油然而生出一种在山沟沟里扶贫的感觉，虚弱地道："没事儿，我都给你清了吧……"

于是，这天晚上，叶辰终于拥有了一辆属于自己的电动小三轮。

…………

他又顺利地过了两场戏后，生活制片带着一车夜宵杀到，给大家补充能量。

沈默风向来不跟剧组一起吃大锅饭，他饮食极其挑剔，没有能入口的，宁可饿着，拿抽烟抵饭。拍摄地点在市内倒好说，小何对京海各大饭店酒楼哪位大厨做的哪些菜合沈大少爷的口味一事了如指掌，无非是跑腿麻烦一些，但拍摄地点在荒郊野岭的话，一部戏拍下来，沈默风基本都会生生饿瘦一圈。小何觉着要是再这么下去，经纪人怕是得给沈默风组建一个随行厨师团了。

听说夜宵就位了，叶辰摩拳擦掌，深情地呼唤道："小高啊。"

"了解。"小高竖起大拇指，训练有素地道，"三份，挑肉多的，有人问就说我吃的。"

叶辰欣慰。

他打算自己吃一份，再带两份给神兽崽崽们，今天就不去沈默风那边蹭夜宵小灶了。

这是因为他都一连蹭两天了，为保持蹭饭可持续性，保证蹭饭资源的可再生性，他不打算盯着沈默风没完没了地薅羊毛。他给自己排好班了，蹭二休一，蹭两天，休一天，而且蹭饭时的精神按摩与细节服务要做到位。

蹭亦有道嘛，叶辰深沉地想，不能看沈默风大方，就蹭个没完没了，自己心里得有点数，别招人烦。

殊不知，沈默风不仅不烦，甚至还有一点舒爽……

他吃饭时被人哄着、捧着、伺候着，吃虾有人剥壳，吃鱼有人挑刺，吃蟹有人剔肉，连方便筷子都不用亲手掰，着实很难不舒爽。

这时，小何跑过来，语气相当熟稔地招呼叶辰："辰哥，沈哥叫你去吃夜宵。"

叶辰瞬间忘记蹭二休一的安排，扭头就跟小何上了贼车。

沈默风正在车上休息，他咬着一根烟，疲倦地倚着稍微放低的座椅靠背，两条长腿随性地交叠着，整个人散发出一种慵懒的魅力。

见叶辰走过来，沈默风下巴微微一扬，透过缭绕的白雾向叶辰递去一瞥，漫不经心地问了句："跑哪里去了，小朋友？"

小何把车窗开大散烟味，叶辰忽然意识到沈默风拍夜戏时完全是烟不离手的状态。

"就是……准备去吃夜宵来着。"叶辰一低头，发现桌上摆着四份海鲜粥，两份助理的，另外两份是他和沈默风的，显然是沈默风刻意吩咐助理给他带的。

沈默风自恋归自恋，但脑子还在，叶辰这几天一到饭点就往他这跑，为的是什么，他心里也有数。想接近偶像自然是主因，但还有一小部分原因，他猜测是叶辰资历浅、年纪轻，虽挑嘴吃不惯剧组的盒饭，但也不好意思像大牌演员一样摆谱吃小灶，所以饭点才往他这边跑。

"他们的不好吃。"沈默风皱眉，直起身把还剩半支的烟摁灭，宠粉丝道，"吃我的。"

叶辰心头顿时暖得一塌糊涂。

小何帮沈默风掀开粥碗的盖子，一次性粥碗中，一只通红的大螃蟹陷在煮得晶莹软烂的米粒中，被大虾、扇贝、鲍鱼之类的簇拥着。碗盖被掀起的一瞬，海鲜粥的鲜香立时冲散了车里微弱的一点烟味。沈默风拿筷子一拨，那蟹壳就轻轻巧巧地翻了过来，露出内里满满当当诱人的蟹膏。

"……"叶辰盯着那粥里满是蟹膏的螃蟹，在沈默风的面前坐下，缓缓地攥紧拳头，心中万千思绪汇聚成两句话。

第一句：等我把山海墙修复好了，我非得再给我沈哥承包个蟹塘不可！

——本着滴水之恩当涌泉相报的原则，这几天的饭蹭下来，"叶·庄稼男孩·辰"已经暗自在心中欠下沈默风鱼、虾、蟹塘，及鸡、鸭、鹅、猪、羊养殖场无数了……

第二句：以后沈哥就是我亲爸爸！

"沈哥。"叶辰用孝子贤孙的语气埋怨道，"您抽烟抽得太凶了，对身体不好。"

"……"谁知沈默风竟沉着脸瞪了他一眼，凉凉地道，"吃东西。"

——不知怎的，叶辰方才的那些话，忽然就让他觉得自己跟叶辰差辈了。

见叶辰小眼神闪动，一副欲言又止的模样，小何在旁边插了句："沈哥是为了拍夜戏提神。"

叶辰抿了一下嘴唇，道："下一场没我的戏，我帮您买杯咖啡去吧，您别抽得这么凶……"

最近有一家新开业的奶茶咖啡连锁店在做活动，关注公众号后连续签到一个月即可获赠超大杯卡布奇诺领取券两张。叶辰签了一个月，领的两张券一直没舍得用，不出意外，基本要传给儿子，不过，给沈爸爸用的话，他舍得，不仅舍得，还挺高兴，因为总算是能还一点儿东西了。

沈默风笑着摇摇头："喝不了，咖啡因不耐受。"

"这样……"叶辰了然，低头吸溜着海鲜粥，琢磨着是不是可以给沈默风种几棵梨树，梨这种水果本来就号称能清肺止咳，他种的灵气鸭梨想必效果会更好。

两天后的早晨，转让二手电动三轮车的卖家送货上门，四合院中多了一辆蓝绿色小三轮。

叶辰对新坐骑爱不释手，骑着小三轮满院子"嘟嘟"地跑，四只神兽宝宝在游廊中站成一排围观，并在狐宝宝的指挥下纷纷用小胖手模仿领导人鼓掌的样子，以欢迎家庭新成员小三轮的到来，场面极具仪式感。

叶辰正玩得欢，手机忽然传来"叮咚"一声提示音，是境灵发送的提醒："混沌幼崽现已苏醒，请即刻前往照料。"

"有新小朋友要来了。"叶辰将爱车停好，走到宝宝们的面前进行教育，"应该怎么和新的小朋友相处？"

宝宝们奶里奶气地齐声道："做——好——朋——友！"

叶辰威严地颔首，继续发问："可以用拳头打新小朋友，用脚踢新小朋友，用牙咬新小朋友吗？"

宝宝们："都——不——可——以！"

叶辰走这套流程不是为了好玩，而是因为有前车之鉴：玄武宝宝刚苏醒时，暴躁的穷奇嫌他动作慢吞吞，看着憋气，在某个月黑风高之夜偷偷摸到他的床上咬他，却被他赖以生存的硬壳崩掉一颗乳牙……叶辰对穷奇宝宝进行批评教育，并在那颗锋利的乳牙上绑了根细线，挂在院门口的一枚钉子上，一来可以警示后人，二来方便拆快递。

已苏醒的混沌宝宝与一只幼年橘猫差不多大，叶辰走进东厢房时，他正"啪嗒啪嗒"扑扇着小翅膀，歪歪斜斜地在空中飞旋。

见叶辰出现，混沌宝宝像长了眼睛一样飞过去，乖巧地落在他的肩上，敛起四只翅膀，并用毛茸茸的圆球身体在他的脖子上蹭来蹭去。

……好乖！叶辰心尖一阵酥软，有种被奶橘猫撒娇的感觉。他带着混沌宝宝走出东厢房，边走边道："我叫叶辰，是山海境的新主人，负责照顾你们这些神兽，你叫我哥哥就行，我叫你沌沌怎么……样……"

他一句话还没说完，貌似乖巧的混沌宝宝便从他的肩膀上一个纵越跳到犰宝宝的头上！

下一秒，犰宝宝整个消失不见，混沌圆咕隆咚的小身体"啪嗒"

摔在地上，四只小翅膀懒洋洋地耷拉着，还打了个饱嗝："咕嘟。"

"哥哥不让吃小朋友！"穷奇宝宝拎起混沌宝宝就是一通猛摇，奶声奶气地威胁道，"吐出来，不然我咬你了。"

"咕嘟！"混沌宝宝求饶似的叫了一声，下一秒，犰宝宝惊恐万状地出现在惊恐万状的叶辰面前，毫发无伤，只是湿漉漉的。

"你……连嘴都没有，你怎么……"叶辰崩溃到抓头发！

这个没长嘴的混沌和想象中的一点儿都不一样！

这时，境灵推送的《混沌饲养手册》姗姗来迟，叶辰急忙打开并飞速浏览。

据推送文章介绍，混沌是一种独特的时空神兽，天地间仅此一只。混沌能在高维度层面上直接将物体吞入体内，成年混沌于千里之外取人首级宛如探囊取物，混沌幼崽的吞噬范围虽只有几米远，体内空间也只有不到一立方米，但神不知、鬼不觉地吞下一个小朋友不成问题。

简而言之，混沌不长嘴不是因为没有进食需求，而是因为嘴这个器官……太低端，不需要。

叶辰望向混沌宝宝的目光陡然变得灼热。

——这简直就是个毛茸茸的乾坤袋啊！

"……咕……咕嘟？"混沌宝宝被叶辰灼热如变态的眼神吓得多了毛，屃屃地缩到四个前辈宝宝身后。

然而，很快，叶辰的目光又恢复了平和。

——这个乾坤袋会把吃进去的东西消化掉，准确地说是乾坤胃袋，并没有什么用，而且听起来就很能吃……

推送文章还剩一半，叶辰收回视线继续看。

除了没嘴也能吃东西这项神奇的技能外，混沌还有一项专属技能，那就是可以用"混沌印记"标记空间中的两点，任何经由混沌允许的生物都可以在两个混沌印记之间瞬时穿行，这也就是说……

如果混沌宝宝在四合院与剧组两个地方做好混沌标记，叶辰就可以在拍戏的间隙见缝插针地回到四合院里种地！

而且，就算去外地拍戏，他也可以随时回到四合院里种地！

无论他走到哪里，都不耽误他回到四合院里种地！

扩大种植养殖规模将再也不是梦！

叶辰一阵心潮澎湃，投向混沌宝宝的视线再次灼热起来。

混沌宝宝："……咕嘟。"

"今天我们有车了，沌沌也醒了，我觉得应该庆祝一下。"叶辰提议道。

"哥哥不去拍戏吗？"终于站了起来的蒲卢宝宝问。

叶辰确认了一下时间，道："来得及，今天我的通告在下午……这样，一会儿我开新车带你们去兜风，兜完风一人一个冰激凌，好不好？"

"好！"

"好、好、好！"

崽崽们瞬间沸腾了，狐宝宝激动得兔耳朵颤抖，软软地问："去哪兜风啊，哥哥？"

叶辰轻咳一声，道："废品处理场。"

神兽崽崽们："……"

叶辰左手种地，右手拍戏，还要抽空料理家务，时间并不充裕，有一上午的时间自然得挑件大事干干……比如往返于四合院与废品处理场，把山海境中堆积如山的废品卖掉。

他下一阶段的小目标是赚一百块钱！

赚了钱，他打算再种几株梨树苗，一来为了扩大种植规模，二来等结了果子，可以给沈默风吃。根据他对自身神农血脉对作物生长加速倍数的计算，一年结果一次的果树在他手上大约一个月就能结果一次，一个月的周期说短不短，还是要尽可能早点种为好。

　　不过，叶辰不打算一口气散尽家财，他准备时刻都留至少一百块救命钱，以应付各种可能的意外，所以买树苗还是得另辟财路。

　　叶辰与宝宝们合力将山海境中的废品打包，往小三轮车上搬，叶辰心里噼里啪啦地打着小算盘。

　　他之前也试过利用自己的明星效应赚钱，比如说卖自己的签名或私照，还把微博小号的名称改成"叶辰私人照片出售"。考虑到自己的粉丝很多还是学生，他把私照定价为十块钱一张，一百块钱打包十五张，都是不同角度与不同衣着的，自觉简直是良心"爱豆"（偶像），业界楷模。

　　叶辰改了名称之后的第一个小时就有人来问，而且还真有土豪妹子一口气买了三百块钱的，但坑爹的是，那三百块钱在进入叶辰支付宝的一瞬就如幻影般原地蒸发了，留下的仍然是余额"0.00"几个扎心的阿拉伯数字。

　　"……"叶辰委屈不已，打开境灵化身的 App 质问道，"我卖自己的照片也算演艺收入吗？我演什么了？"

　　境灵一板一眼道："一切利用艺人身份进行商业活动获取的报酬都算演艺收入。"

　　"卖照片算商业活动？"叶辰失望，却不甘心，"那有没有什么能利用我艺人的身份，又不商业，又能赚钱的活动？"

　　境灵沉吟片刻："利用艺人身份赚钱的非商业活动……被包养？"

　　叶辰："……你这个境灵，很肮脏。"

境灵："呵呵。"

"不能让言灵通融一下？"叶辰进行最后的挣扎，"一亿四千多万的债也不差这三百块钱吧？"

境灵无情地解释道："言灵这个名称里虽然有个'灵'字，但不是什么有灵智的生物。它只是一种规则和算法，一旦协定就不可能'通融'，规则判定你这三百块钱属于演艺酬劳，那就找谁也没用。"

如此一来，各种通道都被堵死，叶辰想赚到能不被言灵吞噬的现钱，就必须不能利用明星的身份。

••••••••••

叶辰与众宝宝齐心合力地将废品转移到小三轮车的货斗，随即，五个宝宝坐在废品堆上，兴高采烈地去兜风。

神兽的身体表层有灵气覆盖流动，除非他们自愿被凡人看见，否则灵气会起到障眼法的效果，因此，五只肩并肩坐在小三轮车上的神兽崽崽没有引起任何人的注意。

小三轮"嘟嘟"地开着，四个前辈宝宝压低声音，偷偷向混沌宝宝传授捡垃圾的诀窍。

"哥哥不让我们捡，但我们可以偷偷捡呀，别让他抓到现行就好了。"犰宝宝不计前嫌道。

尚不能变出人形的稚嫩混沌："咕嘟。"

"这个是塑料瓶，"穷奇宝宝教导道，"比这种易拉罐值钱。"

混沌宝宝："咕嘟！"

蒲卢宝宝软软地道："奇奇哥哥，我听说井盖最值钱。"

穷奇摇摇头："哥哥说过，偷井盖犯法，不让偷。"

蒲卢宝宝："犯法是什么呀？"

苏醒最早，也最"社会"的穷奇大哥就绘声绘色地给小伙伴们讲起了什么叫犯法，以及犯法会被警察叔叔抓走。在穷奇大哥讲到被抓进监狱里的小宝宝会遭受狱霸的毒打时，混沌宝宝忽然惊恐地吐出一个井盖！

显然是他刚才路过井盖时使用吞噬时空的能力偷的……

穷奇大哥奶声奶气道："你摊上大事了。"

"哥哥救命啊！"蒲卢宝宝眼泪汪汪，"沌沌要被狱霸毒打了！"

叶辰急忙把小三轮车停靠在路边，一扭头，看见货斗里赫然摆着一个井盖！

"谁偷的井盖？！"叶辰惊得脸都绿了，顾不上给小三轮掉头，下车一把抱起井盖，朝几十米外肉眼可见的路面黑洞夺命狂奔，边跑边冲远处的路人大吼大叫，"井盖没了，别往上踩啊——当心啊——"

穷奇大哥："你完了，你死定了。"

"咕嘟……呜呜呜……咕嘟嘟……"混沌宝宝瑟瑟发抖，小毛团身体下方的硬纸板上洇出了一小摊水渍。

堂堂混沌神兽，就这么被社会小大哥吓尿了……

叶辰生怕井盖失踪酿成意外，在肾上腺素飙升的状态下完成了一系列下意识的操作，抱着近一百五十斤重的井盖狂奔出几十米"完璧归赵"，又在路人误解的叫骂声中猥琐地蹬上小三轮，一骑绝尘！

刚搬完井盖，叶辰没多大不适，就觉得进娱乐圈这一年坚持锻炼真有用。开出几百米后，他停车抱起吓到脱水缩合的混沌宝宝哄了哄，还脱了破夹克弯起手臂向宝宝们炫耀道："看哥练这肱二头肌，关键时刻就是靠得住！"

宝宝们面面相觑，激烈地交换眼神：什么肱二头肌？在哪？

"……"叶辰幽怨地穿上夹克，当作无事发生过。

卖完废品后，叶辰带崽崽们在宜家尽情地用视觉享受了一番各种可爱的儿童小家具与玩具，还给神兽崽崽们买了五个单价为一块钱的宜家冰激凌，下午拍戏也一切正常。

直到一觉睡醒后的第二天，叶辰发力过猛的手臂肌肉才开始后知后觉地酸痛，不仅酸痛，连端个东西都微微发抖。

居然搬井盖搬到肌肉拉伤……早起侍弄庄稼的叶小鲜肉心情微妙，抖着手搅拌尿素溶液，给绿叶蔬菜们施肥。

前院里，混沌宝宝像只橘色蜜蜂般盘旋飞舞，肥嘟嘟的小身体在空中画出一道道光的轨迹。这些浅金色线条随着混沌宝宝的动作渐渐变得密集，并如画在空气中的素描般呈现出一扇门的样子。

这就是能够令人穿越空间的混沌印记，今天混沌宝宝会跟叶辰一起去剧组标记另一个混沌印记，以满足叶辰见缝插针种地的需求以及让神兽宝宝们去剧组蹭多余的盒饭的需求。

叶小鲜肉这两大需求也是没什么出息了……

喂几个宝宝吃过早饭后，小高的车已候在门外了，叶辰把混沌宝宝放在肩头，临开门前与混沌宝宝强调了一遍出行守则。守则中涵盖了混沌宝宝可能会闹出的各种糗事，包括但不限于：就算再馋，也不能隔空吞噬别人手里、嘴里和胃里的食物，不能吞噬别人的财物，尤其是钱包……

"算了，"叶辰简单粗暴道，"反正只要我没说能吞，你就什么都不许吞，明白了吗？"

"咕嘟。"混沌宝宝扑了扑翅膀，表示明白。

到达片场后，叶辰带混沌宝宝去洗手间。洗手间的最后一个隔间是杂物间，除保洁员外，无人进出，是放置混沌印记的理想地点。

混沌宝宝从叶辰的肩头一跃而起完成绘制，四合院与杂物间时空贯通，正扒着通道口往这边看的狐宝宝眼睛一亮，扭头招呼另外三只："沌沌把空间连通啦！"

混沌宝宝："咕咕嘟！"语气迷之骄傲。

"我试试。"叶辰一步迈过一扇空间门，下一秒，他就倏地出现在四合院里。

叶辰站在四合院里一回身，透过空间门清楚地看到在杂物间里转圈飞旋的混沌宝宝，他向前迈出一步，立刻回到了杂物间。

"成了！"叶辰心脏猛地一跳，攥紧拳头，兴奋不已地招呼四个宝宝，"你们过来，我带你们认认领盒饭的地方……对了，在这边别出声，别碰到人，也尽量别碰东西。"

狴宝宝和蒲卢宝宝一左一右地架着玄武宝宝出来，穷奇大哥威严地断后，蹭盒饭小分队抵达任务现场。

叶辰搓搓手，在脑内组织语言，准备给崽崽们开个蹭饭动员会。

"正常来说，哥哥一顿只拿三份盒饭。"叶辰如老父亲般谆谆教导道，"蹭亦有道，薅羊毛不能太过分。"

宝宝们齐齐地点头。

"而且，要懂得感恩。"叶辰正气凛然道，"薅完人家的羊毛，要在心里说一声谢谢，再默默地向对方献上一份真挚的祝福，如果能做一些力所能及的事作为回报就更好了，明白吗？"

宝宝们眼中闪动着懵懂与感动的光芒。

叶辰欣慰，部署接下来的捡剩饭计划："除了哥哥每顿固定帮你们拿的三份之外，如果全剧组都吃完了，但盒饭还有剩的，你们就可以把剩下的都拿走。"叶辰清清嗓子，字正腔圆，语调深沉，"俗话说，一粒米，七担水，就是一粒米要浇七担水才能长出来的意思。农民小哥哥们很辛苦，不让他们的劳动果实白白葬送垃圾桶是我们义不容辞的责任。"

接下来，五只训练有素的蹭饭宝宝无声地跟在叶辰的身后，去发盒饭的地方踩点。

蹭饭计划安排妥当后，宝宝们觉得剧组新鲜好玩，不愿意回去，叶辰也没强迫他们，反正这里也没人能看见他们五个。他去化妆间做造型，宝宝们则在沙发上排排坐，好奇地四下张望。

目前《问鼎》已开启剧组探班，待会儿会有一次针对剧组主要演员的群访，现在已陆续有媒体抵达片场。叶辰入娱乐圈时间短，资历尚浅，演技能靠天赋弥补，但想要游刃有余地应对媒体记者却需要经验积累。他有过几次被刁钻或私密问题问得下不来台的情况，全靠顾秋救场，可这会儿经纪人不在身边，他想起媒体的长枪短炮就忍不住紧张。

"辰哥，时间差不多了。"小高推门走进化妆间。

叶辰不大情愿地随小高来到事先布置好的群访地点，几位主要演员到齐，媒体蜂拥而至，话筒第一时间争先恐后地对准了沈默风，挤不下的才纷纷跑到其他几位演员面前，叶辰抖着手接过一个话筒。

采访正式开始，起初媒体的主要问题都在沈默风的身上，而且大多围绕着《问鼎》这部电影，沈默风一一从容对答，待到与电影相关的事情问得差不多了，问题的重心便开始向演员身上转移，需要叶辰说话的地方也变多了。

"这是你首次接触大银幕，为什么会选择这部戏呢？"

"因为，"叶辰紧张，"剧本十分精彩，角色的气质与我比较吻合。"程式化的回答后，叶辰安静了一瞬，忽然觉得自己是沈默风狂热粉丝的人设不稳。

他没时间仔细权衡，本着死也不能露馅的大原则咬牙补充道："而且……当时听说我很尊敬的一位前辈也会参演。"

……真是个小朋友。沈默风莞尔，垂眸将视线投向叶辰。

艺人发表这类"迷弟"言论很容易被解读为谄媚与抱大腿，对方若不予回应，则还要多一重"热脸贴冷屁股"的尴尬，因此，艺人很少会主动提及这种敏感话题。

"请问是哪位前辈呢？"

叶辰的眼神闪过空茫，再回神时，已沉浸粉丝的角色，小模样很怂忑："是沈默风老师。"

"他是你的偶像吗？"

叶辰几不可见地一点头，抿了抿嘴唇道："是的。"

"你的手一直在抖，是因为与偶像近距离接触紧张吗？"

"……这个不是，"在谎言中穿插真话，谎言才会更可信——深谙此道的专业假粉丝叶辰摇摇头，小声道，"昨天在健身房举铁举多了，肌肉拉伤，端东西就抖……"

举铸铁井盖，简称举铁。

沈默风"哧"地笑出声，记者们也被这个过分诚实的回答逗笑了。接着，沈默风将自己的话筒递到叶辰的嘴边，一只手保持着帮他举话筒的姿势，另一只手将他颤抖的双手按了下去，含笑道："就这么说吧。"

叶辰微微一怔，入戏过深，真情实感地紧张道："谢谢您。"

记者们顿时来了兴致，试图深挖当红"小鲜肉"追星的细节。

"那么你喜欢沈默风多久了？"

叶辰掐指一算："将近五年了。"

"哇，那不是从他出道开始就喜欢吗？"

"嗯，是的。"叶辰语气笃定得连自己都快信了。

"你进娱乐圈是为了沈默风吗？"

叶辰目光闪亮，将"彩虹屁"大放特放："……是的，就是为了能站在离沈老师更近的地方。"

沈默风微微侧过脸，垂眸望着叶辰，嘴角虽仍噙着大方得体的微笑，周身的气场却缓缓地、微妙地……产生了变化。

……这下死忠粉人设"实锤"了。假粉丝沉稳地想。

在叶辰发表过粉丝宣言后，话筒被急急地转向沈默风，询问沈默风对同为演员的粉丝的看法。

"叶辰是一位很努力、很认真的演员，演技很好。"沈默风收回举在叶辰面前的话筒，先是用挑不出错的官方辞令夸了几句，随即颇具戏剧性地一顿，"而且……"

在场记者尽数竖起耳朵。

沈默风低低地一笑，竟是抬手在叶辰的头上轻轻拍了一下，带着几分越界的嫌疑道："是个很乖的小朋友。"

叶辰仍全身心沉浸在粉丝的角色中，真实地生出几分手足无措来，受宠若惊道："谢谢您的肯定，我会更加努力的。"

记者们沸腾了……

…………

人群外的神兽宝宝们看热闹看得津津有味。

狐宝宝和其他宝宝小声咬耳朵："哥哥是那个人的粉丝呀。"

"什么是粉丝呀？"蒲卢宝宝好奇。

"就是说哥哥特别崇拜他。"狐宝宝声音软糯地道，"想和他说话，和他在一起待着。"

"善解人意"的神兽崽崽们叽叽咕咕地商量起帮哥哥追星的办法。

蒲卢宝宝做出危险发言："我用胶把他们的手粘在一起，能粘七天呢。"

"手粘在一起，怎么换衣服呀？"犰宝宝托腮，把小圆脸托成了小方脸，理智地分析道，"而且，他们还要拍电影呢，手粘在一起就拍不了电影了。"

蒲卢宝宝软软地道："等哥哥拍完电影，我再把他们的手粘在一起，就行啦。"

众宝宝面色凝重，互相微微点头，达成共识。

粘手计划筹备完毕，众宝宝又琢磨起其他的追星小伎俩，其中以见多识广的社会大哥穷奇宝宝与算无遗策的兔头军师犰宝宝为主力。想当年，熟练掌握了平板电脑操作技术的犰宝宝曾趁叶辰不在家与穷奇宝宝偷溜到咖啡店门外，学着叶辰的样子蹲在墙根蹭Wi-Fi，偷偷看叶辰不让看的电视剧，故而懂得的比其他神兽宝宝多一些。

然而，就算懂得再多，宝宝也仍然是宝宝。一番激烈的讨论后，谨慎的犰宝宝毙掉了所有天马行空但不靠谱的追星方案，奶声奶气道："听说有个词叫'按头小分队'，专门把两个人的脑袋磕在一起，不然我们就当按头小分队吧！"

蒲卢宝宝："我们不是蹭盒饭小分队吗？"

穷奇大哥面色凝重道："盒饭也要蹭的。"

犰军师沉稳且奶声奶气地分配任务："沌沌和奇奇是前锋，你们会飞，能够飞到哥哥的头上。卢卢是后勤，负责背着玄玄。我是军师，负责告诉你们什么时候按头。"

玄武宝宝："那……我……"

犰宝宝："行动开始！"

玄武宝宝："干……"

众宝宝："是！"

玄武宝宝："什……么……呀……"

拼命融入集体生活的玄武宝宝："是……"

…………

群访结束后，亢奋的记者们摩拳擦掌，准备将这个可遇不可求的好素材拼死发挥，恨不得干脆给沈默风和叶辰鼓捣出一部剧本。

不过，微博早已先他们一步沸腾起来了，群访现场有人拍照录像，沈默风垂眸微笑摸头的一幕在访谈之后以静图、动图与视频的形式疯狂地攻占首页，热搜榜上"是个很乖的小朋友"的词条排名在当天傍晚一路飙升，叶辰的微博粉丝数的涨势也骤然变得凶猛。

另一方面，有一部分同时是双方粉丝的"彩虹屁"小能手火速建立了"沈叶超话"并疯狂地进行输出。小粉丝为追逐偶像进入娱乐圈，不仅真的凭借努力站到了偶像面前，还得到了偶像肯定的回应……这件事本身就是相当励志且夺人眼球的，新诞生的"沈叶超话"在排行榜上崭露头角，甚至还有凑热闹的路人把叶辰当成追星锦鲤。

"转发这个叶辰，你会与你的偶像面对面。"

"转发这个叶辰，你的偶像总有一天会摸你的头。"

"转发这个叶辰，你的偶像会夸你是很乖的小朋友。"

"……"

自然，盛况之外，也有些不那么和谐的声音以及一些对叶辰的恶意揣测，例如谄媚、抱大腿、拍马屁。可叶辰接受采访的措辞本身并无出格之处，话筒是沈默风出于绅士风度自愿帮忙拿的，"很乖的小朋友"是沈默风在无人诱导的情况下主动说的……这些容易引起争议的细节全是沈默风亲手打造，故而，针对叶辰的负面言论的生长土壤贫瘠，不成气候。

至于针对沈默风的负面言论……沈默风自打出道以来就没当回事过，连瞄一眼都觉得损耗生命。

此时此刻他正在看的，是飞快崛起的"沈叶超话"……

"他是夺目的光，是静默的风，是你万山无阻的勇气与坚持。"

"披荆斩棘，逐风而行，只为了让你的瞳仁中也映出我的影子。"

"那长久的仰慕，如同光年之外一颗小小的星辰，它围绕你转动了这么多年，却不曾让你知道。"

"……"沈默风用两根修长的手指夹着烟，不紧不慢地滑动着屏幕，容色淡淡的，嘴角翘起的弧度亦是漫不经心，仿佛只是一时兴起，随手点开看看而已。

——一颗小小的星辰，它围绕你转动了这么多年，却不曾让你知道。

沈默风出了片刻的神，摁灭早已烧至过滤嘴的烟头。

接着，他打开叶辰的微博页面，点了关注，就仿佛在对那颗小小的星辰说："我知道了。"

…………

……虽说实际上他并不知道！

另一边，在保姆车里等下一场戏的叶辰也刷微博刷得无法自拔。

他之前接受采访时精神紧张，加上也没时间慢慢想，表白偶像这番操作没太过脑子。事后，他颇有些忐忑，连新到货的四株梨树苗都没心思种，直到确认微博上并没如自己想象般腥风血雨，而且自己还借此涨了人气后，才算稍微放心下来，但这颗心还没放稳当，他就看见了那个排名稳步上升的"沈叶超话"。

他都快被"彩虹屁"里描述的自己感动哭了……

叶辰愁眉苦脸地盯着"沈叶超话"，纠结到五官皱缩，深感自己这把玩脱了，他当时只想见缝插针地巩固粉丝人设，万万没想到会闹得这么夸张，他不知道沈默风会不会对这些舆论感到反感。

他正纠结着，又不敢去问，却见微博界面右下角冒出一个回粉的提示，点开一看，是沈默风。

"呼……"还能回粉，看来是没生气……叶辰松了口气，下车去休息室找沈默风，车上乖巧地排排坐的五个神兽宝宝也叽里咕噜地跟着叶辰溜下车。

休息室里只有沈默风一个人，叶辰进屋时，他正低头看剧本。

"沈哥。"叶辰叫了一声，转身关门，却见五个宝宝你推我、我搡你地挤进来。

"……"叶辰背对沈默风，对宝宝们比了个噤声的手势，宝宝们猛点头。

叶辰这才做鹌鹑状地朝沈默风蹭过去。

沈默风抬眸，语调如常："要对戏？"

"不是。"叶辰尻尻地在沈默风对面的椅子上坐下了，定了定神，抱歉道，"采访那件事，给您添麻烦了……"

沈默风微微一笑："什么麻烦？"

叶辰结巴道："就……就那个超话，微博上挺多乱刷的，您要是嫌烦，我就想想办法……"

"你能想什么办法？"沈默风反问，眼底泛起一丝促狭。

公司巴不得叶辰抱住沈默风的大腿不撒手，自然不会在"解绑"这种事上为他出谋划策。他思忖片刻，弱弱地出馊主意道："要不……我再去'粉'个别人？那样，他们就不会刷您了。"

沈默风眉梢一挑，缓缓地重复道："'粉'别人？"

许是语气问题，叶辰觉得他这句话前面漏了"你敢"两个字。

叶辰脑子一抽，紧张道："我不敢。"

沈默风慵懒地一笑，眼角眉梢藏着一抹坏："我不嫌烦。"

叶辰全身的肌肉都放松了，忙附和道："我也不嫌。"

沈默风却不搭腔了，脸上也没什么表情，只静静地盯着他。

"……"叶辰险些被这不凉不热的一盯盯掉半条命，连忙察言观色，接着飙演技道，"其实我还……我喜欢跟您刷在一起。"

仅仅是"不嫌烦"哪够，脑残粉就要有个脑残粉的样子！频频和偶像出现在同一条新闻里，显然要感恩戴德才符合逻辑！

这一部电影拍下来，叶辰估计自己的演技能被沈默风硬生生地拔高一个 level（等级）……

"行了……"沈默风逗小粉丝逗得神清气爽，懒洋洋地打了个哈欠，如大猫般餍足道，"陪你对对下一场戏，本子没带？看我的？"

"好。"叶辰应着，拖着转椅蹭到沈默风的身边。

沈默风跷着腿，用手肘随意地支着转椅的扶手，上半身朝叶辰这边倾斜过来，方便叶辰看剧本。

叶辰则坐得端正规矩，小幅度地侧过脸看本子，两颗脑袋隔着二十多厘米的距离。

狐军师见状，沉稳地勾勾小胖手，五只神兽团子穿成一串，贴着墙根，朝叶辰身后的方位匍匐前进。混沌宝宝仍未变出人形，没手没脚，匍匐不了，只会飞。为了融入集体，他只好敛起翅膀在地上骨碌碌地前滚翻、前滚翻、前滚翻……

与沈默风对戏是一件对演技提高极有益处的事，沈默风平时待人接物总带着几分傲然的冷气，可一旦进入工作状态就半点儿架子都没有，与演对手戏的演员交流时从无保留，也不屑拐弯抹角。如何才能更好地表现这一场戏、对方存在着怎样的问题以及如何改进，他都有一说一，直言不讳。

对叶辰这种急需在实践中提升演技的萌新艺人而言，沈默风切中要害的指点比金子还珍贵，因此，他听得极认真，渐渐投入，忽略了休息室里貌似乖巧实则暗藏祸心的五只崽崽。

演技课上到一半，沈默风下意识地摸出烟盒，单手挑开，低头正要咬住一支，忽然意识到不好让小朋友吸二手烟，遂把烟盒盖好原样揣回去，困倦地揉揉眉心。

"沈哥，您随意就好，我没关系的。"叶辰见状，连忙道。

沈默风摇摇头，接上被打断的话，继续往下说。

进娱乐圈前，他烟瘾不重，进娱乐圈后，通告多，工作忙，连续一星期睡不上一个囫囵觉都是常事，他对咖啡因不耐受，又要提神，拍夜戏时就全靠烟顶着。之前不觉得怎么，但这两年开始，他一入冬就咳得厉害。

叶辰先是皱眉，随即想起昨天到货还没来得及栽的四株梨树苗，眉头便舒展开了。

人们都说吃梨清肺润肺，但是否有效是个问题，而且，就算吃梨真能清肺，一天吃十个梨恐怕也不如少抽一支烟——但这种说法仅限于普通人种的普通梨。

叶辰之前问过境灵，自己种出来的灵气蔬果除了好吃和能加快神兽的生长发育之外，还有什么作用，境灵的回答是灵气蔬果大约可以印证朋友圈中百分之八十的谣言与夸大其词……也就是说，神农后代亲手种的蔬菜水果按朋友圈的各种谣言坚持吃起来都是真有疗效的，有病治病，没病也能延年益寿。

可以想象，灵气蔬果如果大批量进入凡人市场，那简直十分不利于晚辈辟谣……

等梨结出来了，得多给沈哥拿一点儿，还得想办法保证他天天吃……叶辰走神片刻，又连忙把注意力拉回来，继续垂着眼看本子，黑而密的睫毛将他的气质衬托得很安静。

沈默风眼皮一抬，轻咳一声，问："……听懂了吗？"

叶辰沉思几秒，五官忽然舒展开，轻快道："懂了，沈哥，谢谢您给我讲这么多。"

沈默风瞥他一眼，心不在焉道："不客气，把你调教好了，争取一条过，我也省事。"

叶辰抿着嘴唇，一双眼睛明亮得很有少年感。

沈哥人真的太好了，那么大的腕，还这么费心思教我一个小演员，简直就是德艺双馨！叶辰心潮澎湃，几乎真的快"路转粉"了。

问题是，他就算转粉也只能转成理智粉，转不成他装出来的那种追车、吹"彩虹屁"的狂热粉……

沈默风嘴角微微一翘，问："想什么呢？"

祝我沈哥福如东海，寿比南山，好人一生平安！叶辰在心中铿锵有力地献上一份真挚的祝福，随即语气正常道："没……"

这时，已在叶辰身后埋伏多时的混沌宝宝与穷奇宝宝在狁军师的授意下腾空而起，两只小毛团扑扇着翅膀一左一右抵住叶辰的后脑，猛地向前一发力……

按头小分队，出击！

叶辰毫无防备，脸蛋儿猛地凑至沈默风的近前，却在堪堪与沈默风额头相抵的一瞬察觉到不对，拼死梗着脖子稳住。

两人俱是一愣。

叶辰意识到是神兽宝宝们的恶作剧，脚一蹬地，匆忙滑开转椅，与沈默风拉开距离，满脸毫不作伪的震惊与无辜。

几秒尴尬的安静后，沈默风嘴角一动，扯出一个怎么看都透着痞气的微笑，打趣道："怎么着，小朋友？还自己给自己当按头党的？"

"不是！"叶辰窘迫得表情都不知道怎么摆了，徒劳地辩解道，"刚……刚才好像有人推我！"

其实不是好像，而是根本就有人推……但这个不能说！

"光天化日的……"沈默风嗤笑，"闹鬼了？"

叶辰无辜地瞪圆了眼睛，点头如捣药："那可能是！"

"哦，我的休息室闹鬼了。"沈默风满脸信以为真，不紧不慢地逗弄着叶辰，"说不定我的车里也闹鬼……那我就没地方待了，只能凑合上你的车，和你挤一挤了，是不是？"

"不、不、不，您车里不闹鬼。"叶辰尴尬得恨不得钻进纸篓把自己团成一团废纸，这意外来得太突然，再给他一百个脑子，他也圆不过来。

他嘴唇哆嗦着，解释得语无伦次："我好像就是脖子抽筋了什么的……好像真有人推我，沈哥，您信我一下……我虽然是您的粉丝，但……但我不是脑残粉啊……"

沈默风被他逗笑了，轻描淡写道："行了，不是什么大事……你把头发弄弄去？右边有点乱，下一场戏快开始了。"

叶辰如蒙大赦，飞快地溜之大吉，五只神兽崽崽也跟在叶辰的屁股后面溜出去。

片场人多眼杂，叶辰又急着去弄头发拍下一场戏，没空对宝宝们的行为进行具体分析，只步履匆匆地把五只团子引到僻静处，崩溃道："你们干什么？！"

"我们是按头小分队呀。"狐宝宝兴致勃勃地说，"你们贴得那么近，不是应该按头让你们撞在一起吗？"

叶辰一口气险些没上来，低吼道："你们平时都看些什么乱七八糟的？！《小猪佩奇》里有这段吗！"

犰宝宝怕偷看电视剧的事情暴露，闭紧嘴巴不吭声了。

"不、许、再、按、头！"叶辰一字一字咬牙道，"谁再按头，今天回去就给我在院子里罚站一小时，不许按我的，也不许按别人的，离得再近，也不许按，懂吗？"

犰宝宝委屈地撇撇嘴巴，小声质疑道："为什么呀……"

"因为按头没有礼貌。"叶辰情绪平复了些，用小孩子能理解的逻辑解释道，"我和刚才那个大哥哥不熟，不能把头碰在一起，明白吗？"

"明白了。"犰宝宝点点头，软绵绵道："我们以后再也不了。"

"……乖。"叶辰身心俱疲地舒出一口气，扭头去找造型师弄头发。

待叶辰走远，犰宝宝眨巴眨巴眼，对其他几只等待他发号施令的宝宝道："不用怕，就算不按头、不粘手，我也有办法帮哥哥追星的。"

上次的休息室按头事件发生后，沈默风态度一如往常，也没拿这件事调侃过叶辰。可叶辰对那天的尴尬一直没缓过劲，除去拍对手戏之外，连看都不好意思多看沈默风一眼，一休息就往厕所溜，通过杂物间回四合院种地。

这几天，他没找沈默风对戏，连饭都没蹭，就专注于蹭剧组的盒饭。

有神兽宝宝收尾，这些天盒饭的数量顿顿都是正好。生活制片似乎察觉到了异样，这天中午发盒饭时，哪都没去，搬张小马扎往保温箱边上一坐，想看看是哪来的田螺姑娘天天帮自己收拾残局，见叶辰的助理小高过来，问都不问，直接塞给他四盒。

别看小高瘦得跟竹竿似的，胃口可不小，顿顿都要吃三人份，也不知道吃哪去了。

待全组人都吃得差不多了，蹭盒饭小分队倾巢出动，在保温箱边了一圈，箱里还剩着三盒饭。

见生活制片目光落在别处，犼军师雷厉风行地一挥小胖手，和穷奇、蒲卢一起探手进保温箱，分别拿起一份盒饭。

在他们的手指碰触到盒饭的一瞬间，覆盖在他们周身的灵气立刻包裹住了盒饭，在凡人看来，盒饭就是凭空从保温箱中消失了。

撤！犼宝宝下巴一扬，三个拿着盒饭的宝宝纷纷把盒饭顶在头上，"啪嗒啪嗒"地跑开了。

十秒钟后，生活制片转过头，望着突然空空如也的保温箱发愣："……"

另一边，叶辰在车上吃着小高忍辱负重带回来的盒饭，他刚吃到一半，小何忽然从车门外探进半个身子，眉开眼笑地问："辰哥，沈哥问你吃不吃刺身？我刚去日料店买的，有金目鲷、金枪鱼、霜降牛肉……"

小何竟报起了菜名。

"……"叶辰缓缓咀嚼着炝拌土豆丝，心如刀割，痛到窒息，只觉得与至爱分手大概也不过如此，可想起前几天的按头事件，他仍尴尬得恨不得抓耳挠腮，遂忍痛道，"不了，替我谢谢沈哥。"

小何应了一声，过了没一会儿，又跑过来："辰哥，沈哥问你吃蟹黄面不？撒金箔的那种。"

叶辰虎目含泪，颤声道："不了，我这会儿不饿，随便吃几口就行了。"

小何屁颠屁颠地跑开，又屁颠屁颠地跑回来："辰哥，沈哥问你吃火锅不？鲜切的羔羊肉。"

叶辰哑然："……火锅？"

"嗯，"小何一脸理所当然道，"沈哥车里有锅、有炉子。"

叶辰仍是摇头："不了，谢谢。"

小何："那粤菜吃吗？西餐吃吗？"

叶辰默然半晌，语气沉痛："沈哥中午这一顿饭……吃得这么全面吗？"

贫富悬殊！

"没，"小何清清嗓子，缓缓道，"沈哥的意思是，你要有什么想吃的，我就现在去买，然后……去他那吃，反正今天午休时间长。"

"不了，不了，"叶辰险些把头摇飞，"我最近有点吃胖了，上镜不好看，我得控制一下。"

"哦，好，我跟沈哥说一声。"小何扫了一眼叶辰尖尖的下颌和巴掌大的小脸庞，心想你们艺人对自己要求是真的高。

扒完盒饭，叶辰回四合院继续种地大业。

这几天他充分利用休息时间种地，把蔬菜与草莓的种植规模扩大了近一倍，四株梨树苗也种下了，苹果树快进入结果状态，眼看就要丰收。

戏服穿脱麻烦，叶辰索性不换，只将飘飘若仙的宽大下摆撩起，塞进腰带里固定住。

他的上半身是织锦提花精工细制的古代衣袍，发髻整洁庄重，下半身却露出两条穿着深色保暖绒裤的腿，视觉效果相当分裂。

更分裂的是，这容貌清灵俊秀的小皇子还弓身从地上端起一纸盒的鸡屎，自言自语道："……放地里沤一沤，又能省一点儿肥料钱。"

笑容十分勇敢。

后院里的二十只鸡在叶辰用黄粉笔划定的区域里闲庭信步，没有一只越界，地面也相当洁净，看不到哪怕一丁点养鸡的痕迹——山海境中有天气变化，只是与现世不同步，叶辰原本把鸡养在那边，养了没几天就发现山海境里一下雨，鸡们就要变成落汤鸡，于是只好把鸡们转移到后院，这样刮风下雨时，它们就能进厢房避风避雨了。

为减少劳动量，叶辰弄了两个纸盒，教鸡们定点上厕所以及自己清理鸡毛等生活垃圾。绝大多数的鸡很懂事，不仅自己守规矩，还知道监督同伴。鸡群里原本有两只喜欢随地大小便的叛逆鸡，被同伴啄了几顿之后就老实了，甚至不用他这个伏羲后人亲自出手……

与种植作物一样，叶辰发现经自己豢养的牲畜的生长速度也有明显加快，养鸡场中流水线填喂出来的肉鸡姑且不论，普通的优质下蛋鸡从鸡崽长到成鸡一般要四到六个月，视体质与品种不同上下波动，可他亲手喂出来的鸡才半个月不到就颇有成鸡风范了。按这速度继续长下去，母鸡用不了几天就能下蛋。

叶辰去厨房，把中午小高吃剩的半份盒饭倒进鸡食盆搅一搅——其实小高的饭量是真的小，一份盒饭都吃不了，顿顿剩大半盒米饭。这段时间，叶辰趁他不注意，天天把他的剩饭偷走喂鸡。

小高已经习惯了放在桌上的剩饭一扭头就会失踪的神秘设定，心态很佛系，不找也不问，只是偶尔会用一种解读高数题的复杂目光偷看叶辰……倒完剩饭，叶辰往食盆中加些小米，又掰了一棵大白菜，把菜叶堆叠在案板上。

叶辰右手操起菜刀，左手拢起从右手腕垂下的月白色长袖，活像个即将要提笔作诗的小皇子。随即，他抡圆了膀子咣咣当当地剁起了大白菜……据境灵说，用灵气作物喂鸡的话，鸡会变成味道更鲜美、产蛋率更高的灵鸡。

剁碎的灵气大白菜也被搅进鸡食盆里，叶辰仙风道骨地端着盆去喂鸡，喂完鸡，又去田里浇水、追肥、抡锄头。自霜降过后，天气一天比一天冷，干干农活儿，身子热乎，其实也挺舒服的……叶辰很容易知足地想着。

山海境与四合院时空重叠，手机能接收信号，叶辰干完农活儿，小高也碰巧来电话了："辰哥，在哪？差不多得回来了。"

"很快，我上个洗手间。"叶辰一只手理着凌乱的戏服，一只手拿着手机，出了山海境，朝前院的混沌印记走去。

练习开嗓的小公鸡："喔喔喔——"

琴瑟和鸣的小母鸡："咯咯嗒！"

叶辰猛地挂了电话。

年轻的小高愣愣地放下手机，再次陷入人生的迷茫："……"

另一边，五只神兽宝宝在剧组僻静处找了块空地，把叶辰给他们的两份和他们偷来的三份盒饭分了分，吃着午饭开小会。

"吼吼想出新主意了吗？"穷奇宝宝夹起一筷子土豆丝丢进玄武宝宝的嘴里，抬手托住玄武宝宝的下巴，机械地上下律动，辅助玄武宝宝咀嚼。

"谢……咔嚓，咔嚓……"是下巴被托着飞快咀嚼的声音，"谢……咔嚓，咔嚓。"玄武宝宝顽强地道谢。

犼宝宝也用小胖手熟练地使用着筷子，稚嫩地叹气道："你们发现了吗，哥哥最近都不去大哥哥那吃饭啦。"

——因为沈默风年龄明显比叶辰大，所以神兽宝宝们称呼叶辰为哥哥，沈默风则是大哥哥。

"是不是哥哥不好意思了呀？"蒲卢宝宝用短手指刮脸蛋儿。

"肯定是，都怪我上次叫你们按头。"犰宝宝撇撇嘴巴，很难受，"不该按头的。"

"头是我亲手按的。"穷奇大哥"社会"地拍拍小胸口，"算我的。"

兔头军师不好意思："是我决策失误呀。"

穷奇大哥淡淡地道："我的。"

"好吧。"犰宝宝挠挠头，颇具条理地分析道，"反正我觉得，这次不能再这么直接了……我们帮他帮得太明显，就变成帮倒忙啦。"

"那怎么办？"穷奇皱眉。

犰宝宝把吃得半粒米都不剩，甚至舔得连油星都没有的饭盒盖起来，道："我们得先让哥哥和大哥哥说上话……你们跟我过来。"

在犰军师的带领下，神兽宝宝们来到停车场。

"我发现……这辆，还有这辆，"犰宝宝道，"都是大哥哥的车。"

他指着一辆运东西与提供休息的房车以及一辆小何开着到处给沈默风跑腿买东西的轿车。

犰宝宝征询其他宝宝的意见："你们说，如果大哥哥晚上回家的时候，发现车开不了了，他会不会坐哥哥的车呀？"

"会的。"蒲卢宝宝道，"哥哥不是说，吃了别人的饭，就要在力所能及的事情上帮助别人吗？哥哥吃过大哥哥的饭，肯定要帮忙送大哥哥回家的呀。"

一番激烈的讨论后……

穷奇大哥一脸苦大仇深地趴在地上，捧着一个轮胎，把脸蛋儿凑近了。

"等等。"犰宝宝拿着一张不知从哪偷来的面巾纸，在轮胎上擦了擦，认真道，"要讲卫生，不然肚肚疼。"

"……"穷奇大哥虎目含泪，对着犰宝宝擦过的地方"吭哧"

一口咬了上去。

轮胎无声地、缓缓地……漏气了。

为防止车上有备胎，谨慎的犰宝宝让穷奇宝宝将每辆车都咬破两个轮胎，合计咬破四个。

咬坏四个轮胎后，穷奇宝宝爬起来，拍着身上的土，"呸呸"吐着口水。

"辛苦啦，这个给你吃。"犰宝宝朝穷奇宝宝伸出攥得紧紧的小拳头，穷奇宝宝见状，摊开手，一枚薄荷糖便掉在穷奇宝宝的掌心。

是那种白白的、有空心圈的薄荷糖，饭店常常赠送给用完餐的客人，是叶辰上次去饭店带回来给宝宝们当零食的，犰宝宝一直留着自己那份，没舍得吃。

要论功行赏才行啊，犰宝宝极具领袖气质地想着，两只兔耳朵却忧郁得立都立不起来。

穷奇宝宝接过薄荷糖，一掰为二，还给犰宝宝一半，犰宝宝的兔耳朵便"咻"地立起来了。

"我们好穷呀。"蒲卢宝宝吸吸鼻子，困惑地问，"是每个人都这么穷吗？"

"不是，"犰宝宝小声地传播八卦，"大哥哥就可有钱啦，我听别人说，他手腕上的一块表就要一百多万元呢。"

蒲卢宝宝好奇："那我们的哥哥有多少钱呀？"

穷奇宝宝略一迟疑，坦白道："我前两天偷偷翻哥哥的钱包了，哥哥只有一百多块钱。"

此话一出，几个宝宝同时陷入愁云惨雾的沉默。

蒲卢宝宝不甘地挣扎："一百多块和一百多万块钱差很多吗？就差一个字啊……"

穷奇大哥怜悯地看看这个傻孩子："差很多。"

宝宝们再次集体沉默。

"那，"蒲卢宝宝忽然惊慌，"我们把大哥哥的车弄坏了，哥哥赔得起吗？！"

"……哎呀。"算无遗策的狪宝宝一愣，发现自己遗策了。

蒲卢宝宝快吓哭了："我就说我把车粘在地上就好了啊！"

"这个地粘不住的。"片场位置偏僻，所谓的停车场其实只是一大片空旷的土地，狪宝宝俯身抓起一小把土，"粘住四块泥巴，肯定能开走啦。"

穷奇大哥皱眉："算了，我扛了。"

"不行！不能卖队友呀！"狪宝宝急得像热锅上的红烧兔头，迈开小短腿满地打转，思索了好一会儿，决定当个邪恶的凶兽宝宝，"我们……我们撒谎吧！就说不知道！"

想到自己即将成为撒谎骗人的凶兽宝宝，众宝宝惊恐得转圈乱跑！

…………

叶辰与沈默风的最后一场对手戏收工时已近午夜，叶辰卸妆，换好常服，放着混沌印记不用，随小高去停车场，将自己伪装成一个需要乘坐交通工具往来片场与住处的正常人类。

"……这辆也被扎了！"小何从地上爬起来，双目冒火，"又是哪个王八犊子干的？！"

趴在床上睡觉的玄武宝宝打了个喷嚏："阿……嚏……"

沈默风待人客气的时候客气，但碰上看不顺眼的，就半点儿也不惯着，平时得罪不少人，偏生他后台强硬，明面上谁也搞不动，哪怕被他打掉牙，也只能往肚里咽，于是，这种下三烂又不怕后台的泄愤手法就变得很有市场。

小何跟了沈默风一年多，从佛系青年生生气成斗战胜佛。

两辆车都被人扎胎了，片场位置又偏僻……沈默风把外套往肩上一搭，叼起一支烟，没点，只不耐烦地咬着过滤嘴，容色稍显阴沉。

他进组后一直没打理头发，长了不少的额发被发网箍了一天，略微变形，带着一点儿自然的弧度垂下来，遮住少许眉眼，配上此刻线条格外凌厉的脸，反倒比平时多出几分带着侵略意味的性感来。

小何骂完街，扭头看了沈默风一眼，微微一怔。

沈默风愠怒道："叫车。"

"马上。"小何灰头土脸地掏手机。

"沈哥别生气，这地方车不太好叫。"这几天沈默风莫名其妙地有些暴躁，小何怕这大少爷发飙，预防性地安慰道，"您千万别急啊，我看看剧组还有谁没走，咱搭个便车……"

这时，叶辰的身影出现在距离他们几个车位的地方，小高拉开车门，对叶辰说着什么，叶辰应着，视线漫不经心地一转，正好与面色不善的沈默风对上。

叶辰："……"

沈默风正欲开口，叶辰却倏地收回视线，一下蹿进保姆车。

"……"沈默风轻轻嗤笑一声，大步流星地走到叶辰的车前，一把按住被关到一半的车门，"砰"地推到底，长腿一抬，踩到车里，探进小半个身子，半笑不笑地盯着叶辰，道，"躲我？"

"没，没躲您。"叶辰缩手缩脚，尴尬地坐在车里，无助得像一颗蜷在花生壳里等着被吃的花生粒。

"我的车胎让人扎了，"沈默风说着话就坐进来了，"你……"

叶辰铁青着脸，仿佛再被怀疑一个字就要崩了："不是我扎的！我不可能为了和您坐一辆车扎您的车胎！"

他立的是狂热粉人设，不是智障脑残粉，更不是"私生粉"（侵入偶像私生活的粉丝）啊！

沈默风都被他气乐了："我怀疑你半个字了？"

他是真的半点儿都没怀疑叶辰，因为他不觉得叶辰能干出这种下三烂的事来。

"呼——"叶辰肉眼可见地松了口气。

"你家住哪？"沈默风问着，报上一个地址，"顺路吗？"

"顺路。"担任司机的小高抢答道，"不过辰哥离得近，先送辰哥行吗？"

"当然行。"沈默风关严后排座的车门，小何也坐上了副驾驶座。

叶辰尴尬未退，低头玩手机以避免交谈。

沈默风静静地盯他片刻，似乎有话想说，但扫了一眼前排的两个助理就没吭声，也低头摆弄起手机来。

几秒钟后，叶辰的手机响起微信提示音。

叶辰岿然不动，只顾着刷微博。

沈默风凉凉地吩咐道："看微信。"

"……"叶辰只好乖乖地打开微信。

沈默风："那件事还没翻篇呢，小朋友？打算躲我到电影杀青？"

这和面对面说话有区别吗？！叶辰感受着近在咫尺的沈默风的气息，全身都绷紧了："翻了，真没躲您。"

沈默风佯作不悦道："那怎么休息时间不来找我对戏了，连累我陪你NG？"

叶辰硬着头皮打字又删，删完又打，窘迫不已。

沈默风瞄着他输入框里支离破碎的解释，轻笑着打字："要不我雇顶轿子把你抬过来？"

叶辰忙道："不用，不用，我明天休息的时候肯定找您对戏。"

反正农活儿也干得差不多了……

叶辰还想挣扎一下，不抱什么希望地解释道："那天我真不是故意的，求您信我一下。"

沈默风斟酌片刻，微笑着纵容他道："信。之前是逗你玩的，别当真，以后该怎么样，还怎么样。"

叶辰悬了多日的心终于缓缓地放下，幽幽地道："沈哥，您可真是……我这几天都快疯了。"

"咳。"沈默风忍住笑，清了清嗓子，用闲聊的语气问，"明天中午想吃什么？"

话说开了，又能蹭饭了，叶辰眸子倏地亮了起来，语气轻快道："什么都行。"

许是叶辰的微表情露出了破绽，有那么一瞬间，沈默风几乎以为叶辰是冲着自己的饭来的，并不是为了什么接近偶像。

可就在这时，车子缓缓地停下了，小高跳下车给叶辰开门，沈默风抬眼，望见两扇古朴大气的朱红色院门。

沈默风目光微动，讶然："你住这？"

这一带他是熟悉的，他爷爷奶奶就住在这附近，这边的四合院都是天价。

"嗯。"叶辰点点头。

沈默风挑眉："四合院……自己住？"

"对。"叶辰先是下意识地说了实话，说完忽然觉得自己的人设不妥——他这个年纪的男生，一个人孤零零地住几百平方米的老四合院，这"画风"未免有些清奇。

"因为……"一秒的愣怔后，叶辰连忙补充，试图让自己的人设合乎逻辑，"我平时喜欢种点菜什么的，院子大，能种得开。"

沈默风难以置信地反问："种菜？"

小何也是一副"不懂你们有钱人"的痛苦表情。

"呃，还有花花草草。"叶辰硬着头皮把谎话越扯越大，"兰花、昙花什么的，菜也有……我就是爱种东西，兴趣爱好。"

一个人住着京海二环内几百平方米的四合院，为了种花种菜，这是哪家娇惯出来的小少爷？沈默风自觉就连自己最顽劣的时候都干不出问他爸爸要个二环以内的四合院用来种菜这种事……

"行吧。"沈默风沉默片刻，莞尔一笑，"明天见。"

小高倒是早已精神分裂习惯了，面无表情地目送他的辰哥回家："……"

辰哥，一个比高数题还难读懂的男人。

第 三 章
乌鸦反哺计划

俗语有云：身具神农血脉者，一分耕耘，十分收获。

经过一段时间面朝黄土背朝天的耕耘，"叶·农民小哥哥·当红小鲜肉·辰"的菜地迎来了批量成熟，包括三株尚显羸弱的小苹果树。

听说山海境里的苹果熟透了，天还没亮，神兽崽崽们便开始上蹿下跳地帮叶辰摘果子，三棵树没一会儿就被摘干净了，崽崽们装苹果装得盆满钵满。

叶辰没有大秤，搬出卖菜用的小电子秤，一盆盆分着称完，用计算器加。五年生的小果树才初步进入丰果期，比不得十年生的成熟果树，所以，这次只能算是小丰收：红富士苹果七十斤，黄元帅苹果六十五斤，冰糖心苹果五十斤，合计一百八十五斤灵气苹果。等到将来果树苗生长至完全成熟，一棵果树就能收获一百二十斤到两百斤不等的产量，能顶现在三棵。

"不容易……总算是丰收了。"叶辰念叨着，自顾自地一下下点着头，抬手轻抚苹果树粗糙不平的树皮，那张对风吹日晒抗性满点的脸蛋儿仍旧光滑白嫩，可脸上的神情满溢着沧桑，眼底也遍布着风霜……

狃宝宝馋得兔耳朵颤抖，代表小伙伴们出面讨果子吃："哥哥，哥哥，我们能吃几个苹果吗？"

"吃！"叶辰难得豪爽一把，"随便吃，吃到解馋为止，吃剩的，我们再去早市卖。"

宝宝们激动雀跃，纷纷用小胖手捧起苹果咔嚓咔嚓吃起来。叶辰也拿起一个红富士苹果，用手抹去浮灰便一口咬了下去。

果肉组织断裂的响声清脆得令人牙酸，清甜的汁水随着咀嚼的动作铺满舌面，沉寂整夜的味蕾宛如遭受了来自美味的当头棒喝般猛然惊醒，苹果独有的芬芳馥郁浓厚，一口果肉在嘴里，一呼一吸间便尽是诱人食欲大开的果香……叶辰先是微微一怔，随即猛啃两大口，面颊上溅了几滴微小的汁水，吃相全无。

"好吃！"叶辰一分钟不到就解决了一个苹果，一抹嘴，撑开准备好的塑料袋，挑个头大、卖相好的苹果放进去十几个，又拎着袋子去四棵梨树下晃了一圈，把每棵树上零星几个早熟的梨子摘下来放进袋子里。

成熟的梨子总计只有十四个，太少，叶辰舍不得尝，反正苹果好吃成这样，梨也不可能差。

今天是《问鼎》剧组在市内摄影棚里舒舒服服拍摄的最后一天，明天就要转外景，剧组将集体迁移到一处叶辰连听都没听说过的山沟沟里取景，不出意外的话，会待到杀青。到了那边，送人东西就不好解释来源了，所以，叶辰等不及梨子大规模成熟，想有多少就先给沈默风拿多少。

最近这几天叶辰蹭饭蹭到了一个新高度，饭点之前一个小时，小何甚至会来问问他有没有什么想吃的——蹭饭还带点菜的，他这可谓蹭饭界千古一人。

当然，叶辰的脸皮也没厚到真跟小何点菜的地步，不仅没点，还不太严格地遵守着蹭二休一的蹭饭时间表，不敢太过分。

这些天，除去吃饭，沈默风常常会在两场戏的休息间隔把叶辰叫过去，与他对戏并指导他演戏。沈默风本身也不是科班出身，和叶辰一样是在实践中一点点摸索着成长的，故而，他的经验与心得于叶辰而言格外有意义。叶辰本就有天赋，再被他这么对症下药地一调教，演技立时突飞猛进，昨天连素来苛刻的陈导都没绷住，连夸了叶辰两次。

叶辰清楚自己受了人家不小的恩惠，一心要回报沈默风，天天盯着他那几棵梨树，盼着帮他沈哥清肺止咳。

············

　　五个神兽宝宝消耗掉了十五斤苹果，再减去给沈默风尝鲜的五斤，还剩一百六十五斤。叶辰又留了三十斤给宝宝们吃，然后找出几个纸箱把剩下的一百三十五斤苹果按品种放好，与蔬菜和鸡蛋一起搬到小三轮上。

　　五天前灵鸡们开始下蛋，叶辰之前在网上批量订购了二十个草编鸡窝，一个只要三块钱，现在每天每只鸡窝中稳定地出现两个灵鸡蛋。叶辰将一半留着喂宝宝们和自己吃，一半攒着卖，能赚上一小笔了。

　　早市里，叶辰交给市场管理员三块钱清洁费，随即便抢占好位置铺摆开阵势。来帮哥哥卖菜的狐宝宝与蒲卢宝宝蹲在摊位前用小胖手码放蔬菜和苹果，狐宝宝戴着一顶宽松的毛线帽，遮住两只兔耳朵，蒲卢宝宝的外形则完全符合人类特征，不需要任何伪装。

　　来早市帮叶辰卖菜的主意是今早狐宝宝提出来的，灵感来源于商业街上抱人大腿卖花的小孩子，但狐宝宝并不打算抱人大腿强买强卖，那样太没有格调。

　　"我们要以萌服人！"狐宝宝自言自语地点点头，果冻般粉嫩的小脸蛋随着动作微微颤抖。

　　叶辰心尖一软："……"可以，这很萌。

　　"哥哥，你把苹果的价格定得高一点儿。"狐军师揉搓着兔耳朵运筹帷幄，"我们给他们尝一点儿，他们就愿意买啦。"

　　"你不知道，有的人尝起来没完没了的……"叶辰幽怨道。

　　狐宝宝拍着小胸脯："吼吼不让他们多尝！"

　　叶辰没抱多大希望，但还是载了两只神兽宝宝来碰运气。

　　小摊摆好了，叶辰盘腿坐在地上，拿出一块小小的塑料菜板和一把水果刀，把一个苹果切成十六等份，用来给顾客试吃。狐宝宝和蒲卢宝宝则在摊位前蹦蹦跳跳，奶声奶气地朝过路人卖萌。

"我们家的苹果可甜啦！"

"特别甜的苹果，伯伯买一斤好不好呀？"

两个神兽宝宝颜值太高，小面团似的可爱脸蛋儿瞬间吸引了大量注意力。叶辰把摆着十六等份的苹果的塑料菜板递给犰宝宝，犰宝宝大大方方地端着菜板向行人兜售："伯伯尝一块苹果吧，可甜啦。"

来人拿起十六分之一的灵气苹果放进嘴里，好吃得一愣，还想伸手再拿一块，犰宝宝却灵巧地一转身，"吧嗒吧嗒"飞快地跑开了，一边跑，一边软软地说道："一个人只能尝一块的，这么好吃的苹果，伯伯买两斤吧。"

今年雨水多，水果质量比照往年整体下降，灵气苹果的味道被别的苹果衬托得格外惊艳。

来人盯着犰宝宝手上剩余的苹果切片，意犹未尽地咂咂嘴，讲价不成又实在馋，只好买下三斤单价高于市价两块钱的黄元帅。这口子一开，其他人也陆续围了上来。

蒲卢宝宝负责向来往行人吆喝，犰宝宝负责提供一人一口绝不增多的试吃。两只小团子在摊位边蹦蹦跳跳地卖苹果，用又奶又甜的声音礼貌地向人兜售。来早市买菜的大爷大娘们看见这么乖巧的小娃娃，被萌得心都化了，三大纸箱苹果不知不觉间被销售一空，还捎带着卖出不少蔬菜与鸡蛋。

来之前，叶辰还担心卖不完，结果临收摊时摊位上干净得只剩一把小葱。

叶辰从腰包里掏出一大把凌乱的钞票，一张张抚平折角，按面值摆放整齐，数了数，共计一千四百块钱。

"呼——"叶辰深呼吸，手攥钱攥得太紧，有点抖。

他已经很久没一下拥有这么多可支配的资金了。

一夜暴穷后，他想过各种赚钱渠道，但都不大实际。

其中最靠谱的一个就是攒点本钱弄些名贵的花种子养大来卖，兰花如果养得好，一盆几万几十万元也卖得上，来钱很快。

可兰花不比蔬菜水果这类消耗品，买回去是要继续养的，他利用神农血脉的力量把花养得漂漂亮亮的，凡人以高价买走之后却养得一天不如一天，这和诈骗也没什么区别。

所以，最后，叶辰还是选择面朝黄土背朝天地踏实劳作。

而他手里的一千四百块钱证明老老实实种地是有前途的！

叶辰欣慰地把钱揣好，给一直帮他带货的爽快大姐塞了一小袋预留的灵气苹果表示感谢，从她那接过两箱共计四十只小鸡苗，并财大气粗地又预订了一百只。

叶辰算过一笔小账，一只小鸡苗只要两块五，自家母鸡产蛋又多又稳定，下蛋期间创造的鸡蛋价值完全可以抵消购买小鸡苗的成本，故而想扩大养鸡规模，最省成本的方法就是大量购入小鸡苗，而不需要孵蛋。

取走小鸡苗，叶辰采购了一袋大米、一箱挂面用来喂宝宝，又买了一袋小米、一袋玉米面用来喂鸡，路过卖散装糖果的小摊时，还大方地买了三斤什锦糖，有水果糖、巧克力、软糖……犰宝宝与蒲卢宝宝幸福得直搓脸蛋儿，气氛欢乐得宛如过年。

家底突然殷实的富农小哥哥吹着口哨，骑着小三轮"嘟嘟"地满载而归。

…………

在早市卖完货，叶辰按惯例换了一身像模像样的衣服出门。来到片场后，他第一件事就是去找沈默风。

早晨，他在院子里培训四十只鸡崽花了些时间，怕身上沾了鸡屎味而自己闻不出来，便往风衣上珍惜地喷了一点儿男士香水以防万一，走动间身上散发着若有似无的琥珀雪松的味道。

他身上那件风衣今年他还是第一次穿，当时是两万多元买的，线条的剪裁透着一种禁欲式的清冷，腰部被收束得很细，细得容易招惹危险。一条奢侈品牌暗色系围巾衬着那张瓷白的脸，令他散发出一种华丽又脆弱的气质，像个小王子。他就这么提着鼓鼓囊囊的一塑料袋水果，敲开休息室的门，道："沈哥，给您送一点儿水果。"

沈默风抬眸，瞥见模样精致漂亮的叶辰，又扫过那廉价塑料袋中混装的苹果、鸭梨，眼底本能地掠过一抹骇然与好笑，语气却绅士地没露半点儿痕迹："多谢，放这吧。"

叶辰把塑料袋放在沈默风身边的桌子上，厚起脸皮提要求道："您……能保证自己吃吗？别分给别人。"

沈默风眼皮微微一抬："保证？"

叶辰心里有数，这么一袋水果，沈默风肯定连尝都懒得尝，八成随手就塞给助理了，但他也不可能直说这些梨的清肺效果和普通的梨存在着天壤之别。于是，他只得搬出之前想好的粉丝说辞，抿了抿嘴唇，拿捏出一种卑微的语气道："苹果树和梨树都是我自己种的，好不容易结的果，就想让您一个人吃，您不给别人……行吗？"

"……"沈默风心尖倏地一软，"行。"

语毕，沈默风的目光在叶辰的身上打了个转，眼底流露出少许不解——叶辰身上穿的这件风衣来自某个面向年轻男性的世界一线品牌，这个品牌曾与沈默风有过合作，因此沈默风对其颇为熟悉，而叶辰身上这件风衣是这个品牌过时的旧款。对普通人而言，几万元一件的衣服穿几年再正常不过，可对需要紧随时尚步伐的偶像艺人来说，这种款式过时的时装……就算不扔进垃圾桶，至少也得转手卖掉，继续穿在身上是不太合适的。

沈默风垂眸，回忆起叶辰这段时间的私服，却记不真切了。

"梨您一天吃一两个，"总算能向沈默风还点人情，叶辰眸子蓦地亮了，"清肺止咳真的有效，我知道您不信，您坚持吃几天就知道了，这种梨和普通的梨不太一样。"叶小骗子说着，缜密地修复弥天大谎中的逻辑问题，"这种是国外专门空运过来的特殊树苗。"

是从洪岩县大碴子乡石头村……专门运过来的。

沈默风的思绪被打断，回过神来，温声道："好。"顿了顿，他好奇道，"这都立冬了……梨怎么刚结果？"

"我家里有暖房，"叶辰索性把谎话扯破天际，反正沈默风又不可能去他家里检查，他怎么能圆谎就怎么说，"几月都能结果。"

叶辰琢磨着说家里有暖房也不算吹牛，他家里哪是有暖房，他家里是有个世界，说暖房都是说得小家子气了……

"暖房？"沈默风失笑，"这么专业？"

他长到这么大，还是头一次见人对种果树上心到这种地步，又是空运树苗又是弄暖房的，均价二十多万元一平方米的地，就让这小少爷种了一屋子苹果、鸭梨……

沈默风忍笑忍得腹肌酸痛，连忙抽出一支烟咬在嘴里掩饰笑意，对叶辰穿旧款风衣的疑惑也被暂时抛到了脑后。

叶辰坚持人设不动摇："也不算专业，就是个兴趣爱好。"

沈默风沉吟片刻，接受了叶辰热爱种植的人设。

二世祖圈子里稀奇古怪的事，他也见过不少，一帮放浪的公子哥，什么五花八门的怪癖都有，仔细算算，爱好植树种菜连猎奇榜前十都排不进去，何况叶小公子这爱好不仅绿色健康，而且……

沈默风咬着烟嘴闷笑。

……还挺可爱的。

"放心，"沈默风拎起那袋水果，起身在休息室走了两圈，像要找个地方藏起来似的，"我自己吃，不给别人。"

叶辰放下心来，走出休息室去化妆。

叶辰前脚刚出去，小何后脚就走了进来。他一进屋就看见他们沈大少爷站在休息室中央，拎着一袋苹果、鸭梨不知往哪放。

小何下意识地朝沈默风一伸手："沈哥，这给我吧……"我帮你放好。

岂料沈默风眉头微微一拧，道："送我的。"

他还加重了"我"字。

小何："……"

小何幽幽道："我的意思是我给您放到车上去？"

沈默风从袋子里掏出一个梨子，把剩下的都递给小何："放到车上吧。"

小何接过袋子，沈默风嘴角噙笑，垂眼盯着手中的梨看了一会儿。

小何拎着水果转身出去："……"

莫非这就是传说中的"单身太久，看个大鸭梨都是双眼皮的"？

半个小时后，做造型时"摸鱼"（开小差）、刷微博的叶辰忽然毫无预兆地被评论@（网络上呼叫他人的方式）疯了。

叶辰茫然，点进一条评论@一看，是沈默风十几分钟前的最新微博，照片上是一个黄澄澄的大梨，配的文字是："你绝对猜不到这个梨是谁亲手种出来的。"

热评里说什么的都有，有说当然是农民伯伯种的，有说其实是自己种的，有猜别的明星种的，还有猜是上了年纪的陈导种的，其中有一条评论来自最近崛起的沈叶组合粉——

"哈哈，盲猜一个辰辰！别问我为什么，有一种直觉在里面！"

而沈默风点赞了这条评论。

楼中楼瞬间成了沈叶组合粉的天堂。

"什么鬼？我们辰辰小王子亲手种的梨？！辰辰会种梨？！你

逗我！"

叶辰："……"你辰辰小王子还会沤鸡粪呢，想不到吧，哈哈！腹诽的语气中竟含有一丝骄傲。

"辰辰亲手种的，你舍得吃吗！啊？！"

"辰辰宝宝莫非是被影帝抓走关进黑……'黑农窑'种地了？"

叶辰："……"

我沈哥跟我妥妥的"父子情深"好吗？别在我沈哥的评论区乱说，脏了我卧冰求鲤的路！

叶辰不敢晾着沈默风，扫了几眼评论就忙回之以互动，转发微博并评论，用的是开玩笑卖萌的语气："植树小能手了解一下。"

顷刻间，叶辰的评论区也沸腾了。

"居然真是辰辰亲手种的吗？！天哪！辰辰，你那还有梨吗？！妈妈也想吃你亲手种出来的梨啊，呜呜！妈妈倾家荡产也要买啊，呜呜！"

"这是什么绝美兄弟情！"

"不、不、不，楼上的姐妹快醒醒，什么绝美兄弟情，这是乡村兄弟情吧！"

叶辰微博这一边还没消停下来，沈默风那边居然又发了一条微博。

这回只有两个字——"好吃"。

评论区再次沸腾……

"什么好吃，怎么好吃的，你倒是说清楚？"

"动不动十天半个月都不发一条微博，今天为了个梨一口气发两条……"

叶辰："……"

微博上有不少人开玩笑说想吃叶辰亲手种的梨，叶辰刷着评论，心思逐渐活络，这时，顾秋忽然一通电话杀了过来。

叶辰恰巧做完造型，起身走到僻静处接电话。

"沈默风的微博上说的梨是什么意思？"顾秋狐疑地问。

"我家里有几棵梨树，"叶辰实话实说，"梨结果了，就给沈哥送了一袋。"

顾秋舒了口气："就是真的梨？"

叶辰微怔："那……要不然呢？"

顾秋："没什么。"还以为是什么暗号……

——顾秋最近一直在关注"沈叶超话"的动向以便掌控火候谨防炒作"炒煳"，思维方式都被超话里的粉丝们带拐进沟里去了。

顾秋又交代了几句，大意是让叶辰把握住这个能和沈默风捆绑炒作的契机，有热度就大胆地蹭。他措辞功利，听着多少有些刺耳，叶辰轻轻皱了皱眉，倒也没费口舌，只是默默地在心里感恩的小账本上给沈默风添了一笔。

"对了，秋哥。"叶辰清清嗓子，做心机深沉状道，"你说，沈哥这算不算是帮我打了一次广告？"

顾秋："当然算，你知道他一条微博的商业价值多大吗？"

大大小小的奖都拿过一圈后，近两年沈默风对作品的艺术性不那么执着了，开始涉足大 IP 商业片，也不再对宣传活动嗤之以鼻，故而人气涨得飞快，无论在什么意义上，都是当之无愧的超一线。

叶辰朝人设崩坏的边缘伸出一个脚尖，循循善诱道："但严格来讲，沈哥其实是帮我的梨打广告，他夸我的梨好吃。"

顾秋警惕："……所以？你想说什么？"

叶辰吐字含糊，飞快道："所以，我就随便这么一说……你觉得我开个网店卖水果是不是挺好的？现在挺多明星都开网店，公司前期给我投资，我和公司分成，经营这块我自己盯……"

顾秋深吸一口气，委婉、委婉，再委婉地问：“你，卖水果？疯了吧，你？！”

叶辰委屈：“吭叽。”

顾秋：“不是，我说你最近怎么回事，你……”

叶辰㞞了几秒，不甘心，神秘兮兮地打断道：“我有水果蔬菜的货源，那质量你都想象不到有多好，绝对是精品果蔬，供给国宴都没问题，肯定不毁我的形象。”

——即便再没商业头脑，叶辰开网店卖水果蔬菜也是不可能赔钱的，毕竟十倍于普通作物的生产速度和无可挑剔的质量在这摆着，想不赚得盆满钵满都难。

现在他种地虽辛苦，产出也不多，但等他攒够本钱或者说服顾秋让公司出资买上几台大型农机具，那他马上就能大规模地扩大种植面积。到时候，他再教一教神兽宝宝们开拖拉机，让宝宝们给自己搭把手，蔬果的产量在眨眼的工夫就能上去，然后他分两条渠道卖，一边私下卖着赚现钱，一边以明星身份卖，以快速偿还一亿四千多万元的债务，简直双赢。

叶辰孜孜不倦地游说道：“怎么样，秋哥？其实可以考虑一下，别的明星卖红酒、卖潮牌，不也是卖东西吗？蔬菜水果你嫌低端……名贵中草药呢？”

种植名贵中草药虽赚钱，可前期投入也大，而且草药这东西只能大批种植、大批供货，与草药商建立稳定的供求关系，毕竟这是药用的东西，零星几斤又来历不明，根本没人敢收。如果没有投资，叶辰不敢想。

顾秋听得太阳穴突突直跳，只觉得自己快脑溢血了：“我告诉你，就四个字，想、都、别、想！”

“还有……你这几个月究竟什么情况？”顾秋咬牙，“你绝对有事瞒着我。"

自从上次在真人秀节目中被猪拱下陡坡后，叶辰整个人就变得怪里怪气的，光是顾秋发现的就有这么几桩：

上个月二十五号，叶辰携平板电脑来到顾秋的办公室，屁事没有，吃着顾秋的零食下载了一百多集《小猪佩奇》，撵都撵不走……

上个月十九号，叶辰从公司一楼跑楼梯跑到二十楼，拎个塑料袋搜刮每层男厕所的手纸，而且每间厕所只拿一部分纸，不让别人陷入擦屁股没纸的窘境，一看就是讲究人。搜刮到二十楼时，他被上厕所的顾秋逮个正着，愣说是跟人打赌赌输了被迫来偷厕纸……

上个月一号，叶辰坐飞机去外地跑通告，全程埋头看 Kindle（一款电子阅读器）。顾秋第一次去厕所时路过叶辰，发现他在看《西红柿种植技术一本通》，第二次去厕所时路过叶辰，发现他在看《红薯烂根防治小妙招》……

…………

这可别是让猪拱傻了吧？！顾秋焦虑得生生拗断一根笔。

不过，这些和叶辰忽然全款购入的四合院相比都不算什么了……

顾秋还记得一年多以前自己刚签下叶辰时的光景，他那时在剧组跑龙套装尸体，动辄要糊一身血浆躺在烈日下暴晒小半天。顾秋当时在剧组跟进手底下其他艺人的拍摄项目，慧眼识珠，看准了他，觉得他颜值高又能吃苦，包装起来八成能走红，这才把人签进公司……

叶辰怎么看都不像个有钱的主，结果前段时间人家悄无声息地买下一座四合院。

艺人住址变动是瞒不过公司的，顾秋收到这个消息时的第一反应就是叶辰被人包养了，可当他找叶辰核实情况时，叶辰却一口咬定没被包养，是自己家里给钱买的。

顾秋对叶辰动之以情，晓之以理，恐吓之以利害关系，叶辰的口风却不变。

顾秋怕叶辰背着公司搞事，动用手下人脉暗地调查，查了一个多月，却发现叶辰没有任何私人约会，没有任何暧昧交际，得到的最劲爆的情报就是他乔装打扮去农贸市场买化肥、农具。

"……"顾秋看着偷拍的照片上穿着破夹克、绿胶鞋，左手执镰刀、右手提袋装尿素的叶小鲜肉，一时失语。

合同上还真没写禁止艺人在家里种菜……

顾秋抓不到把柄，抓狂了，几次三番审问叶辰："你那四合院可别是跟人借钱买的吧？为了还债而种地卖菜？"

"可能吗，秋哥，公司之前又不是不给我租房，我用不着借钱买房吧，况且，即使借钱买也不可能买这么贵的。"叶辰反驳得条理清晰，"再说……我要是手头紧，为什么不叫你帮我多接通告？"

顾秋一想，是这个理。

除非是有哪个精神病富婆斥资上亿包养"小鲜肉"，就为了远程视频欣赏小鲜肉种地的英姿……而这根本不可能！

再三警告叶辰有变化及时报备后，顾秋勉强接受了这个设定。

可今天，顾秋压抑许久的困惑卷土重来了。

"叶辰，我真的感觉你像是缺钱了。"顾秋沉吟片刻，大胆揣测道，"是不是有人强迫你买那四合院，然后强迫你种地？"

……猜中了！叶辰握着手机的五指一紧，呵呵干笑道："强买强卖，我不早报警了？秋哥，你这想象力也是够可以……再说，谁会强迫我种地，那不有病吗？"

听到叶辰骂自己有病，境灵化身的 App 发出"叮咚"一声抗议。

"我就是……"叶辰幽怨道，"有种菜癖。"

顾秋："……"

"秋哥，你怎么就不信我呢？"叶辰言辞恳切，"我家里真有矿，你签我的时候不是还说我外形气质挺唬人的吗，还让我立贵公子人设呢……忘了？"

叶辰抛弃良心，"满嘴跑火车"道："那是因为我本来就是矿厂贵公子，当年我为了追逐我偶像沈哥的步伐，拼死拒绝继承家业，和家里闹翻，被断了生活费，这才去当跑龙套的。"

顾秋头大："你上次跟我说你是为了逐梦演艺圈才当演员的！你在我这究竟用哪个版本？"

叶小骗子斟酌片刻，敲定了"满嘴跑火车2.0"版本，与之前的媒体报道达成一致："……我是为了沈默风，沈默风就是我的梦。"

逐梦演艺圈，没毛病。

"得、得、得，算我没问。"顾秋按住突突狂跳的太阳穴，为了不被气到爆血管，强迫自己接受叶辰追星的设定，"反正卖水果、卖草药，你就甭想了啊，和你的人设、定位一点儿都不挨边，胡闹嘛不是？公司不可能投资，也不可能允许你自己开店！"

大型农机具仍然是没影的事，叶辰挂了电话，幽幽地叹气，打开手机收藏夹中的某个网页，用寻常男孩子看豪华超跑的灼热目光看着网页中那台兰博基尼……拖拉机。

兰博基尼，世界一线豪奢拖拉机，获得过最佳设计 Golden Tractor（金拖拉机）奖，它的车灯与车线轮廓由著名设计师乔治亚罗亲自操刀，Deutz Tier 4i（4i 级道依茨）发动机，纯机械式五挡变速箱，顶配版本要上百万人民币，是每一个庄稼男孩的梦想。

自然，叶辰只是看看罢了，但即便是普通的拖拉机，算上零零碎碎的配件，一台也得十几万元才下得来，目前他一样买不起。

大型农机具是刚需，就算将来叶辰有钱了，不需要种蔬菜水果糊口，在山海境中大规模种植那些传说中的植物，也一样用得上。

慢慢攒钱，一步步来……叶辰攥紧拳头，恋恋不舍地关掉兰博基尼拖拉机的页面。

最后一天的这几场戏中有一场是压轴的，为追求更强烈的冲击感，陈导临时给这场戏增添了许多变动，此时正急着找演员说戏，叶辰却不见踪影。

"叶辰呢？"急脾气小老头儿不耐烦地道。

小高打不通叶辰的手机，连忙扭头跑开："辰哥应该在化妆呢，我去找。"

陈导瞪圆了眼，语气不善："化个妆化这么长时间？"

"叶辰……"沈默风吊儿郎当地一笑，"给我跑腿去了，我叫他回来。"

陈导的眼刀"嗖"地转了方向，改成扎沈默风："让人家小孩子给你跑什么腿？！你的助理呢？！"

"马上，马上。"沈默风含笑应着，往叶辰的化妆室的方向走去。

叶辰果然没在化妆室，沈默风合上门，正想去别处找，却忽然听见化妆室拐角后叶辰刻意压低嗓门的说话声，语气似是在与人争辩什么。

沈默风本没打算偷听，还绅士地退开几步，奈何叶辰那句话带着他的名字直往他的耳朵里钻，由不得他不听。

"……当年我为了追逐我偶像沈哥的步伐，拼死拒绝继承家业，和家里闹翻……

"……我是为了沈默风，沈默风就是我的梦。"

沈默风闻言，静立在原地，眸子微微颤动。

可怜的沈影帝，难得抛弃节操听一次壁脚，听的还是假壁脚……

沈默风正犹豫着要不要制造些响动提醒叶辰来人了，叶辰那边就没了声音。沈默风静待片刻，绕过墙角，见叶辰正垂眼看着手机屏幕，容色郁郁寡欢，长吁短叹，满脸求而不得的渴望与失落。

……他用脚指头想，都知道叶辰是在看什么。

"咯。"沈默风清清嗓子。

叶辰抬头，满脸见鬼的表情看着他："……"

"陈导找你，老头儿闹脾气了。"沈默风险些被叶辰惊悚的表情逗得"破功"，面上却不动声色，"回去就说是我让你跑腿的……"沈默风忍住笑，"别说是躲在这打电话。"

叶辰唇瓣翕动片刻，机械道："您……听见了？"

"不小心的。"沈默风轻轻嗤笑一声。

叶辰："那您……听见多少？"

沈默风回想片刻，悠悠地道："从你拒绝继承家业开始。"

叶辰闻言闭嘴。

我沈哥可能就是这个被假粉丝忽悠的命吧，早不来听，晚不来听，偏偏听见那几句……叶辰忧心忡忡地想。

两人肩并肩地往拍摄场地走去，沈默风一路都没说话，静静地想着叶辰为了自己与家人闹翻的事，想多问几句，又觉得叶辰的家事，自己不方便打听。

只是，叶辰身上那件过时的风衣似乎更扎眼了。

沈默风不动声色地瞄了叶辰几眼，终究没开口，怕伤到小朋友的自尊。

············

在市内进行拍摄的最后一镜也完成后，当天傍晚剧组便开拔前往野外取景地。

剧组的车队浩浩荡荡地爬行在山路上，道路两边的景色越来越荒凉，叶辰放低座椅，靠在椅背上闭眼假寐，风衣里依偎着一个凡人看不见的混沌宝宝。小橘毛团睡得酣甜，偶尔会冒出咕嘟咕嘟的轻柔的呼噜声。他一打小呼噜，叶辰就会把手指伸进怀里，在那软嘟嘟的小团子上轻轻戳一下。

被戳到的混沌宝宝会打个激灵，随即恢复安静。

混沌宝宝前几天从初诞期进入幼崽期，不仅体内空间有所扩大，还获得了变成人形的能力。与其他宝宝相似，混沌宝宝的幼童形态也相当可爱，短胳膊、短腿，馒头似的小胖手，白白净净的小圆脸……唯一的缺憾就是脸蛋儿未免也过于白净了，白净得几乎连五官都没有，那可真叫又白又净……

叶辰那晚起夜，睡眼惺忪间瞥见地上站着一个"白板"小孩子，吓得一秒蹿到神兽崽崽们的床上操起玄武宝宝，把他的龟壳朝外当盾牌。

"咕嘟。""白板"小孩子一歪头，小胖手攥紧成两个小拳头，似乎在发力，发着发着，忽然"啵"的一声，那"白板"脸蛋儿上便长出了一张嘴巴，"哥哥，我是沌沌呀。"

已猜到七八分的叶辰紧张地咽了下口水，好声好气地商量道："五……五官能再……稍微多长点吗？"

"咦……"这时，被叶辰举在半空当护盾的玄武宝宝终于将眼睛睁开了一条缝，艰难地抱怨道，"哥……哥……我……困……"

"能再长点的！"混沌宝宝再次攥紧拳头发力，憋得脸蛋儿通红，随着"啵啵"几声轻响，眉毛、眼睛、鼻子、耳朵也纷纷呈现在混沌宝宝的白板脸上。

叶辰蜷在床上举着索性睡了过去的玄武宝宝壮胆，轻咳一声，委婉地提醒道："好像还少一个鼻孔？"

"啵"，左右鼻孔齐全了。

"好累呀……咕嘟。"混沌宝宝五官俱全的状态还没坚持十秒，嘴又没了。

"你长着五官要是累……那就别长了。"叶辰接连做了几个深呼吸平定情绪，气若游丝道，"哥哥适应适应，没事儿。"

混沌宝宝奋力把嘴巴长回来，很懂事地照顾哥哥的审美："我还是等长大一点儿再变成人形吧。"语毕，他变回橘色小毛团的模样飞到叶辰的肩膀上蹲好，用翅膀尖碰碰叶辰的面颊，以作安慰。

···········

晚上十点，剧组的车队抵达了取景地附近的小村子，单程耗时五个小时。这个小村子不在京海的管辖范围内，地理位置上属于邻省，由于地势崎岖，交通运输不发达，土地也相对贫瘠，这一带的村庄经济发展相当落后，生活条件与城市毫无可比性，说是"另一个世界"也毫不夸张。

奈何这村庄附近有一片极其适合《问鼎》取景的诡异地貌，那些被风霜自然蚀刻出的岩壁呈现出一种扭曲与疯狂的状态，宛如千万条妖邪的肢体的化石附于其上，令人望而生畏，与《问鼎》古风克苏鲁的妖异风格相当吻合。

电影剧情进行到后期时，妖邪皇帝的肢体已在整座皇宫的地下蔓延，宫中人心惶惶，两位血脉受到污染的皇子也随时面临着危险。他们逃离皇宫，来到一切邪恶开始的地方寻觅一线生机。

《问鼎》外景部分的剧情着重于揭秘，角色们在钩心斗角的同时层层推理，抽丝剥茧，循着种种线索追溯深藏于王朝根源中的阴暗秘密。开国皇帝与邪祟的交易，皇族受污染的血脉，妖邪诞生的原因与其真正的目的，将它彻底铲除的方式……这些就是接下来两个月的拍摄内容。

这个地方的风景虽极具特色，但太过"硬核"与诡异，看久了怕是要"掉精神值"，因此无人开发旅游。而寻常题材的影视剧也犯不上专程来这取景，故而，这附近方圆百里除了零星几家塞满山寨货忽悠本地村民的小卖店之外，毫无商业活动的痕迹，什么酒店、餐厅、大型超市，一律不存在。

生活制片早已联系好了十几户农家，这两个月内，剧组上上下下全体人员，从超一线"流量"到跟组跑龙套的演员，无一例外都要分散着住进这些农舍里，实实在在地体验一把田园生活。

旁人倒是好说，小何想起他们家沈大少爷，心里叫苦不迭。

其实，从某种意义上来说，沈默风也是个能吃苦的，但凡拍戏有需要，他绝不矫情：死冷寒天在泥浆里一泡几小时，他不当回事；剧组赶进度导致他睡眠不足、熬死熬活，他从不抱怨；拍动作戏时，这里磕坏了，那里碰伤了，他也不会磨磨叽叽地邀功卖惨……

可一旦从拍戏状态回归到生活状态，沈大少爷破事之多实在为小何平生所仅见：在荒山野岭里住着帐篷拍戏时，连女演员都跟着灰头土脸的，沈默风却干得出雇人专门挑水上山供他洗澡的事来；出门住酒店，除了地板和地毯不用换，其他但凡要贴身的东西，一律要替换成自带的；无论在哪，楼上的房间与隔壁的房间不许住人，都要包下来，以免开关门和走动声打扰他"飞升"……

剧组成员纷纷下了车，小何苦着脸，和小刘一起把沈默风要用的东西一箱箱地往农舍里搬。这次，光是软硬度与材质不同的枕头，他们就给沈默风带了四个，其他琐碎物品自不必说，可惜吃饭这方面实在是没办法了。

小何生无可恋地望向农舍门前挂的那几串干瘪的大蒜，估量了一下这地方的饮食水准，又品了品沈默风的矫情程度，觉得等《问鼎》杀青，沈默风估计也就变成路边的饿殍了，而且八成还得像卖火柴的小女孩似的，一只手攥着一包烟，另一只手攥着一个打火机，脸上凝固着一个属于老烟枪的安详笑容。

小何正唉声叹气地在这间农舍最大的屋里整理东西，叶辰忽然探头进来张望了一圈，问："沈哥没在？"

"没。"小何换上笑脸，"辰哥有事吗？"

叶辰垂眸，目光扫过小何脚边箱子中花样繁多的高档男士护肤用品，羡慕得呼吸都是一滞。自没钱之后，他连敷面膜都是一张面膜剪成两半，一次用一半：前十分钟敷左半边脸，后十分钟把这半张面膜翻个面，敷到右半边脸上。也亏得他天生底子好，缺乏保养到这种地步，皮肤状态也仍然"能打"。

"……我想问一下，"叶辰定了定神，说正事，"沈哥平时都爱吃什么，能给我列个单子吗？"

为了把沈大少爷安排得明明白白，小何在手机里建了一份生活资料文档，里面记录着沈默风的全部生活习惯，事无巨细，其中自然也包括饮食偏好。

但他没直接给，而是语调和气地问："辰哥要单子干什么用？"

"这地方伙食肯定不太行。"叶辰实话实说，"我估计沈哥受不了。"

小何被戳中心窝子，眉眼倏地耷拉下去，噼里啪啦地诉起苦来："我也在愁这个事呢！去年也是来这种鸟不拉屎的地方拍外景，沈哥那次不到一个月瘦了十斤，咱们几个助理都疯了，得亏赶在瘦脱相之前拍完了，不然还得拉回市里喂胖点再给人家剧组送回去……"

"所以，你给我列个单子，沈哥爱吃什么，有什么忌口。"叶辰嘴角柔软地翘着，模样温良乖顺，却张嘴就跑出一列火车，"我以前和家里请的大厨学过几手，厨艺还不错，剧组的饭，沈哥要是吃不惯，我给他做……这儿估计弄不着什么好材料，也就是做做家常菜，但我家常菜做得也比别人的好吃。"

叶辰早就看出沈默风难伺候，之前就担心这次他来拍外景要遭罪。这会儿到了地方，叶辰发现这山沟沟里的条件比自己想象中的还要艰苦，便赶着来还人情债。其实，叶辰的厨艺只是普通程度，谈不上如何高明，奈何食材"开挂"（作弊）得厉害，想做得不好吃都难。

眼下，他在山海境中的菜地已初具规模，蔬菜品种较上个月又丰富了一些，产量也上来了，加上手头有八百多块存款，不急着卖菜挣钱，给沈默风开开小灶，毫无经济压力。

"辰哥……"小何目光晶亮地望着叶辰，颤声道，"你是什么天使吗？"

天使算不上，我这也就是乌鸦反哺……乌鸦宝宝想着，加小何的微信接收了一份乌鸦爸爸的饮食指南。

第 四 章

穷奇，穷奇，穷凶"恶极"

山海境中的初雪比现实世界来得早一些。

剧组转到外景地后，混沌宝宝在叶辰的房间里画出一个新的混沌印记以连接农舍的房间与四合院。外景刚开机，剧组一片忙乱，琐事成堆，直到第二天下午，叶辰才逮着空回山海境。

他打算检查检查地里有没有什么需要干的农活儿，顺便再摘些菜，晚上给沈默风做点好吃的——就沈默风的标准来看，剧组这两天的伙食确实称得上简陋，白菜炖豆腐、南瓜炖土豆、玉米面饼子、大葱卷饼蘸大酱……这位大少爷已经两天一宿没正经吃东西了，一顿饭吃下来，筷子都是干净的，据小何说是全靠着叶辰送的苹果、鸭梨续命。

叶辰通过奇门遁甲计算出的步法走进山海境，踏入境中的一瞬，一阵清冽的霜雪气息扑面而来。

他只是一天没回，山海境中竟已是白雪皑皑。

那雪地无人践踏，光洁平整得宛如层层堆叠的素锦。云消雪霁后的苍穹洁净如洗，八轮残日混融出一种梦幻的柔和光色，并慷慨地将它涂满无边无际的雪原。平日除去那一小块菜地外，到处寸草不生的荒野在此时终于有了几分仙境的模样。

"哇……"叶辰一时忘了冷，独自站在雪原中央四下张望。

他正沉浸在仙境初雪的美景带来的震撼中，手机却忽然传来一声煞风景的提示音，是境灵发布的推送。

境灵："经检测，用户已脱离贫困标准线，达成了修复山海境灵脉的基础条件，依照协定，本应用将开启灵脉修复任务派遣模式，请用户以积极饱满的精神面貌迎接接下来的修复任务，避免遭受天雷轰顶之惩罚……"

叶辰一怔："等等，我这就脱离贫困标准线了？你的标准这么低吗？"

境灵："请用户不必惊慌，也不必产生抵触情绪。首先，修复任务的难易程度遵循渐进原则；其次，神兽可为用户提供任务辅助；再次，灵植栽种或可帮助用户获取现世中的经济收益，请用户在遵守山海境的保密原则的基础上自行探索致富之路；最后，每个任务的完成都会让境灵恢复少许力量，因此，完成任务后，境灵会向用户提供相应的奖励……"

看到这里，叶辰心念一动，点进境灵化身的 App，那简陋页面中的任务栏上写着个"1"字，叶辰连忙点开任务栏。

修复任务一：种植一万株冬绒草。

任务时限：十天。

任务完成奖励：沄水。

种植灵植可修复山海境的灵脉，这与植树可以改善土壤质量令沙漠恢复成绿洲是类似的原理。

"这个沄水……"叶辰瞳仁微微一颤，"是不是那种可以养灵兽的？"

叶辰所说的灵兽和神兽不同，玄武、穷奇、混沌之类的神兽在某种程度上来说比号称万物之灵的人类高级，比起兽来，其实更接近于神。他们在成年后会拥有强大的力量，而且往往数量稀少，有些神兽甚至稀少到天地间仅此一只、无法繁衍的程度，这也是大战中境灵拼着灵脉不要，也要保存陨落的神兽元神的缘故，因为神兽太稀有，死一只就少一只。

至于灵兽，那就只是曾经生活在山海境中的小动物而已。灵兽无法化成人形，也未必通人性，且往往族群庞大。对凡人来说，或许灵兽也是挺神奇的存在，但实际上神兽与灵兽的区别就像人类与家畜的区别一样巨大。

与灵植一样，山海境版挪亚方舟中也保存了大量灵兽的幼崽，他们不像金贵的神兽一样需要吸足天地灵气方能苏醒，叶辰可以随时唤醒他们并进行养殖。而叶辰之所以一直没这么做，是因为灵兽对栖息地的要求严格到了苛刻的地步，远远超过生命力相对顽强的灵植。

众所周知，《山海经》中常有这一类的描述，诸如："……师水出焉，而北流注于皋泽，其中多鰼鱼……"

这段话就意味着，师水是鰼鱼的栖息地，鰼鱼离开师水就无法生存，如果将鰼鱼的小鱼苗强行拿出来养在其他水体中，无论如何小心伺候，小鱼苗也会迅速死亡。

总之，对灵兽而言，栖息地的重要性是不容商榷的。

而被叶辰接手时，山海境属于全毁状态，那些适合灵兽繁衍的栖息地早已不见踪影，叶辰想养灵兽也是有心无力，但现在……

境灵做出了肯定的回答："浍水是冉遗鱼的栖息地，在任务完成后，会作为奖励出现在山海境中。"

叶辰长长地舒了一口气："那《山海经》里其他的山啊，水啊的，是不是也都是完成任务之后你直接作为奖励给我变出来？"

境灵："是的。"

叶辰轻抚胸口："那就好……我之前还以为你会让我'叶公'移山呢，都没敢问你，怕提醒你了……"

境灵内心毫无一点数地反问："我有那么坑人？"

叶辰面无表情，伸手提了提裤腰已然松弛的、用三元钱购买的掉色内裤，道："呵呵。"

思忖片刻后，叶辰决定给境灵一个补偿的机会，遂搓搓小手，问："既然我完成任务之后你连河都能变出来……那能变钞票吗？"

境灵默然片刻，道："我就算灵脉恢复得再多，也只能化出属于山海境的东西……"

叶辰失望地甩甩头，把不劳而获地得到一屋子钞票的幻想甩出脑海。

十天种一万株冬绒草，听起来似乎很多，但有神兽宝宝帮忙，叶辰不慌。他退出任务界面，点进帮助界面，输入关键词"冬绒草"并将冬绒草的种植流程飞速地扫过。冬绒草在山海境中的地位约等于杂草，是最好种的灵植，唯一的种植难点是种子要埋在雪中才能生根发芽，而眼下这任务来得正是时候。

叶辰放下心来，考虑到任务期限有十天，而他沈哥已经好几顿没吃了，就决定还是先给沈默风做饭。

菜地中的普通作物没有受到大雪的影响，叶辰提着菜篮子，拂去西红柿上的积雪，装了小半篮，又从地里挖出几个地瓜。

据境灵所说，古神血脉对越低端的生灵影响越大，具体来说就是：神农之力可以让西红柿在数九寒冬中以十倍的速度生长，却只能让扶桑神木的成熟进程加快一倍左右；伏羲之力能使小鸡崽列队做操，却管不住神兽宝宝们偷看"狗血"剧……所以，叶辰不担心自己的小菜园被大雪搞得颗粒无收，更不急着收菜，拿了够沈默风吃两天的菜就回去了。

这天晚上十点，沈默风的房门被敲响了。

"进。"沈默风懒懒地道。

门开了，叶辰穿着一套厚厚的家居服，端着一个盘子和一碗饭，探进一个小脑袋。

"我不饿。"沈默风蹙眉。

"我做的，和他们晚上吃的不一样。"叶辰眉眼一弯，笑出两个小梨涡，自以为"狗腿"实则很可爱地问，"您尝一口？"

叶辰走近几步，把碗盘摆在炕头的矮桌上，那是一盘西红柿炒蛋加一海碗米饭。

"……你还会做饭？"沈默风没对叶小少爷的厨艺抱多大指望，哄孩子似的笑了笑，认命地朝矮桌凑过去。

叶辰怕沈默风嫌菜色寒酸，连忙张嘴放出小火车并拉响汽笛："我家以前请的大厨教过我几手，您别看这道西红柿炒蛋普通，其实做的时候有很多细节在里面，和一般人做的不一样……"

他站在炕边，离沈默风很近，说话时的模样很认真。沈默风微微仰起脸看他，看着看着，忽然抬手，用大拇指在他的面颊上不轻不重地抹了一下。

叶辰一怔："怎么了？"

"脸上那是烟灰？没蹭掉……照照镜子去。"沈默风道。

叶辰转身走进与沈默风的房间相通的卫生间。

村里这些农舍的条件有好有坏，有抽水马桶和太阳能热水器的几个"顶配"房间归剧组主创所有，其他人洗澡、上厕所都比较麻烦。而顶配房间中又尤属沈默风的住处最舒服，卧室直接就连着一个小洗手间，起夜都不用出卧室，虽说这洗手间装修得相当简陋，但至少该有的设施都有。

叶辰在涂层斑驳的镜前照了照，发现脸上蹭了两道烟灰——这边做饭不用电磁炉，而是用大灶，叶辰跟老乡现学的烧柴火，屁股撅在灶前鼓捣了好一会儿，脸上脏了也没留意。

他拧开水龙头冲了冲脸，抽出面巾纸擦干，随即垂下眼帘，饥渴地扫视着盥洗台下成箱的洗护用品。

自从一夜暴穷后，叶辰洗头、洗澡都是用的批发价一块多钱一块的上海硫黄皂，之前剩的高档沐浴露、洗发水，他平常舍不得用，都是挑心情灰暗时才拿出来给自己尝点甜头，把乐观值充满，好让自己能继续拖家带口地穷乐和下去……目前他还剩五分之二瓶沐浴露和七分之三瓶洗发水，都是一瓶近千元的，用完就不会再买了。

因为太久舍不得用好东西，所以自两天前看见这些高档货后，叶辰就一直忍不住想着，都快想疯了。

叶辰蹲下身，蹑手蹑脚地把那些瓶瓶罐罐挨个拿起来，检查剩余量与生产日期，并从中甄选出四瓶剩余较多且离生产日期较远的洗护用品，决定帮他沈哥用一用，避免过期造成铺张浪费，给地球母亲增添不必要的负担！

但是，怎么才能用上呢……叶辰心思渐趋活络，托着下巴转起眼珠，开动歪脑筋。

揣个空瓶找借口进浴室倒走半瓶固然简单，但这些是私人物品，不问自取是为偷，叶辰破产前是个体面人，不可能干这种事。他要蹭，就要蹭得光明正大，得让沈默风知晓并默许他使用浴室里的东西，还得逻辑合理、不崩人设——这才是"蹭之一道"的极致。

叶辰凝眸沉思："……"

天不生我叶穷穷，万古蹭道长如夜！

…………

另一边，饿了好几顿的沈默风夹起一筷子西红柿炒蛋放进嘴里。

沾着酸甜汤汁的炒蛋入口的一瞬，被香烟蹂躏得奄奄一息的呼吸系统猛地活了过来，沈默风嚼了两口，忽然能觉出饿了，那久违的馋意裹挟着对食物的渴望从干瘪空虚的胃袋中腾空而起，"啪"地绽放在舌尖。

……西红柿炒鸡蛋有这么好吃吗？沈默风愣怔片刻，又埋头吃起来。盘中的西红柿已被炒至烂熟，鸡蛋却仍松软滑嫩，宛如一蓬蓬嫩黄的小云朵。蛋香浓郁，汤汁鲜甜，恰到好处的微酸开胃效果极佳，一大口混着西红柿与鸡蛋的米饭下了肚，连着几顿没正经吃东西的沈默风满足得长舒一口气。

小朋友厨艺这么好？！沈默风喉结蠕动，将碍事的袖子折了两下挽到手肘，露出两截精瘦紧实的小臂，入乡随俗地盘腿坐在农家炕上，一只手端着盛米饭的海碗，一只手夹菜，打眼一看就宛如一位英俊的庄稼汉。

这时，叶辰从洗手间走出来，蹭到矮桌对面在炕沿坐下了，因为心里正打着占便宜的小算盘，表情乖顺得要命："……怎么样，沈哥，味道还行吗？"

沈默风抬眼，静静地盯他片刻，忽然"哧"地笑出声。

叶辰无辜地睁大眼睛，一双手还在大腿上不安地抹了两下："怎么了？"

沈默风别过头闷笑，饭都咽不下去了。

叶辰坐在炕沿上，迷茫又无助："沈哥……您笑什么？"

"咳。"沈默风忍住笑意，清清嗓子，温声道，"好吃，手艺不错。"

他不答，叶辰也不好意思追问他究竟在笑什么，只定了定神，搬出自己方才在洗手间里想出的谎话，厚起脸皮道："沈哥，我住的那户的热水器坏了。"

沈默风眉梢一扬："热水器坏了？"

"嗯。"叶辰猛点头，"我洗不上澡了……您今天洗完了吗？我能用一下您的洗手间吗？"

沈默风绅士道："我让小何帮你看看，说不定他能修。"

"不用麻烦他了。"叶辰神色恳切，为未来的蹭澡埋下伏笔，"我叫小高看了，不好修，一时半会儿都修不好。"

小何要是非得来，我就把水闸关了……叶辰狡猾地盘算着。

沈默风静了片刻，道："还是让小何看一眼，万一呢。"

叶辰摇摇头，一口咬定："别了，肯定修不了，大晚上的，别折腾他了。"

沈默风深呼吸："……"

这是要干什么？

不会是要来蹭洗发水吧……沈默风差点被自己这个荒诞的猜测逗乐了。

得知叶辰与家人闹翻后，他确实有些担心叶辰的经济状况，然而，当红艺人的穷和普通人的穷完全是两个概念。对当红艺人而言，穿不起一线品牌的当季新款就可谓穷，至于比这更落魄的情况，除非沾上吸毒、赌博之类的恶习，抑或原生家庭背负巨债，否则，再缺钱也不至于影响日常生活，而叶辰想必与那三种情况都不沾边。

所以，这个滑稽的念头只是一闪而过，并未被沈默风列入考量之中。

"行吗，沈哥？"见沈默风不置可否，叶辰冷静地加重筹码，"您借我用一下浴室，我明天早晨给您做烤地瓜，我烤的地瓜可甜了，能烤到流糖浆……"

沈默风咬住一支烟，别过视线："不行。"

叶辰的失望都快顺着眼睛淌出来了："为什么不行啊……"

沈默风静静地望他片刻，一笑："不为什么。"

"知道了，沈哥，那我先回去了。"原本以为万无一失的"蹭沐浴乳、洗发水、身体乳、精华液计划"居然失败了，叶辰失落得像只被暴雨淋过的流浪猫，浑身上下无一处不发蔫。

他收拾起矮桌上的空碗、盘子，起身朝门外走去，走出几步又顿住，偏过脸轻声道："那我明天早晨也给您烤地瓜，一个地瓜差不多半斤，烤两个够吗？"

乌鸦反哺不能断，毕竟沈默风本来也没有必须借他浴室的义务，这一点事，他还拎得清。

"然后给您煎个荷包蛋，榨杯玉米汁？"叶辰把锅往父老乡亲们身上一甩，"这地方食材挺单调的，没什么花样，但我做什么都比别人做的好吃，您尝尝就知道了……"

"你……"沈默风迟疑片刻，连拖鞋都没穿，光脚迈下地，绕到叶辰的前面拦住他的去路，好气又好笑道，"算了，你在我这洗吧。"

"您方便吗？"叶辰眸子一亮。

"我哪敢有什么不方便的……"沈默风用玩笑的语气嘲弄道，披好大衣趿拉上棉拖鞋，叼着烟先叶辰一步走出门，"洗你的，我上院里抽会儿烟。"

夜凉如水。

沈默风披着大衣，趿拉着棉拖鞋，坐在农舍的门槛上一支接一支地抽烟。他左侧的门框上挂着一串红通通的风干大辣椒，右边则挂着一串黄澄澄的玉米棒子，他坐在中间，看起来好似一位英俊的村支书，正在为村里承包鱼塘引起的纷争苦恼得夜不能寐。

而人穷志短的叶小鲜肉，此时此刻正根据洗护用品的价格与每一次揿出的液体体积，来估算每揿一次消耗的人民币数值，以获得某种只有穷鬼能懂的快感……

噗……叶辰按出一坨沐浴露。

按这一下，他赚了五块钱。

噗噗……他又挤出一坨洗发水。

按这一下，他赚了十块钱。

十块，五块，十块，二十块……半点儿出息也没有的叶小鲜肉沉浸在蹭到就是赚到的喜悦中无法自拔！

高级洗护用品给人带来的不止是精神上的愉悦，被滋润过的皮肤实打实地变好了，触感光滑得像缎子一样，肌肤摩擦睡衣与寝具时带来的惬意感令叶辰这一宿睡得像小猫一般酣甜。

翌日清晨，叶辰醒来，发现本来睡在炕另一头的几只神兽团子不知何时都钻到他的被窝里来了。玄武宝宝龟缩得只剩一个壳，趴在他的肚子上；蒲卢宝宝变回类似蚌的原形，用两片小蚌壳夹着他的睡衣一角；毛茸茸的穷奇、狻和混沌宝宝分别依偎在他的身体两侧，把被窝里弄得热乎乎的。

叶辰起身的动作弄醒了宝宝们，狻宝宝第一个变回人形，舒展兔耳朵，伸了个大大的懒腰。

"怎么都跑到我的被窝里来了？"叶辰捏捏狻宝宝的兔耳朵，"不是叫你们习惯自己睡吗？"

狻宝宝揉揉眼睛，把小兔头往叶辰的怀里一拱，软软地道："哥哥身上好闻。"

叶辰闻言，扯着睡衣的领子嗅了嗅。

根据剩余量，他挑了一瓶沈默风八成不常用的沐浴露，是鼠尾草的香气，味道很淡，但留香持久，闻着确实挺让人舒服的。

"我给你们弄吃的去……早晨都多吃一点儿，待会儿得帮我干农活了。"叶辰抓抓头顶的乱发，晃出房间洗漱，准备早饭。

他在京海的四合院前几年被煤改电政策惠及，过冬不需要烧煤，用电力取暖能省将近一半的钱，可就算省了一半，这笔取暖费用对叶辰来说仍然是巨款，加上这个冬天剧组要来外景地这边常驻两个月，所以他没花这冤枉钱，把家里的电闸给拉下来了。

现在四合院里冷得好似冰窟，神兽宝宝们都溜到剧组这边来蹭采暖。白天叶辰去拍戏，宝宝们就团坐在烧得热烘烘的炕上看平板电脑里的动画片，晚上叶辰睡炕的这头，宝宝们睡炕的那头。

这个冬天最遭罪的就是四合院里的六十只鸡，虽说灵鸡比普通鸡抗冻，但它们毕竟是有体温的动物，就算冻不死，产蛋量也会受影响。出于保险起见，转外景后，叶辰就让鸡们集体搬进厢房居住，还从生活制片那蹭来几个热水袋，一天灌两次开水，放在厢房里供灵鸡们取暖。

叶辰洗漱完，从自己的房间拎出一篮子地瓜、玉米、鸡蛋溜到厨房。

他们租下的这么多户农舍不是家家都管饭，那样太乱套，张家做完了，李家没做的，不好统一管理，所以，生活制片安排了几家专门负责给剧组做饭的农户，到了饭点，全组人员统一去吃大锅饭。叶辰住的这户人家不管做饭，厨房可以借来用。

叶辰脑袋瓜挺聪明，除了文化课，学其他什么都快。昨天学着烧过一次柴之后，他今天就很熟练了。灶里的柴火熊熊烧了起来，他从小菜篮里摸出灵鸡蛋，在灶沿上轻轻一磕，修长的食指和中指夹住蛋壳的前段，拇指、无名指夹住蛋壳的后段，娴熟地一分，蛋液便砸在冒着油光的铁锅里，激起一片欢快的吱吱声。

他一口气煎了十几个蛋，又蒸了一锅玉米，用从小何那要来的榨汁机榨玉米汁，趁着灶里的柴还热着，他用烧火钳夹起剩下的半篮地瓜，都丢进灶里贴着柴火烤着。

大锅饭不比盒饭，没那么好蹭，所以叶辰给沈默风开小灶时也带上了神兽宝宝和自己的那份。

早餐做完，叶辰先给神兽宝宝们送了一趟，又端着托盘去找沈默风。

沈大少爷洗早晚两次澡，叶辰进屋时，他刚吹干头发，带着一身与叶辰同样的鼠尾草香气从浴室走出来。

叶辰吸吸鼻子："沈哥，吃早饭了，地瓜刚烤出来的，小心烫。"

炕上的小矮桌上摆着两个一模一样的小盘，每个小盘上是两个煎蛋，蛋清被煎得微焦薄脆，如浅黄的裙裾浮在软软的溏心蛋黄周围。另外一个大盘子上码放着四个烤地瓜，被烤至发硬的皮下渗出透明的糖液。沈默风用筷子将那块地瓜皮挑开，黄澄澄的地瓜肉上裹着一层小火烤出的晶亮蜜汁，筷子再往里一戳，一股甜香的热气便"噗"

地冒出来，散成半空中淡白的水汽。两个一模一样的蓝色瓷碗则盛着淡奶油色的鲜榨玉米汁，汤匙一搅，又滑又稠。

叶辰这是把他和沈默风的那份都端来了，因为他昨晚沉下心来捋了一下自己的假粉人物小传，发现他扮演的这个人物的一大爱好就是陪德艺双馨的老艺术家沈默风吃饭，在市里吃山珍海味时陪，如果下乡吃粗茶淡饭时不陪，就有"崩人设"露马脚的嫌疑！毕竟，以他的人设，只要能熏染到沈默风的品格、才华，他可是连暖气片都能当饼干吃了的。

叶辰盘腿上炕，正要动筷子，沈默风却忽然拿出手机："等等。"

"……您要拍照？"叶辰一怔。

他不记得沈默风有饭前拍照的习惯。

"嗯。"沈默风慵懒地一笑，拍下矮桌上的早餐，低头发微博。

叶辰："……"

我沈哥最近怎么跟"网红"似的，吃点啥都拍照发微博。

微博上——

沈默风："小朋友亲手做的早餐@叶辰。"

这回日益壮大的组合粉在第一时间抵达现场占领评论区。

"打扰了。"

"这可是妈妈当成小宝贝宠着、捧着的辰辰啊！居然都给人烧火做饭了，呜呜呜！妈妈哭了！妈妈心态崩了！"

"哎哟，这热炕头。"

叶辰拿起一个烤地瓜吃着，挺犯愁地翻着评论，道："这些人真是……"

沈默风淡然："都是开玩笑的……怎么了？"

"没怎么，没怎么！"叶辰摇头摆手，面颊泛起一丝不明显的红晕，"就是，您这么发微博，他们又得拼命刷屏了……"

沈默风不凉不热地一笑，用一种翻旧账似的微妙语气道："我怎么记得你说过你喜欢和我刷在一起呢……反悔了？"

"没有！"叶辰吓了一跳，没想到上次随口跑火车的一句，沈默风居然还记得，于是连忙硬起头皮对着马屁一顿狂拍，"就是怕您烦，我当然喜欢和您刷在一起，我都……我巴不得呢……"

此时，叶辰微博的评论区已全面沦陷，组合粉如百万雄师过大江，风风火火地杀了过来。

叶辰怕"崩人设"，怂到四肢蜷缩不敢反抗，只是转发微博，语气活泼地自夸了一下厨艺，然后就"安静如鸡"地任由粉丝狂欢。

除了狂欢的组合粉外，自然也有只"粉"叶辰或沈默风的粉丝感到不满。不过，骂叶辰的人少，毕竟这几次确实都是沈默风先动手的，叶辰顶多被说成"心机小白莲"，"剧组又不是没人做饭，怎么也轮不到艺人下厨，还不是在讨好影帝抱大腿……"

不过，骂沈默风的花样就多了，叶辰脸蛋儿嫩，性格乖，死忠"亲妈粉"不少，加上沈默风性情嚣张跋扈、后台硬的传言是个"混圈"的就听过，所以，有一小部分对沈默风没好感的叶辰的"亲妈粉"是发自肺腑地害怕叶辰挨欺负，虽说没人敢去沈默风的评论区开骂，但在自己的微博上发泄不满的不在少数。

而在叶辰"亲妈粉"们"老流氓肯定一肚子龌龊想法，他心里要是干净的，我倒立拉稀""某人私生活那么混乱，还想带坏小朋友？抱歉，我们不奉陪""让那谁烧火做饭，自己还发微博？我想打人啊"的言论中有一个"画风"清奇的小号不断地上蹿下跳，极力主持局面。

特甜红富士八元一斤京海包邮："我是剧组的工作人员，其实沈默风很正直，他对辰辰纯粹是前辈对后辈的照顾，小姐姐信我呀。"

特甜红富士八元一斤京海包邮："小姐姐，我觉得沈默风私生活不混乱啊，绯闻这种东西不能全信的。"

特甜红富士八元一斤京海包邮："在乡下烧火做饭其实很有趣的，不是欺负人，小姐姐别生气啦，给你卖个萌。"

——干瞪眼看着"爸爸"挨骂，是为不孝。

然而……

"沈默风的洗地狗给我滚！"

"那什么特甜红富士可别是个傻子吧？"

"已举报，卖萌卖你个腿。"

叶辰险些被自家愤怒的"亲妈粉"呛到掉眼泪……

另一边，沈默风也不知道刷微博刷到什么了，在拍戏间隙冷不丁地朝叶辰抛去一句："我二十六岁生日还没过……算糟老头儿？"

叶辰做了一个深呼吸："不算！您……怎么这么问？"

沈默风垂眸，嘲弄地一笑："没怎么。"

按过没过生日算的话，沈默风现在也就二十五岁，其实比挺多粉丝都小，而且皮肤好，五官也不显老。问题是，他举手投足间天然带着三分贵公子式的慵懒，又常年烟不离手，内核是个纯情的老处男，外在却莫名地像个情场老手，与那些走阳光清新路线的同龄男星放在一起，凭空就显得老了几岁。

……完了，肯定是看见我的粉丝说什么了……叶辰斗胆揣测着"圣意"，哆哆嗦嗦地凑到他"父皇"近前，左右开弓，狂拍马屁，从各种角度论述沈默风有多年轻、多英俊、颜值多能打，以及与沈默风近距离接触时自己如置身云端，呼吸困难的心理活动与生理反应。吹到最后，他自觉这已然超出了拍马屁的范畴。

这不是拍马屁，这是用歼-16战斗机对马屁进行精准制导……

一顿"彩虹屁"轰炸下来，沈默风脸上终于泛出一点笑模样。

叶辰长舒一口气，口干舌燥地打开微博评论提示一看，又被"亲妈粉"当成"洗地狗"骂了满头包。

我这是招谁惹谁了啊……叶辰机械地揣好手机，一副失魂落魄的样子，看起来像极了一个在亲妈与媳妇之间受夹板气的窝囊老公！

　　娱乐圈的水太深，我还是回家种地吧……上午的戏份拍完，叶辰裹着一件剧组发的军大衣，身心俱疲地带着神兽宝宝们去山海境种冬绒草。

　　东厢房的独立空间里，万千发光气泡悬浮在黑丝绒般的背景中，叶辰心念一动，想着要冬绒草的草种，一个散发着珠白光的气泡便从目力难及的高处轻盈地飘落在叶辰摊开的掌心上。这气泡有成年男子的两个拳头那么大，内里盛满细小如微尘的黑色草种，据境灵说是足有一万颗的。

　　叶辰取完草种，在独立空间转了一圈，见这段时间逐渐变大的、盛着凤凰宝宝元神的气泡似乎快破了，气泡壁上已遍布细碎的裂纹，凤凰宝宝随时都可能醒来。

　　家里又要多一张嘴了……贫困的老父亲幽幽地叹气，掏出两个布口袋将袋口撑好，用指甲抠破盛草种的气泡，把种子分别装入两个布口袋。

　　分完种子后，叶辰将两个布口袋分别交给混沌宝宝与穷奇宝宝。这两个负责撒种子的宝宝此时是人形，接过种子袋后，他们保持着人形并从背后长出小翅膀，在山海境白雪皑皑的大地上方兵分两路向前飞行，将草种撒成两条平行的直线。

　　蒲卢宝宝与狨宝宝跟在混沌宝宝后面，一人拿着一个小蘸料碟代替铲子，用小碟挖起草种两侧松软的新雪，将它们覆在种子上。叶辰则跟在穷奇宝宝的后面，用铁锹铲雪盖住种子。

　　山海境里尽是平原，今天风不算很大，但势头猛，有种割脸的感觉。叶辰铲了一会儿雪，额头沁出些薄汗，只觉得那风把头上的毛线帽都打透了。他手头没有更挡风的帽子，索性拎着长至小腿肚的军大衣的领口往上一提，让军大衣包住整个脑袋，只露出一张脸，远远一看，仿佛没长脑袋……为了暖和，他就保持着这副滑稽的模样继续干活。

由于分工明确，几人种草的效率很高，一小时过去，冬绒草已种了长长的四列，接下来的八天，他们只要一天抽一小时来种草就能够轻松完成任务，如果一天多种一会儿，甚至能提前完成。可是考虑到天气变化的可能性，叶辰决定还是趁今天下午不拍戏能干多少是多少，免得过几天雪化干净了，新种的冬绒草就生不了根了。

又种了十来分钟后，叶辰摘掉棉手套，用热乎乎的手焐了焐自己冻得通红的脸蛋儿，随即抢起了铁锹往肩上一扛，高声吆喝道："大家伙们……不是，小朋友们，先进屋暖和暖和，我们休息十分钟再来！"

几人回到农舍，刚在热炕头上坐稳，小高忽然敲开门，端着一小盆冻梨进了屋："辰哥，老乡送了盆冻……梨……"

叶辰冷劲没过，正裹着军大衣和棉裤坐在炕沿上，他毛线帽摘得粗暴，头发蓬乱地翘着，一张好看的小脸从脑门一路红到下颌，尤其两边的颧骨红得喜庆夺目，一双棉鞋的鞋帮上沾满了雪化后的脏水，两只手笼在袖子里，摆出一个标准的"农民揣"。

纵使小高早已习惯了叶辰的"魔性"，在瞥见这一幕时，也不禁一时失语。

"辰哥，你……"小高局促地舔舔嘴唇，"干吗去了？你……有什么要跑腿的事，跟我说声就行，不用自己去。"

叶辰憨厚地一笑，一口整齐的小白牙被那红通通的脸庞一衬，显得格外白："没事儿，就出去溜达一圈，呼吸呼吸新鲜空气。"

小高讷讷道："哦，好……"随即，他动作僵硬地把那一小盆冻梨放在桌上，退开两步，一扭头，逃也似的溜了。

去外面散个步……能把人祸害成这样？小高边走边思考，今天也没冷到那个份上啊，感觉是得在外面待了挺长时间，再加上出汗被风激过，才能变成那样。

片刻后，小高忽然联想起叶辰专门买四合院种地的事，表情逐渐呆滞："……"

我辰哥可别是偷偷帮老乡种地去了吧？！

…………

叶辰把装冻梨的小盆往炕上一放，招呼宝宝们："一人吃一个，吸里面的梨汁，可好吃了。"

宝宝们纷纷拿起冻梨吸起来，叶辰则打开山海境 App，看着介绍冬绒草的文章，心思逐渐活络。

冬绒草作为低等灵植，本身就长得挺快。叶辰计算过，经他的手种植的冬绒草差不多一天就能发芽，三天能长到十厘米高，十天开花，半个月打种，而冬绒草开的小花是有一些实用价值的，如果有渠道的话，说不定能利用它赚钱。

叶辰琢磨着利用灵植赚钱的事，就一些细节的问题咨询境灵："我只要不让凡人知道我卖的东西有问题，就不算泄密，对吧？比如说，我用冬绒草做枕头，我把它缝在枕头芯里，让凡人看不见，就不算我泄密，对不对？"

境灵："是的。"

叶辰还欲再问别的，境灵却冷不丁道："我的建议是，灵植尽量卖给神兽，这样可以从根源上杜绝泄密风险。"

"卖给神兽？"叶辰不解，"神兽不是都在你那个小空间里睡着吗？"

"谁说的？"境灵淡定道，"我之前和你说的是'当年对抗蚩尤的战争中陨落了九成神兽'，意思就是，有一成还活得好好的呢……"

叶辰从炕头一跃而起："这种事你不早提醒我？！"

境灵无辜："现在提醒，很晚吗？"

"当然晚！"叶辰连珠炮似的抱怨道，"你早告诉我那些神兽在哪，我那些灵气白菜、萝卜不就有地方卖了吗？品质那么好，之前全是贱卖的，亏死了！"

境灵默然片刻，更无辜了："……我又不知道他们在哪。"

叶辰不信任地反问："你不知道？"

境灵："之前不是和你说过吗，境中灵脉尽毁后，我沉睡了几十年。自从新甲子开启，天地灵气复苏后，我才勉强恢复了一点行动能力……几十年都过去了，我怎么会知道当年大战之后幸存的神兽在哪？当年又没手机。"

叶辰蔫了："那就是没办法找了。"

"也不能说得这么绝对。"境灵沉吟片刻，道，"神兽或多或少都会有些凡人没有的能力，所以，古往今来，以凡人身份生活在现世的神兽，除了那些性格孤僻避世的以外，有一个算一个，全都是社会名流。"

"……社会名流可多了。"叶辰听得直翻白眼。

境灵底气不足地建议道："你可以开个网店，把产品售往全国，如果有幸存的神兽碰巧买到，发现东西不一般，应该会主动来找你，而这些神兽之间说不定互相有联系……"

"唉……知道了。"叶辰有气无力地应着。

说来说去，最后还是要先赚凡人的钱，至于能不能做上神兽的生意，主要看缘分。

……会不会有些神兽是混娱乐圈的呢？叶辰思索着，那些神兽宝宝变成人类形态时五官都很精致漂亮，一个好看或许是巧合，但五个宝宝都好看——连混沌宝宝在有五官时模样都很惹眼——那就可以说是一种规律了。

神兽幼崽的人形好看，成年后想必也差不了，而当艺人来钱快，有那么几只幸存的神兽为了生活假装成凡人混迹娱乐圈不是没可能，而圈内的大佬们，叶辰是有机会接触到的⋯⋯

如果真的有神兽在娱乐圈，那怎么才能把他们找出来呢？叶辰琢磨出几个点子，但效率都不高，于是暂且挥散不切实际的奢望，搓搓冻得微微发痒的耳朵，打开淘宝搜索关键词"挡风帽子"，并被列表中的"东北狗皮帽、雷锋帽、老头儿保暖帽"吸引了全部的注意力。

这种雷锋帽虽说样式有些土气，但他在山海境里种地又没人看，不必考虑美观的问题，而论保暖效果的话，雷锋帽能把普通毛线帽吊起来打，况且和军大衣也挺配的。

帽子不贵，三十五块钱包邮，据店家介绍，有三种戴法：最冷时，可将双侧护耳下的系带系在一起，包住耳朵与下巴；不太冷时，可让护耳自然垂落，任由它们随风飘飞，展现出一种不羁的小狂野；完全不用挡风时，还可以把护耳从两侧翻到头顶，简约利落。

叶辰挑了挑，选了前面有星星的黑色皮革款，复古中透着一丝骚气。

买好雷锋帽，叶辰把抹去收货地址的订单截图发给顾秋，企图报销。

顾秋秒回："你干什么？"

虽说文字是看不出语气的，但叶辰莫名感觉顾秋这字里行间全是警惕！

叶辰起手一番忽悠，以示敬意："秋哥，我刚看到你朋友圈里的照片了，这几天瘦了吧？面部线条更有棱角了，秋哥，你就是没亲自下场拍戏，不然都没我们这些男演员什么事。"

顾秋头脑冷静，近来也隐约知道叶辰的德行了，轻易吹不飘，只是谨慎地发了一个问号过来。

叶辰："这帽子公司能报销吗？"

可谓图穷匕见！

顾秋："……"

叶辰一把薅住经纪人的羊毛不放手："山沟沟里太冷了，剧组又不发帽子，我觉得这个算是工作上的支出。"

顾秋"破功"："你要戴着这个满大街逛？！"

叶辰："不去大街，就在村子里逛逛……能报销吗？"

顾秋瞬间发了个八十八块钱的红包过来堵住叶辰的嘴，以避免他说出更多莫名其妙的"骚话"害自己爆血管："行、行、行，报、报、报，但你要是被人拍到你戴这玩意的照片，我就和你同归于尽。"

又过了一会儿。

嘴上说着不让叶辰讲话的顾秋直接一通电话杀了过来，激动得直飙老家口音："小高说你好像下地帮老乡种田去了？！四合院不够你种了？大冬天的，你种什么呢？"

叶辰冤得六月飞雪："……没有的事！小高乱说！"

那是我自己的田，并不是老乡的田啊！

顾秋直觉小高没乱说，恨得直磨牙："我……你下次进组，我非得全程跟着你，我就看看你还能给我整出什么幺蛾子……"

"对了，秋哥。"叶辰岔开话题，"你多帮我接点广告代言之类的通告好不好？"

谈到正事，顾秋重重地呼出一口气："这边有几个联系的，正帮你谈着呢，这种通告我们要么不接，要接就得接有格调的……"

叶辰试探着问："能不能给我接服装品牌的？"

家里压箱底的那些名牌衣服都穿过一轮了，明星不好总穿一样的衣服，而有商业合作的话，赞助商就会送衣服了。

顾秋直觉他话里有话，谨慎道："服装品牌目前没有合适的。"

叶辰目前"咖位"（娱乐圈中的地位）不到位，世界一线品牌还不会与他合作，这种情况下，顾秋宁可先不接，也不愿意让乱七八糟的牌子拉低他的定位。

叶辰："生活日用品的呢？吃的也行。"

顾秋陷入沉默："……"

叶辰老气横秋道："反正希望你可以接实用一点的，因为我是一位脚踏实地的艺人，不喜欢那些虚头巴脑的东西……"

为自己心脑血管的健康着想，顾秋二话不说，无情地撂了叶辰的电话。

见神兽宝宝们也休息得差不多了，叶辰扛起铁锹一声吼，神兽宝宝们立刻整装待发。

叶辰之前就估计着神兽宝宝们的衣服是个大问题，所以趁着勉强还算有钱的时候去批发市场买了不少童装回来，那几千块有一小半都是花在给宝宝们买衣服上了。

不管怎么样，现在不用再买童装真是太好了……贫困的老父亲欣慰地想。

…………

由于有神兽宝宝们帮忙，叶辰那个种植一万株冬绒草的任务在兼顾拍戏的前提下只用了五天就完成了。

任务完成后，境灵一口气推送了两条通知，一条是提示获得任务奖励涴水，另一条是提示凤凰幼崽苏醒，要叶辰即刻前往照料。

"涴水在哪呢？"叶辰把铁锹往雪地里一插，戴着崭新的雷锋帽四下张望。

他与穷奇宝宝一同种植的冬绒草已分批长起来了，五天前第一批种下的草茎已有十厘米高，一根根青翠纤秀，草尖上缀着淡白的花苞，打眼望去，一片郁郁葱葱，毫无冬天的模样。不过蒲卢、犼和混沌宝宝最早种下的冬绒草才刚刚吐出嫩黄的幼芽，神农血脉的影响力一望即知。

叶辰扫视一圈，到处都没看到浣水的踪迹。

"我已有能力具现化浣水，"境灵解释道，"你可以在手机应用里的山海境总览中选择放置浣水的地点……不过，你现在最好先去照顾凤凰幼崽。"

"好。"叶辰应着，心情愉悦地搓搓手——有过混沌宝宝的前车之鉴，凤凰的属性，他一早就查得清楚明白。凤凰通体被温度可控的真火覆盖，取暖效果不逊色于一排暖气片，这大冬天的，四合院里没有采暖，厢房里的老母鸡们这几天被冻得平均每只每天少下一个蛋，鸡崽们的生长速度似乎也有减慢，他正纠结着要不要斥重金恢复家中的供暖，凤凰宝宝就及时地醒过来了。

叶辰走进东厢房的独立空间，果然看见地上站着一个软萌的小暖气……小凤凰。

凤凰宝宝身上覆盖着终年处于燃烧状态的火羽，身材圆溜溜的，胖得像个灌满水的气球，两条火柴棍似的细腿挺霸气地叉着，腹部无处安放的小肥肉软嘟嘟地微微下垂。他颇为努力地把小脑袋昂至最高，一双黑豆眼半开半合，矜持中流露出几许傲慢，头顶三绺流光溢彩的火焰翎毛精精神神地卷翘着。

"你好，我叫叶辰，是山海境的现任主人……"叶辰蹲在凤凰宝宝面前进行自我介绍，凤凰宝宝脑袋瓜轻轻一偏，稚嫩的喙闭得紧，眼帘低垂，不冷不热地睨着叶辰，并将他从头到脚细细打量了一番，仿佛在评估眼前的凡人是否有资格供养自己。待他说完了，凤凰宝宝仍然不搭腔，只慵懒地扑扇着翅膀抖落几点小火星，以示自己知道了。

叶辰与凤凰宝宝对望片刻，脑内忽然浮现出一张熟悉的脸。

这小肥鸟……怎么那么像我沈哥呢？！

叶辰忍住笑："我叫你凰凰吧？凤凤有点拗口。"

而且和凤凤谐音，更像沈默风了……

凤凰宝宝嫩喙轻启，目光冷艳："啾咪，啾咪。"

可以，凡人。

"凰凰，哥哥和你说说现在的情况。"叶辰拿捏出一种含辛茹苦的老父亲的腔调，心机深沉地向初次见面的凤凰宝宝倾吐苦水，"算上你，哥哥家里目前一共住了六位神兽小朋友，平时哥哥又要照顾你们这些小朋友的生活，又要养家糊口，还要修复山海境的灵脉，很忙碌，也很辛苦，所以有时候哥哥会需要小朋友们帮忙做一些事……"

凤凰宝宝把绒毛厚实的小胸脯挺得高高的，傲然道："啾咪，啾咪？"

你这凡人有求于我？

叶辰将小肥毛球拎起来，放在掌心，走出东厢房的独立空间，带他与另外五个等在院里的神兽宝宝打招呼。

凤凰宝宝全程保持着趾高气扬的姿态，睥睨着下方"芸芸众生"。

穷奇宝宝挑眉："你睡得落枕了？脑袋低不下来？"

凤凰宝宝目光一凛，低头瞪向穷奇宝宝，奶里奶气地怒斥道："啾咪！"

竖子尔敢！

兔头军师见怪不怪，软软地解释道："鸟族神兽脾气都不好的，等三足乌也醒了，他们可能天天都要互啄呢……对了，我好像没在东厢房看到过三足乌，你们见过吗？他是不是没变成宝宝呀？"

其他神兽宝宝纷纷摇头："没见到三足乌呀。"

"啾咪，啾咪？"三足乌算老几，也配被凤凰啄？凤凰宝宝霍地一昂头，试图用激烈的肢体语言表达不屑，却因用力过猛失去平衡，仰面朝天一屁股蹲跌坐在叶辰的掌心，摔得翎毛歪斜。

小肥鸟怎么傻乎乎的，沈哥小时候是不是就这样，哈哈……叶辰"大逆不道"地想着，托着凤凰宝宝走进急需供暖的西厢房。

西厢房中鸡声鼎沸，前些天购买的一百四十只小鸡苗挤在有阳光投射的地面上，像块厚实的地毯，二十只大鸡拱卫在外围。

见饲养员进门，鸡们纷纷讨食。

大公鸡："喔喔——"

小母鸡："咯咯咯哒——"

"啾……啾咪？"凤凰宝宝目光又是一凛，意识到此事绝不简单！

叶辰把黑豆眼乱转的凤凰宝宝往西厢房的地上一放，循循善诱道："刚才和你打招呼的那些小朋友也是神兽，他们都很乖，都懂得要在力所能及的范围内帮哥哥分担一些家务，吼吼还帮哥哥给这些鸡铲屎呢，那么……"

叶辰目光慈祥，刻意模仿着小朋友糯糯的语气，企图与凤凰宝宝拉近距离："我们的凤凰也愿意当一个乖小朋友，哥哥说得对不对呀？你看这些鸡，它们很冷，很需要温暖……"

"啾咪，啾咪！"凤凰宝宝摇头摇到火星飞溅，以示自己绝不想当一个乖小朋友！

叶辰："……"

凤凰这么难搞吗？

一阵令人压抑的安静后，叶辰压低嗓音，恐吓小凤凰道："你不想吃鸡肉和鸡蛋？不瞒你说，我们家其实特别穷……这一百多只鸡如果养得不好，我们就得一日三餐吃白菜、土豆了。"

很挑嘴的凤凰崽崽崩溃地拍着小翅膀，歪歪斜斜地飞出去一段，又因翅膀太嫩、肥肉太多，"啪"地摔在鸡窝里："啾咪呀！"

救命呀！

"你乖乖的，哥哥今天晚上做板栗炖鸡。"打过一棒子后，叶辰抛出甜枣，然后把有点烫手的凤凰崽崽拎出鸡窝，安插进瑟瑟发抖的小鸡苗中间。鸡们感受到热源，纷纷朝小凤凰挤去，小凤凰气得左右开弓，一通猛啄："啾啾！啾咪！"

庶鸡尔敢！离凰凰远一点儿！

叶辰威胁道："你把它们啄死，哥哥就不能把板栗炖鸡分给你吃了，到时候别的小朋友吃鸡，你就得在一边干看着……"

凤凰崽崽一愣，黑豆眼中霎时盈满泪水，接着眼睛一眨，吧嗒吧嗒砸下两串小火球："啾啾啾啾啾！"

——山海境的主人怎么会这么穷啊！

凤凰崽崽迫于叶辰的淫威，生无可恋地留在鸡窝里当暖气，几分钟前还傲慢得不可一世的小毛团这会儿哭得一抽一抽的，满地是火。

弄哭了气质谜一样像沈默风的小肥鸟，叶辰挺内疚，但一想起高昂的电费，他就瞬间丧失了良心……

至此，剧组转外景已有一周了，村里条件艰苦，伙食少见荤腥，叶辰这几天给沈默风开的小灶好吃归好吃，但也都是素的。前两天，生活制片倒是揣着现金挨户挨户去收鸡了，可村民做饭没那么讲究，大锅出的小鸡炖蘑菇，叶辰吃着还行，沈大少爷却嫌肉柴，没怎么吃。

所以，今天晚上，叶辰打算杀只灵鸡，让他沈哥开开荤。

叶辰裹严了军大衣，在四合院的前任主人没带走的关公像前拜了拜——穷得连人家请回来的关二爷都蹭——随即杀气腾腾地提起菜刀，在养鸡房里待了十分钟……他与两只待宰的大公鸡抵足而谈，相交甚欢，几乎要和二位鸡兄桃园结义。

"喔喔喔——"

"喔喔——"

"……好嘞，再见，鸡哥再见。"十分钟后，叶辰提着菜刀，礼貌地挥手点头，旋即转身掩好西厢房的门，回到院子里。

——灵鸡虽好吃，但太懂事，叶辰长这么大，除了苍蝇、蚊子之流，就没杀过生，冷不丁让他杀这么听话的鸡，他下不去手。

围观全程的神兽崽崽们："……"

叶辰干笑："呵呵，这个……"

"哥哥，杀生的事交给我吧。"穷奇宝宝化为原形仰天长啸，气势汹汹地顶开西厢房的门，一爪子将大公鸡拍倒在地，随即吭哧一口咬住鸡脖子，摇头晃脑地拖着比他还大一圈的大公鸡冲到院里，一边扯大伤口给鸡放血，一边从喉间发出稚嫩的低吼。

穷奇在打仗时明明是站在凡人这边的，自古以来却一直位列四凶之一，这是因为他确实挺凶的，杀性重。

穷奇宝宝在这边与鸡单挑，狻宝宝则在那边很捧场地率众宝宝列队鼓起掌来。宝宝们一边拍小胖手，一边整齐地喊起了号子："穷奇，穷奇！穷凶'恶极'！"

叶辰疑惑："不是穷凶极恶吗？"

狻宝宝："但是，这样押韵呀！穷奇，穷奇，穷凶'恶极'！"

穷奇宝宝似乎没觉得穷凶极恶不是好话，挺得意地甩甩头毛，又叼出一只大公鸡咬死了。

四合院中"血流漂橹"，穷奇宝宝变回"人畜无害"的幼儿模样，冲两具鸡尸扬扬下巴，容色淡淡的："哥哥，都'做掉'了。"

"好、好……"叶大佬捡起两具尸体，恍惚间有种在拍黑帮片的错觉，一时不禁入戏，冷声吩咐道，"你们把地上的血冲了。"

更像了！

"犯罪团伙"的成员纷纷用儿童脸盆接水，冲洗院中的血迹，毁灭证据。

在西厢房里透过门缝往外看的凤凰宝宝："……啾咪。"

……凰凰常常因为太不智障而与你们格格不入。

…………

当天晚些时候，当沈默风敲开农舍小院的门时，看到的就是叶辰裹得严严实实地坐在小板凳上，用开水烫鸡并给鸡拔毛的一幕。

"沈哥，看！"叶辰拔下一把鸡毛，掐着鸡脖子把那半裸的鸡举起来晃了晃，眸子很亮，"新杀的鸡，晚上给您做板栗炖鸡，我炖的鸡肯定不柴！"

换句话说，其实是灵鸡的肉怎么炖都很难柴。

"……嗯。"沈默风踏过一地鸡毛，站到叶辰的边上，静静地盯着看。

叶辰裹着军大衣的模样丝毫不显得土和老气，他肤色白得透亮，又只露一张脸，被身上大面积的松枝绿衬着，莫名令人联想起浮在深潭上的睡莲。

忽然，这朵小睡莲一扭头，手上麻利地薅着鸡毛，轻快道："我做好了给您端过去，您回去休息吧。"

"我不是来等饭的。"沈默风扬了扬手中的剧本，"这几天的戏，我总结了一下你出现过的问题……今天晚上，针对这些问题，我陪你练练明天的戏。"

这可是来自影帝的一对一针对性指导，叶辰欣喜不已，面颊上浮起两个小梨涡，忙道："谢谢沈哥！"

"我这可是牺牲休息时间给你进行小班授课……"沈默风笑笑，挨着叶辰蹲下，"叫沈老师。"

叶辰乖乖地叫："沈老师。"

沈默风满意，目光一转，落在那只鸡上："有我能帮忙的吗？"

"做饭？"叶辰猛摇头，十分客气，"没有，没有。"

沈默风知道他是客套，起身走进厨房，瞥见锅里煮的带壳板栗，便道："我给栗子剥壳。"

"这哪能让您动手，"叶辰坚定地拒绝，用笊篱捞起从老乡那买来的两斤板栗，过了遍凉水防止烫手，随即倒进小盆里，"我自己剥就行，您坐那歇一会儿。"

"你是我家保姆？"沈默风轻轻嗤笑一声，"说了，我剥。"说着，他从叶辰手里拿过小盆，那力道几乎带了几分抢的意味。

"不是，我就是怕您伤到手。"叶辰哪敢让沈大少爷干活儿，于是伸手想把那盆板栗抢回来。

沈默风却不放手，调侃道："年代变了，不用太惯着我，该下厨就得让我下厨。"

叶辰险些被这句话噎死，顿时不敢再客气，快速搬来一张板凳："那……您就坐这剥吧，剥累了就放在那。"

沈默风把剧本丢到一边，坐在小板凳上剥板栗，叶辰则在案板前给鸡去内脏，清洗腹腔里的残血。

把鸡肚子处理完，叶辰拎着老乡的剁骨刀"咣咣"剁起鸡来，心想这刀真好用，回头找找有没有五十块钱以下的，可以考虑入手一把。

叶辰剁了没几下，连一条鸡腿都还没剁完，今天执意要在厨房大显身手的沈大少爷便凑过去，命令道："刀给我，我来剁。"

"不行，不行，这个肯定不行！"叶辰猛摇头，"您肯定没切过东西吧，别把手给切坏了……"

沈默风凉凉地斜他一眼："瞧不起谁呢？！"

叶辰讶然："您切过菜？"

"……"沈默风瞪着他，"没切过。"

叶辰："……"

沈默风不耐烦地"啧"了一声，捏捏叶辰的军大衣下的清瘦的手臂："就你这……"

身为男人却被同性质疑力量，叶辰敢怒不敢言，面颊充气，像河豚似的缓缓地鼓了起来。

瘦点怎么了！瘦是瘦，有肌肉啊！你辰哥可还天天抡锄头种地呢，没力气能抡得起来？！

沈默风见叶辰神情愠怒，把伤人自尊的后半截话咽了回去，随即将手向下一探，用两指捏住他的左手腕，将他的手按在自己饱满的肱二头肌上。

三秒钟后，自觉力量会被碾压的叶辰悻悻地交出剁骨刀，嘴上开启祥林嫂式的念叨："那您千万看准了剁，可别切着自己……"

"知道。"沈默风兴味盎然地捏了捏方才攥过叶辰左手的几根手指，用另一只手握起剁骨刀……

灶里的柴火烧得欢腾，剁成小块的灵鸡肉与板栗在大铁锅里发出"咕嘟咕嘟"的闷响，浓郁的肉香与板栗的甜香在空气中交融。叶辰斟酌着往锅里加调料，用小勺舀起一点儿汤尝咸淡，沈默风则手持筷子，对着一盆面糊不住地搅拌，戳碎结块的面疙瘩。

这面糊里一半是玉米面，一半是白面，还有些其他的料——现成的农家大铁锅就在眼前，叶辰打算待会儿用烧热的锅壁烤一圈玉米面饼子，做完，蘸着鸡汤吃，那别提有多美了。

于是，小何找沈默风找到厨房时，看见的就是眼前这么一幅和谐的田园生活画面……

……我可别是跌进哪个平行宇宙了吧？小何用看鬼的眼神看着坐在叶辰脚边的小板凳上搅拌面糊的沈默风。

这还是我那十指不沾阳春水的沈大少爷吗？

这还是我那"作"天"作"地、破事多得无极限的沈大少爷吗？

这还是我那连电热水壶开关都不会亲手按的沈大少爷吗？

小何弄不明白。

"面糊搅好了吗，沈哥？"叶辰估摸着可以贴饼子了，扭头问。

小何用一种"你死了，你要退出娱乐圈了"的目光看着支使沈默风干活儿的叶辰："……"

天哪，这位小朋友是膨胀了吗，给沈大少爷做了几次饭就膨胀了是吗？我对小朋友你没有什么意见，但你在你沈哥面前膨胀，真的很容易断送你的演艺生涯，前车之鉴又不是没有过……

岂料沈默风心情很好地举高双手，把面糊递给叶辰，温声道："好了。"

小何："……"

这时，沈默风才意识到小何的存在。

沈默风："有事？"

"没，"小何缓过神来，摇摇头，"就是哪都找不着你，我就来看一眼。"顿了顿，小何忽然想起这几天在网上黑沈默风欺负新人、支使新人干活儿的叶辰的"亲妈粉"，灵机一动，提议道，"对了，沈哥，我就这么给你们照张相吧？你们做饭挺有反差萌的，感觉粉丝会喜欢……"

当着叶辰的面，小何没好意思提那些黑沈默风的"亲妈粉"，但沈默风发一发自己在厨房陪叶辰忙活的照片，也算是对欺负新人言论的一个澄清。

"行。"沈默风痛快地应下，抬眸扫过小何，道，"衣服借给我。"

小何身上披的是与叶辰同款的军大衣，沈默风嫌丑，穿的是自己的外套。

小何连忙脱下军大衣，沈默风换上，随即接过叶辰手里的面糊。

叶辰舀面糊做饼子，沈默风端碗，两人穿着一模一样的军大衣站在灶台前。

小何从不同角度拍下几张合照，低头看看，挺满意："不错，不错，气氛特别温馨……"

那肯定温馨，叶辰腹诽，"父慈子孝"的，能不温馨吗？

两人这会儿状态都不错，裹着军大衣，外形也仍然"能打"，灶台前做饼子这几张照片既戳少女心，又有笑点和反差萌。小何来了兴头，干脆充作摄影师，指挥沈默风与叶辰在农舍小院里摆拍了几张，一口气传给了沈默风。

微信提示音响了一串，沈默风顺势坐到农舍的左半边门槛上看照片，叶辰挨着他坐下，占据了右半边门槛，像对门神。

沈默风朝右侧略一偏头，嫌冷似的把右手攥了攥拳，揣进军大衣口袋，改用左手拿手机，一边滑动照片，一边很吊人胃口地品评道："这张不错，这张叶辰的表情有点僵，这张叶辰可以做个表情包……"

"啊？我僵吗？我哪张像表情包？"叶辰自认镜头感不赖，闻言，拼命把脑袋瓜往沈默风那凑，想看个真切。

沈默风这时却忽然没了眼力见，眼角眉梢泛着一抹坏，将本就离叶辰较远的左手变本加厉地更左侧挪去。

叶辰一心急着看照片，像条咬上了饵的小鱼般追着手机挪开的方向，上半身越倾越斜，眼看就要栽到沈默风的身上。

"哧……"沈默风"破功"，倚着门框笑出声。

"呃，不好意思，沈哥。"叶辰一怔，上半身如标枪般"咻"地坐直了。

生怕在"父皇"面前失了礼数!

"你拍得挺好。"沈默风把手机递回去,"刚才逗你玩的。"

"……哦。"叶辰眨眨眼,也没纠结,挑出自己觉得不好看的三张,剩下的发哪张、不发哪张就让沈默风决定。

沈默风微笑着叼着烟,发微博。

评论区一阵狂欢过后,渐渐有人开始把关注点转移到正经的方面了——这几张照片内容挺丰富,有一张是沈默风作势劈柴,叶辰在他附近用铡刀切猪草;有一张是两人蹲在灶台前,叶辰乖乖地把双手搭在膝头,沈默风用烧火钳拨弄柴火;还有一张是一人胳膊下夹着一只大公鸡,笑着说话的……在柔光滤镜的渲染与两位男主角巅峰颜值的加持下,这些照片在搞笑之余也颇有几分归隐田居的悠闲、惬意。

——"忽然有个大胆的想法,辰辰和风哥一起录乡村生活真人秀节目的话应该会很好看。"

这条评论一出,楼中楼附和者众。

"突然想看!"

"想看 +1。"

"这个真的可以有,不是我吹牛,我可以保持着满脸老母亲的笑容看他们劈柴喂鸡看一整天……"

评论区粉丝们的呼声越来越高,但叶辰没留意,他刷了一会儿微博,就把手机收起来了,因为一来他要看着炖鸡的火候,二来……他舍不得流量。

大铁锅里的板栗炖鸡和饼子都能吃了,叶辰盛出一大碗炖鸡,又取下小半圈饼子,随即盖好锅盖将饭菜端进里屋,放在炕头的矮桌上,招呼沈默风进屋吃。

这两人前脚刚进里屋,隐身的神兽宝宝们就蜂拥至灶台前,一人捧着一个小碗，准备接手剩下的大半锅炖鸡。

灶台很高，穷奇大哥扑扇着翅膀飞上去蹲在铁锅边，接过从下面递上来的碗，每个碗里放两块饼子，再舀上一大勺板栗炖鸡。一碗接一碗地给小伙伴们盛完后，他又端着凤凰宝宝的那份去西厢房送饭，相当对得起"大哥"这个称呼。

里屋，叶辰与沈默风盘腿坐在热炕头上，面对面地吃晚饭。

大碗中，剁成小块的灵鸡肉吸足了汤汁，下锅前白生生的鸡皮与肉块在出锅后呈现出类似焦糖的色泽，一口咬下，肉质极为丰腴、滑嫩。板栗独特的坚果香与甜味融进汤里，又被咕噜咕噜的文火滚入每一缕鸡肉丝的缝隙中，那鸡肉软烂多汁得不可思议，仿佛每次咀嚼都会从中榨出几滴香甜的栗子汤……无论味道、口感还是卖相，这份炖鸡都与前两天柴火块般的鸡肉有着天壤之别。

美味的不止鸡肉，这几天叶辰看村民家的院子里有磨，就试着用晾干的灵气玉米磨了点玉米面，想着给他沈哥弄点面食换换口味。这次他做饼子用的正是这个，这种饼子烤出来口感扎实绵密，那馥郁的粮食香萦绕在鼻端，每一口咬下去，仿佛都能嗅到阳光暴晒着玉米的自然气息。

沈默风猜不到其中大半是食材与古神血脉的功劳，好奇道："你平时经常做饭？"

就算有名厨指点，不常练手，也很难做得这么好吃。

叶小骗子火速温习脑内的最新版人物小传，感觉人设没有矛盾，便难得地说了句真话："嗯……我十七岁开始就一个人生活了，一日三餐，有时间就自己做……外卖油盐太重了。"

油盐太重对皮肤不好，他底子虽能打，但也不敢轻易忽视。

十七岁……沈默风想象了一下当年因执意进娱乐圈与家人闹翻、无依无靠的小少年叶辰白天在剧组跑龙套，晚上孤零零地回家，一个人做饭，一个人洗碗，一个人搬重东西，一个人在空房间里自言自语，一个人做所有的事情，以及一个人默默地憧憬着偶像……的样子。

——在那些独自一人的岁月中，沈默风曾经是予他温暖的光。

蓦地，沈默风想起在超话里看到的这句话。

他这几天超话刷多了，思维方式已被超话粉丝拐带进沟，起重机都拔不出来……

不过，他这番脑补倒也不算出格，除"沈默风曾经是予他温暖的光"这部分外，他其余的幻想都与现实有着很高的重合度。那个从十七岁开始便独自生活的少年确实如他所想的一般，坚韧、努力，神情明亮，乐观得像一轮再多磨难也无法浇熄的小太阳。

这些都是真的。

"……"叶辰貌似镇定地吃着饭，眼神却不住地偷偷飘向沈默风，企图揣摩他的心理活动。

他觉得沈默风表情略奇怪，担心是不是自己粉丝的人设出了什么纰漏，纠结着要不要再加点戏巩固巩固。

在叶辰思想斗争持续了一分钟后，沈默风并未提出异议，只是闷头吃饭，他便断了加戏的念头。

他的戏已经够多了，满嘴的火车也早跑得没边了，再加上他没故意骗而沈默风不小心听见的部分……他机械地嚼着饼子，心想还是别再加戏了，在外面混，要懂得适可而止，谎都撒成这样了，还往上加码，万一哪天天不时、地不利、人不和，翻车了……

那怕是得赔命。

已然骑虎难下的叶小骗子耷拉着脑袋，紧张地吃着饼子，誓要用生命守护这个骗局！

吃完饭，便是影帝的一对一授课时间，叶辰懵懵懂懂的，被沈默风逗着叫了十几声"沈老师"。其实，圈里艺人互称老师是常态，"沈老师"这三个字，沈默风听得耳朵起茧子，可叶辰叫得……格外乖。

沈默风走后，叶辰想起自己还有一条河没领，遂点进 App 查看。

App 中有一个"山海境一览"的选项，点开就会看到一张粗糙堪比儿童简笔画的山海境地图，地图可以放大，放大许多倍后，能看到几个歪歪扭扭的彩色方块，代表着叶辰的那些菜地。

彩色方块旁，还有一个十字架标志。

这个十字架是山海境初雪后叶辰用两根烧火柴加一根铁丝拼出来的。

他把这个劣质十字架插在雪地里，而十字架下埋藏的是此前叶辰放在冰箱里冷藏冷冻的所有东西……

包括半张用食品封口夹封死的面膜、几罐准备在还清一亿四千多万元的债务后用来庆祝的啤酒，以及上次做面条没用完的小半斤鸡胸肉……

下雪了，就可以省下电冰箱的电了，贫穷男孩不会放过任何来自大自然的馈赠，包括雪！

这次点进应用的"山海境一览"后，叶辰看到地图右侧多出了一列道具栏似的竖条，竖条里有一个池塘模样的图标，图标下是"涴水"两个小字。他根据提示，将指尖点在池塘的图标上，并将图标拖动到地图中的菜地附近，松开手指。

境灵："位置一经确认，即无法更改，是否在此处放置涴水？"

叶辰："是。"

于是，简陋的地图上就多了一个画风同样简陋的池塘，放置过程意外地草率和轻易，简直令叶辰怀疑境灵是不是在骗自己……他不放心境灵这个坑货，裹好军大衣回到山海境中查看虚实，并真的在距离菜地二十米远处看到了一座小池塘。

池塘的直径有三四十米，深陷在残雪中，下方生满青蓝色的水草。水草如发丝般纤细柔软，茂密得望不到池底，水面上铺散着薄如织锦的碎冰，风拂过池面时冰刃相撞，泠泠作响。

这就是浼水。

"……还真有啊。"叶辰放心了。

境灵沉吟片刻，问："当然真有……我在你心目中是个什么形象？"

叶辰避而不答，只兴奋地搓搓手，问："我可以养冉遗鱼了吗？家里好久没炖鱼了。"

在得到境灵肯定的答复后，叶辰即刻着手准备。

他做过冉遗鱼养殖的功课，前两天空闲时还去花鸟鱼市采购了鱼苗开口粮，以免开始养殖时手忙脚乱。

冉遗鱼的鱼苗娇嫩，在成熟前对水体温度有一定要求，不能投入浮着碎冰的浼水中，于是，叶辰去厕所端出一个大号脸盆，趴在岸边舀了一盆浼水。

浼水打眼看上去与普通的池水没有两样，这一舀才舀出差别，那盆中水色淡蓝，质地宛如未凝结的果冻，介于水与胶水之间，与凡人概念中的池水差异巨大，也难怪冉遗鱼离开浼水就会活不下去。

舀完水，叶辰端着盆去西厢房，鸡群中落魄的凤凰宝宝一看见他就一个猛转身，用肥嘟嘟的鸟屁股对着他。

很气！

"凰凰啊。"叶辰厚起脸皮转到凤凰宝宝的正面，小流氓似的一笑，道，"借个火呗。"

凤凰宝宝又一个猛转身，继续用鸟屁股对着叶辰："啾咪！"

凰凰还在生气！

叶辰叹气，动作轻柔地把小肥鸟托在掌心，悬在水盆上方，温声道："都是哥哥不好。"

凤凰宝宝一只眼睁着，一只眼闭着，歪着小脑袋瓜睨着叶辰，决定要让坏哥哥哄满三分钟再消气。

"我是一个坏哥哥，居然让凰凰小朋友看鸡窝，我们凤凰是百鸟之王，又美丽，又高贵……"叶辰语调恳切，目光慈和，一边哄，一边用两根修长的手指夹住凤凰宝宝绚烂的火羽，一捋，捋掉一团小火球，火球缓缓地沉入涴水中，"吱啦"一声，灭了。被捋掉火的羽毛熄灭不到三秒钟，就重新缓缓燃了起来。

叶辰："……"

他一捋一捋再一捋，捋完左边，捋右边。

凤凰宝宝沉浸在赞美中，舒爽得黑豆眼微眯，由着叶辰蹭自己的真火。

这副被彩虹屁吹到失智随即任人大占便宜的模样也与沈默风如出一辙……如果不是物种对不上，叶辰几乎要怀疑这只小肥鸟是他沈哥的崽了。

小火球噼里啪啦，纷落如雨。

凤凰真火不只能使水体升温，还能有效杀灭其中的各种致病微生物，保护娇嫩的鱼苗不受病痛侵害，往水里撒些凤凰火，就省下了一小笔购买鱼塘消毒剂的钱。

别人顶多是薅羊毛，我薅凤凰毛……叶辰抿着嘴唇忍住笑，竟是毫无良心！

待凤凰火借得差不多了，叶辰便放下凤凰宝宝，从裤兜里摸出一块巧克力，打开包装纸，把巧克力放在地上，语气真挚道："这块巧克力是给凰凰小朋友赔罪的。"

"啾咪。"这还差不多。凤凰宝宝趾高气扬地走过去，"笃笃笃"地啄食巧克力。

于是，叶辰就蹑手蹑脚地端着盆走出去了。

三分钟后……

智商逐渐回来的凤凰宝宝威严地端坐在鸡窝里，黑豆眼中精光四射，一脸严肃，觉得几分钟内发生的一切绝不简单！

"啾咪……啾咪？！啾咪？！"

既然凡人哥哥如此知道悔改……

那为什么凤凰还是被关在鸡窝里？！为什么呀？！

…………

叶辰端着水盆来到东厢房，包裹着冉遗鱼的鱼苗的气泡悠悠地飘下。他把泡泡抠破，从里面取出两对鱼苗。

冉遗鱼，无鳍而生有六足，鱼肉有使人不做噩梦的功效。

这些鱼苗大约有叶辰的半个巴掌长，腹侧生着四条肌肉健硕的大腿以及一双……胳膊。

是的，一双类似胳膊的东西，大约是替代鱼鳍的。

在看到冉遗鱼的鱼苗的一瞬，叶辰忽然想起网上很火的咸鱼表情包，那里的咸鱼就是长着两条大腿。这冉遗鱼和咸鱼表情包挺像的，"魔性"至极。

叶辰把四条小鱼苗放进水盆，鱼苗们撒开四条强壮的大腿，在水盆底部撒丫子狂奔。

噔噔噔，噔噔噔，是鱼戏浅水的雄浑的脚步声……

叶辰活到这么大，也是头一次知道鱼戏浅水竟能发出这种声音！

叶辰肃然起敬，冲着水盆一抱拳，感叹道："鱼哥厉害了。"

"给我鱼哥斟一杯鱼食。"叶辰自得其乐地嘀咕着，拿出之前买的鱼苗开口粮，倒出一瓶盖，撒进盆里。

浼水密度大，开口粮又极轻极细，沉不下去，在盆底奔腾的冉遗鱼宝宝们纷纷划动起两条类似胳膊的前腿，并蹬起四条后腿，用蛙泳的泳姿向水面游去，争夺鱼食。

鱼居然会蛙泳！

"哈哈！什么鬼！"叶辰沉迷在"魔性"画面中无法自拔，蹲在脸盆边咧着嘴傻乐，看了足足十分钟才勉强看够，端着脸盆走进温暖如春的西厢房……此前他忽悠沈默风说自己家里有暖房，这回是真有了，还是用凤凰加热的，规格足以秒杀世界上所有其他的暖房。

……这么看来，我也不算是什么骗子嘛。叶小骗子自我安慰地想着，把盛着鱼苗的盆放在炕上，用伏羲神力震慑那一百多只鸡，叫它们不许碰脸盆，违者格杀勿论。

虽说不违者养肥了也一样要被格杀勿论……

"凰凰也别捣乱。"叶辰戳戳仍然深陷迷茫不能自拔的凤凰宝宝，"把鱼苗弄死了，你就没有鱼吃了。"

凤凰宝宝皱着小眉头："啾咪。"

凰凰感觉你这个凡人有点狡猾。

"嗯？听不懂。"叶辰后退几步，蹿出门。

第 五 章
叶小骗子为"父皇"鞍前马后

现世也迎来初雪后，山中的气温呈断崖式下跌。

随着气温骤降，沈默风饱经尼古丁蹂躏的呼吸系统果断开始搞事。这天他要拍的是一场情绪外放的戏，要连着说一段长度四十秒的台词，虽不算多，但有几句要用吼，向来以一条过著称的沈影帝被今天突如其来的冷空气折磨得死去活来，尚未适应这个温度的声带半点儿不争气，一演绎到激烈处就止不住地猛咳、破音。

沈默风起初还挺镇定，在被嗓子连累得NG了好几条后，终于按捺不住脾气，回身一脚踹塌一个雪堆，随即一把夺过小何手里的咽喉喷雾，发狠地对着嗓子眼猛喷。

陈靖安和编剧、场记凑成一堆，研究着怎么调换这场戏，想等沈默风身体状态转好再拍。

沈默风头一转，飞了个眼刀过去，粗声道："我能拍，给我一分钟调整……"

他话未说完，不慎呛了口冷风，又是一阵撕心裂肺的咳。

叶辰见状，连忙凑上去，在沈默风的背上一下下地捋着帮他顺气，顺了几下，叶辰下意识地拧开一直拿在手中的矿泉水，劝道："您喝口水压一压，呃……"

话说到一半，叶辰忽然想起这瓶水自己十分钟前喝了一小口，遂急忙把手一收，歉然道："忘了是我喝过的，给您拿瓶新的……"

沈默风却像没听见似的，劈手接过那瓶水，仰头灌了一大口。

小何伸手去接沈默风喝过的水瓶，沈默风却像没看见似的，把喝过的水瓶塞回叶辰的手里。

"好点了吗？"叶辰轻声细气地关怀着，水亮的眼珠机敏地一转，与恰好垂眸望向他的沈默风对视了一秒。

见沈默风眼神还算温和，叶辰神色鬼祟地朝他的手探出两根手指，带着虎口拔牙般的谨慎将攥在他手中的咽喉喷雾抽走了。

"……"沈默风没动，由着叶辰拿走。

叶辰轻舒一口气，用哄劝暴躁且老年痴呆的父亲的轻柔语气小声道："您别喷得过量了，毕竟是药……不然，您先进车里吹吹暖风，缓一缓？"

沈默风全程默不作声地瞪着他，嘴角略带气愤却又好笑地扯起一个弧度，片刻后，认命地道："……嗯。"

小何也舒出一口气，模样很像一个看到打人毁物的痴呆老父被他最心爱的小儿子安抚成功的大儿子……

三人钻进暖气充足的保姆车，沈默风拧开一瓶新的矿泉水，小口喝着。

车里无人说话，"长子"小何便趁机向很受"老父亲"宠爱的"小儿子"抱怨起来："这几天突然降温，沈哥的嗓子状态一直不太好，咳得天天后半夜才能睡上觉，然后还一天一包烟地抽，这两天止咳药都快当饭吃了，也压不住……"

沈默风听着，忽然生出一种被人揭短的不痛快，于是懒懒地横了小何一眼，语带威胁，道："你就和叶辰说这个？"

"求生欲"很强的小何连忙补上后半句保命："……你跟沈哥说说，让他少抽一点儿，这几天又不拍夜戏，不用提神，哪怕一天少抽半包呢？我说沈哥，他也不听我的。"

言下之意，就是沈默风会听叶辰的。

"哦。"叶辰虽不太明白小何劝不动的事凭什么自己能劝动，但还是老老实实地转向沈默风，"沈哥，您能不能少抽一点儿？不是想唠叨您……主要是您这样，身体真的受不了，咳嗽起来还影响睡眠，恶性循环。"

沈默风罕见地没打断这种老妈子式的长篇大论，好说话得像菩萨："好，以后少抽。"

　　我沈哥其实挺通情达理的啊……叶辰想着，忽然记起之前送沈默风的灵气鸭梨："对了，您之前吃我种的梨，有没有感觉嗓子变舒服了？"

　　沈默风回忆片刻。

　　说实话，他只记得那袋梨很好吃，至于嗓子舒不舒服，印象并不深刻。

　　"感觉了。"反正也没印象，沈默风索性道，"舒服。"

　　叶辰在心里小小地雀跃了一下，心想：得想个合理的借口再给沈默风送一些梨，那四棵梨树上的梨都熟得透透的了，我明天去早市卖一半，剩下的一半都给他弄来，就算不能根治，至少也不会让他咳得连觉都睡不着。

　　……明天一整天没我的戏，沈哥大后天生日，生日礼物也正好可以在明天准备。我就直接说回了市里一趟，来回十个小时车程，也不是什么不可能的事……叶辰目光游移，暗地里拟定了乌鸦反哺的小计划。

　　"怎么办呢，这里也没有你种的梨……"沈默风喃喃自语着，朝小何一摊手，"我的烟呢？"

　　"刚说完少抽！"小何心态略崩。

　　"不是要抽，"沈默风一笑，"给我。"

　　小何黑着脸把一包烟拍到沈默风的手上。

　　沈默风转手就把烟和打火机塞给叶辰了。

　　叶辰一愣："您这是……"

　　"你不是说让我少抽吗，"沈默风面露戏谑，"别光嘴上说，身体力行一下，管着我一点儿？"

"好。"叶辰揣起烟和打火机，一板一眼地和沈默风定起规矩来，以尽到自己孝子贤孙的职责，"那我以后就帮您记着了，一天控制在半包以内，您看行吗？"

沈默风不假思索道："行。"

叶辰认真道："那您万一偷偷抽别的烟呢？您也不可能就带了这一包，要不，您就都放我这吧？"

沈默风乐了："你抄家呢？"

叶辰猛摇头："不是，不是！您别误会……"

岂料沈默风却道："怕什么，又不是不让你抄。"

小何旁观者清，看得真切无比。

叶辰哄爹呢，这是！

"你把我车里、卧室里那些烟都送叶辰那儿去。"沈默风扭头交代小何。

"好。"小何夹着几条烟下了车。

"这还没怎么着呢，"沈默风道，"家底就全上交了……"他没说出后半句，只是笑了笑。

叶辰懵懂地跟着笑了一下，脑中迅速转过一个抠抠搜搜的念头——

要真能帮沈默风管"家底"，那得有多爽。以他的家底，哪怕就简单地存在余额宝，每日收益都够自己一家老小穿衣吃饭了，说不定还够攒钱买拖拉机的……正所谓"人穷志短"，叶辰的脑子都被意淫中的余额宝收益占满了，没去纠结话中的意味，低头把烟和打火机揣好。

翌日，叶辰天没亮就起床，带上昨晚问小高借的车钥匙，又轻手轻脚地把化作原形睡觉的几只神兽团子拢进宽松的军大衣里面，准备利用今天难得的空闲时间筹备沈默风的生日礼物。

出了农舍，叶辰将公司的车开出村外一公里多，下了土道七拐八拐，转到一堆秸秆垛后停车，装出自己独自驾车回市里的样子。

作为一个满身秘密的男人，叶辰不得不做戏做全套。

下了车，混沌宝宝开出任意门，叶辰回到四合院，被他拢在大衣里的几只宝宝陆续醒转。听说要摘灵气鸭梨，宝宝们顿时睡意全无，纷纷顶着锅碗瓢盆飞奔进山海境，准备在丰收后大吃一顿冰镇鸭梨。

摘果子的活儿，宝宝们都做得很熟练了，所以叶辰没插手，打算先去养鸡房忙活一番，捡鸡蛋、喂饲料、铲鸡屎……然而，他刚走到西厢房的门口，就听见里面好一阵嘈杂的啾鸣声。

叶辰一惊，以为是鸡房里打起来了，忙推门冲进去，不料，却看到凤凰宝宝正在和鸡们玩"凤凰抓小鸡"的游戏……

一只老母鸡打头阵，身后跟着一串半大鸡崽，凤凰宝宝挥舞着短翅膀左冲右突，啾啾大笑，鸡崽们也叽叽喳喳欢叫不已，一派和谐友爱的气氛。

"咦？"叶辰眨眨眼。

"啾咪！"凤凰宝宝大惊失色，急忙一百八十度转体蹦，背对叶辰，愤怒地将蓬松的绒毛屁股一翘，心虚道，"啾……啾咪！"

凰凰正在生气呢！可……可不是在玩游戏！

"……"叶辰忍住笑，默不作声地走到桌边，把瘫在桌面上的两条冉遗鱼捡起来丢回脸盆里。

冉遗鱼性情活泼，爱蹦爱跳，加上腿部肌肉发达，洗脸盆又浅，常常会不小心蹦出盆外。这几天，叶辰都把在桌上搁浅的冉遗鱼送回水中好几次了。

叶辰想起那天自己第一次看到冉遗鱼蹦出盆外时的场景——那

是一条雄性冉遗鱼，由于拼死拼活也蹦不回盆中，似乎决定积蓄体力等待救援。

或许是生理结构导致的一种本能，它采取的是在俄罗斯小青年中广为流行的"斯拉夫蹲"……鱼尾"坐"在桌面上，四条大腿无师自通，蹲得有模有样，两条前腿还痞气地搭在膝盖上，场面万分"魔性"，看得叶辰直想给它递根烟，再打盆热水，让它泡泡脚。

在最开始见到冉遗鱼的鱼苗时，叶辰还觉得那些腿让人生理性不适，甚至担心它们成熟后会长出腿毛……然而，随着鱼苗发育，那一双像人的胳膊的前腿很快转变成了翅膀，四条腿的形状也越来越往鸡腿的方向发展……而且没有任何腿毛！

这样一来，冉遗鱼的可入口性就大多了。

由于伏羲之力加持，鱼苗长势迅猛，从前天开始，洗脸盆里就显得有些挤了。叶辰挽起袖子，焦虑地拨开碍事的鱼身，定睛在脸盆的盆底寻找，并在看到一簇簇半透明的鱼卵后松了口气——大鱼已顺利产卵，可以放归浣水，接下来让这些鱼卵在温暖的脸盆中自行孵化即可。

而要将大鱼放归浣水，还得用凤凰火给池塘做一下消毒除菌……

叶辰蹲下，戳戳小凤凰："凰凰啊，借个火呗……"

小凤凰猛地一扭身子："啾！"

不借！

叶辰从口袋里摸出沈默风的打火机。

Dupont（都彭）打火机，致敬著名演员肖恩·康纳利的邦德限量版，相当契合影帝的身份，一个要六万块，就被沈大少爷这么随随便便地丢给叶辰保管。叶辰每在上面摸一下，都觉得自己白赚了五毛钱把玩费……

叶辰绕到凤凰宝宝的面前，用沈默风的打火机打了个火，狡黠地一笑，道："你不借哥哥火，哥哥借你火。"

火焰对凤凰而言，是一种特殊的食物。

燃烧不同木材生成的火焰，在凤凰眼中都是味道各异的美食，而式样华丽的 Dupont 打火机烧出的小火苗，就好似盛在细骨瓷餐盘中的一小口马卡龙，对"臭屁"爱美的小凤凰而言，简直无法抗拒。

凤凰宝宝缓缓瞪圆了黑豆眼，眼中盈起蒙蒙的水光："啾咪……"

凰凰好馋呀……

"尝尝。"叶辰把打火机凑过去，小凤凰脑袋瓜"咻"地一探，一口啄掉了那一小簇火苗。

点一下火赚十块钱！叶辰体验着穷 × 的专属快乐，谨慎地把打火机揣回口袋，道："帮我往浼水里浇点火，就再给你吃一口。"

凤凰宝宝急急地蹦跶起来："啾！啾咪！"

快！快带凰凰去浇火！

⋯⋯⋯⋯⋯⋯

叶辰将四条成年再遗鱼放归处理过的浼水，打算等鱼卵都孵化了，再让穷奇宝宝出手宰一条尝尝味道。

另一边，四棵满果的梨树已被神兽宝宝们成功摘秃，四棵树总计产出三百斤灵气鸭梨。叶辰按照惯例留下五十斤给宝宝们补充灵气和营养，又分出一百斤给沈默风——这么多，吃是肯定吃不过来，所以，叶辰打算借农舍那两口大铁锅给沈默风好好熬上几大罐灵气秋梨膏。他在网上查了，自制秋梨膏在低温状态下能保质半年，每次要喝时用干净的勺子舀上一勺，加水搅拌即可，有润肺止咳的作用。

而之所以要一口气熬这么多，是因为叶辰估计等《问鼎》杀青后，自己就不会再与沈默风这种"咖位"的艺人有什么交集了——至少短期内不会有。所以，他打算多做些秋梨膏让沈默风囤着，坚持用到下次他们见面，到时候他再给沈默风熬个半年吃的。

一年见两次，问题应该不大，叶辰理智地分析。

他在最贫穷落魄的时候受过沈默风那么多慷慨的照拂，自觉这一点报答只是个开始罢了。他已经计划好了，沈默风那烟瘾如果戒不掉，他就给沈默风熬一辈子的灵气秋梨膏。

叶辰往小三轮上一箱箱地搬着梨子，想着沈默风给自己一对一授课时的样子，嘴角翘起一个暖融融的弧度。

我沈哥，好人！

如往常一样，叶辰载着很会卖货的狃宝宝和蒲卢宝宝去早市，一百五十斤每斤高于市场价两块钱的灵气梨子一个多小时便在宝宝们的卖萌攻势下销售一空。叶辰攥着手里还没焐热的钞票，去买了些罗汉果、红枣和蜂蜜——都是熬秋梨膏的原料。

这一通忙完就已经是上午十点多了，叶辰骑着小三轮回家，车刚停稳，就收到一条沈默风发来的微信。

沈默风："跑哪去了？"

叶辰忙回复："回趟市里。"

沈默风："去干什么？"

叶辰犹豫片刻，道："秘密……您等等就知道了。"

想到自己即将来临的生日，沈默风很懂地不再追问，只道："全部家当都让你卷走了……几点回来？"

叶辰一怔，这才意识到自己也没给沈默风留几根烟，忙道："下午两点之前一定回。"

——此时此刻，浮现在叶小鲜肉脑海中的是一位孤寡空巢老影帝，被不孝子卷走全部财产，家徒四壁，无依无靠，惨得很哪。

沈默风："说好了两点，掐着点呢，敢晚一秒……你看着办。"

文字感觉不出语气，但叶辰的目光扫过这句话的一瞬，代入的是沈默风微笑的模样。

叶辰："不能，您放心。"

回复完沈默风，叶辰从大衣柜里翻出一个干净的编织袋，招呼着神兽宝宝们一起去山海境里采冬绒花。

冬绒花就是冬绒草进入开花期后开在草尖上的小白花。这种小白花是成簇开放的，一朵朵紧挨在一起，每朵都是各不相同的雪花的模样，有枝晶状、星片状、针状……这取决于这株冬绒草的根系在雪中生长时接触的不同形态的雪花比例。

这些冬绒花虽长成雪花的样子，触感却柔软干燥，有几分像蒲公英的种子，据说十分适合用来填充枕头、被子。冬绒花填充的寝具不仅温暖舒适，还有助眠的功效。

第一批冬绒草开花时，叶辰就试着用这种绒花填了一个枕头——枕头是淘宝买的，二十块钱一个，叶辰为"凑满包邮"，买了两个。

填充好之后，叶辰枕着冬绒花枕头睡了三宿。

之前由于经济压力大、思虑重，叶辰入睡多少会有些困难，碰上心里想事多的时候，说不定要在床上"烙饼"烙上半小时才能迷迷糊糊地睡过去。然而，这几天换上冬绒花枕头后，他躺下三分钟不到就会在一片雪落般的清雅气息中失去意识，而且即便一天只睡六小时，也是神清气爽。

这枕头，神兽崽崽们用不上，小团子们没心事，不存在失眠的困扰，白天也不用疲于奔命工作赚钱，可以补觉……叶辰是打算填个枕芯送沈默风，就当是生日礼物了。

叶辰弯腰摘了一会儿冬绒花，就直起身子捶捶背，神兽宝宝们个子矮，摘花不用弯腰，这会儿倒是很有优势，摘得比叶辰快得多。

一个枕头用量的冬绒花摘好了，叶辰攥紧编织袋的口子，回屋飞快地用冬绒花塞满一个枕芯。

这个枕头从枕芯套到填充物，都和他现在用的枕头一模一样。

两件一模一样的衣服，叫情侣装。

两个一模一样的枕头……大概就叫亲子枕吧！

叶辰填好冬绒花枕芯，往上套了一个淘宝店家赠送的枕套。

枕套和枕芯套的料子都是中规中矩、不出错的白棉布，叶辰不提，旁人也不会刻意往廉价的方向揣测。

叶辰将枕头料理好，用在淘宝花十块八买的礼物缎带在枕头上绑出一个十字花，然后将枕头放进九块五毛钱买来的礼物拎袋中。

缎带与礼物袋是同款，底色是玄黑到暗蓝的星空式渐变，有少许蛛丝般细巧的浅色大理石纹错落地点缀其间，有梦幻感，但也不失大气、沉稳。叶辰那天花了约莫三十兆流量，挑了半个多小时才挑中这款，生怕礼物包装的花色会暴露出自己的穷酸气。

一夜暴穷前，叶辰也是个体面的人，就算再拮据，送生日礼物也得有个差不多的样子，所以不好直接塞个光秃秃的枕头到沈默风的手里，而且，送这冬绒花枕满打满算才花了他四十块三毛钱，正常来讲，四十块三毛钱哪能买到这么实用的礼物，撑死也就买买"收到的男生都哭了"的系列产品。

叶辰包装好枕头，又马不停蹄地去料理田间琐事，全忙活完已是下午一点半。

时间差不多了，叶辰搬起一箱梨，正要走任意门回去，熟悉的山海境应用提示音便忽然响起。

叶辰放下梨，掏出手机，只见境灵又发布了新任务。

修复任务二：种植两千棵灵植树木。

任务时限：三个月。

任务完成奖励：鸟鼠同穴山超级礼包。

超级礼包中包括：鸟鼠同穴山一座，渭水一条，山体东部白玉矿脉一条。

任务说明：不指定树木品种，任意对修复灵脉有帮助的灵植树木皆可，现世树木不计入任务。

任务口号：不忘初心，牢记使命，请用户以更加饱满的姿态投身到山海境生态文明建设当中来，走进新时代，展现新作风，绿水青山就是金山银山！

叶辰愕然片刻，随即敏锐地察觉到关键所在："……你是不是偷偷用我的流量看新闻了？"

境灵："……没有。"

谁信呢！这任务描述得和新闻稿一模一样！叶辰犀利地一眯眼，点进设置，把山海境 App 所有的应用权限都给关了，并删除各大视频 App，以预防惨案的发生。

境灵发出一串抗议的推送声。

最关键的问题解决后，叶辰才猛地倒抽一口凉气，后知后觉道："……让我三个月种两千棵树？！"

叶辰此前清点过，灵植树木都是以树苗的形式被保存下来的，每个品种只有一两棵树苗，就算他一股脑全种下去，也不够两千棵，况且每种树木的种植方法不同，需求的肥料、营养剂、养护时间间隔也不同，把所有树苗一口气种下去根本不现实。

境灵提醒道："这个任务完成后，灵脉会得到进一步修复，我将得到足以具现化鸟鼠同穴山的灵气，莫非你不想要这座山？"

叶辰定睛一看——山体东部有白玉矿脉一条。

"……哇。"叶辰被任务胁迫的焦躁感顷刻间一扫而空，"我家这是……真的要有矿了？"

说着，叶辰不禁想起自己为解释如何买下的四合院在顾秋面前立的"家里有矿小少爷"人设。

我也不算是什么骗子嘛！叶小骗子心里愈发踏实。

虽说有矿之后怎么开采是个大问题，前期的资金投入就不说了，毕竟就算有钱，他也没法把矿工拉进山海境里工作……但他相信"车到山前必有路"，大规模开采做不到，靠自己勤劳朴实的双手少挖一点混个温饱还不行吗？

至于两千棵灵植树木怎么种……

叶辰沉吟片刻，眼珠一转，很快悟出了其中的门道。

有句俗话叫"无心插柳柳成荫"，从科学的角度来解释是因为柳树枝条的基部可生长出不定根，这样的特性使得被折断的柳枝能够在土壤中生根发芽并长成新的柳树，被折断的柳条甚至可以看作是某种程度上的"树苗"。但并非所有的植物都像柳树一样能从枝条上生长出不定根，许多树木的断枝都无法在土壤中长成新的树，这跟树木自身的特质有关。

……查一下哪些灵植树木能像柳树一样通过扦插树枝长成新树就可以了，叶辰想通其中的关窍，放松下来。

等这几种灵植树木长成后，再折断它们的枝条进行第二轮种植，就不愁没有树苗来源了。

眼看说好的两点快到了，叶辰不敢再磨蹭，决定晚些再查资料，他将要用的东西都通过混沌任意门搬进车后备厢，随即带上神兽崽崽们开车回剧组。

....

车子停稳在农舍大门外。

叶辰开门下车，脚刚沾着地，已不知倚在墙边等了多久的沈默风便从拐角转出来，大步走向他，一把按住他身侧的车门。

叶辰刚没留意到墙角站着人，猝然被"车门咚"（用手把人逼到车门边），吃了一惊："沈哥……"

"不许动。"沈默风叼着一根只剩五分之一的棒棒糖过干瘾，咧嘴一笑，英俊中透着痞气，像个拦路打劫的不良青年，"搜身。"

"别，"叶辰瑟缩了一下，以为沈默风憋疯了真要上手，火速从大衣内里的口袋掏出烟和打火机，急急地道，"我自己拿。"

沈默风盯着他，轻轻笑了一声，左手仍插着裤兜，右手也按着车门没动。

沈哥逗我玩呢……叶辰缓过神，犹豫半秒，抬手捏住沈默风含着的棒棒糖，轻轻往外一拔。

沈默风眉梢一挑："……你要吃？"

"不、不、不。"叶辰打开烟盒抽出一支烟，带着伺候父皇般的谨慎，把烟轻轻递到沈默风微开的两片薄唇中，又摸出打火机，凑过去把烟点了。

沈默风："……"

两人离得很近，也就十几厘米的距离，在眼前的境况下，叶辰觉得自己只要一低头……沈默风嘴里那根烟就能把他的头发烧着了。

叶辰忙往后让了让，努力与身后的车门融为一体。

"您还要吗？"见沈默风没有离开的意思，只是静静地看着自己，叶辰就琢磨着他是不是一支烟不够抽，遂立即履行管家公的职责，从烟盒里又抽出一支递过去，"那……预支您一根？"

沈默风一怔，脸一偏，咬着烟闷笑，却没接。

"……"小管家公又抽出一支，神色凝重地加码，"预支两根？"

沈默风忍笑忍得肩膀直颤。

叶辰皱眉："连抽四根就多了吧？"

那岂不是就失去了管束的意义？

"你……"沈默风拨开那三根烟，收回按在车门上的手，"回市里干什么了？"

叶辰闻言，转身钻进车，拎起摆在副驾驶座上的礼物袋递给沈默风，一板一眼道："提前祝您生日快乐。本来想在生日当天给您的，但是，您这段时间不是睡眠不好吗，我想让您尽快用上……"叶辰犹豫着要不要扯个谎，说这其实是世界一线名品枕头，一个好几万元钱之类的，一是显得不寒酸，二来能引起沈默风的重视，不至于让枕头空闲着落灰，可这些张口就来的谎言只在他的舌尖打了个转就被咽回去了。

算了……还是少和沈哥撒谎，已经骗他够多了。叶小骗子按按胸口，感觉良心微微刺痛。

沈默风望着那装礼物的纸袋以及捆在枕头上的缎带……包装很漂亮，但他仍本能地捕捉到了一缕违和感，那是某种能令人喉头紧缩的气息，宛如极力包装得光鲜的贫穷，宛如藏在华丽褶裙下的补丁，但这只是一抹稍纵即逝的直觉。

"这个枕头是我亲手做的。"叶辰道。

沈默风心里那丝违和感立刻被惊讶冲散了，确认道："你做的？"

"嗯，这个枕芯里塞的是我家院子里种的一种草药，"叶辰担心被沈默风嫌弃，底气不足，语调就格外软，"我自己枕的就是这种枕头，一模一样的。"

他强调"一模一样",纯粹是为了现身说法,强调功效。

沈默风漆黑的眸子蓦地一亮。

叶辰:"枕芯里那个草药的助眠效果特别好,味道也好闻,您今天晚上说什么都要试一下,沾上枕头,三分钟保准能睡着,您要是三分钟没睡着,您就……"

——他也是早市卖菜时说得顺嘴了,说到这,习惯性地加重语气,想放句诸如"您就找我算账""我就给您退钱"之类的市井狠话,好在话未出口,他已觉出不对,飞快地咽了回去。

沈默风催促:"我就怎么?"

叶辰毫无气势道:"……您就再等三分钟。"

沈默风乐出声。

叶辰:"……"

"多谢。"沈默风微笑,抬手在叶辰的脑袋上轻轻揉了一下,"小朋友费心了。"

正经了三秒后,沈默风忍不住逗弄叶辰道:"除了枕头,还会做别的吗?"

叶辰乖顺道:"您如果枕着舒服,我就再给您做一床被子和一床褥子,也用这种草药填芯子。"

沈默风:"就做被子和褥子?棉袄棉裤呢?毛衣呢?"

叶辰听出他在逗自己,却也不敢调侃回去,只得硬着头皮好好地回答:"您要是非得让我做,我就学。"

沈默风愈发有兴致:"围巾、手套、帽子呢?学着织吗?"

叶辰简直不明白送个枕头是戳到沈默风哪根不正常的筋了,一咬牙,道:"……学。"

沈默风好笑:"缝鞋垫呢?纳鞋底呢?都愿意学吗?"

叶辰苦大仇深地看了沈默风一眼，小脸蛋儿委屈成一团："学！"

……招谁惹谁了，我这是？！

沈默风憋笑憋得腹肌酸痛。

…………

叶辰用了两天时间把一百斤梨全熬了，倒进事先准备好的密封瓶，足足有三升。

碰巧这天是沈默风的生日，傍晚剧组收工后，叶辰卸妆，换上常服，抱着三个大密封瓶去找他。

沈大少爷虽事多，却也不是方方面面都事多，像过生日，他就懒得折腾，一切照常。生活制片张罗着杀鸡庆祝，却被他推了，他今天与平常的唯一区别就是接到的电话和收到的微信变多了。

叶辰进门时，沈默风正在和人讲电话，听起来是在谢谢对面的人送的生日祝福，语气礼貌却淡漠，惜字如金："……多谢……可以。"

沈默风讲着电话，向叶辰投去一瞥。

叶辰把三个大瓶子抱了个满怀，脸上满是自得的神气，好似一只在冬天的储粮作战中大获全胜的松鼠头领。

沈默风转开视线，笑了。

那边叶辰听着沈默风跟别人说话的冷淡腔调还有点忐忑，以为他情绪不佳，可这担忧眨眼就消散了，因为他下句话的语调就回暖了，还是笑着说的："嗯，好，再见。"

"……这是什么？"沈默风揣起手机。

叶辰把大瓶子放在桌上，道："秋梨膏，治咳嗽，用我家种的梨熬出来的。"

沈默风讶然："你家的梨？"

叶辰点头："前天回市里顺道取的，都装在后备厢了，您没看见……这个您一次挖一勺，用普通的汤勺，一定要干净的，别让里面生细菌，然后加水搅拌后就能喝了，治咳嗽真管用。"

"一次一勺，"沈默风失笑，"你熬这么多？"

叶辰熬的秋梨膏效果好，他信，叶辰送他的枕头，他已经试过了，三分钟让人失去意识不是夸大其词。

"低温环境下能保存半年，不多。"叶辰细细叮嘱道，"您回去分装进小瓶里，以后去外地拍戏就能随身带着了。"

他是男二号，戏份比沈默风少，在影片的剧情进展到四分之三时，他扮演的小皇子会因给母妃报仇而身死，并以性命为代价找到将妖邪驱逐回深层世界的方法，所以，如果拍摄进行顺利，他的戏份还有不到半个月就能拍完，而沈默风还要在这待上一个月。

叶辰担心沈默风误以为自己是嫌麻烦才一次熬这么多，就解释了一句："等我这边拍完了，我想再见您就难了，所以就一次给您多熬几锅备着……"他说着，露出个少年气的轻快笑容，"怎么也得撑到下次和您有合作的时候，到时候我再给您熬新的。"

沈默风看着他，没吭声，也不知在想什么。

叶辰持续"狗腿"道："对了，沈哥，晚上除了长寿面，还想吃什么？厨房里的菜能做炸茄盒、炖大丰收、红烧肉……今天您必须点菜，别和我客气。"

——为了给沈哥庆生，叶辰今早去市场割了两斤五花肉，底气十足，他点什么，自己都不心虚。

都千元户了，不心疼这点肉钱！

"吃什么都行，"沈默风出了片刻的神，把重点放在他更关心的问题上，"你之后有什么工作安排？"

叶辰摸出手机看备忘录，老实地答："有几个平面拍摄的通告，还有综艺节目什么的，都是七零八碎的，能忙上半个月，这些完事后，有一部电视剧的男一号，过完年还有一档真人秀节目……"

"什么真人秀节目？"沈默风问，"《悠闲的假期》第二季？"

电视剧不好空降，真人秀节目倒是能操作一下，加个特别嘉宾的事，超一线当红影帝参加，制作组求都求不来。

"是《悠闲的假期》。"叶辰惊讶，"您怎么知道？"

"猜的。"沈默风轻咳。

叶辰就是在拍摄《悠闲的假期》第一季时惨遭猪拱而晕厥的，好在那场意外来得突然，他晕得够利落，没遭受多大痛苦，也没留下太多心理阴影，甚至还想重回战场与猪好好 battle（战斗）一把，最好是能手刃仇猪，炖成一大锅，以解他的心头之恨。

老子这回有伏羲血脉了！区区一头公猪，还不是只有俯首听令、引颈就戮的份？！

叶辰想着，蓦地生出一股重生逆袭、复仇打脸的爽感！

只不过打的是猪脸……

第 六 章
生活不易，辰辰叹气

料理完晚饭，蹭完沈默风的洗护用品，叶辰香喷喷地回房，大字形躺在炕上，开始给自己 PS 表情包。

表情包左侧是叶辰从自拍照里抠出的大头，照片中的他眉头紧锁，凝望远方，一脸忧愁，满眼风霜，右侧则是从网上找的成堆的萝卜、白菜、茄子图……每张表情包的下方都是一句他搜肠刮肚想出来的"骚话"。

——"生活出刀，辰辰中招；茄子滞销，辰辰摔跤。"

——"生活不易，辰辰叹气；白菜积压，辰辰嗝屁。"

——"生活掐脖，辰辰不活；萝卜滞销，辰辰折腰。"

——"生活伸脚，辰辰绊倒；秋葵很黏，辰辰很甜。"

——"……"

叶辰就这么做出了农作物滞销"骚话"九宫格，其中七张都是萝卜、白菜、鸡肉、猪肉之类的常规农作物，只有两张插入了冉遗鱼和冬绒草的信息。

这就是叶辰想出来的一个办法——用无效信息给有效信息打掩护。

他这几张图发上去，不知情的人只会觉得他是在开玩笑，连带着也就不会对冉遗鱼和冬绒草的存在追根究底，只有在山海境待过的神兽才会察觉到异样。而且，他将冉遗鱼这种传说生物与猪肉、鸡肉摆在一个高度，也是为了暗示神兽他知道"冉遗鱼只是一种提供肉食的牲畜"……只是不知道神兽能否理解到他的意思了。

不过，就算神兽不理解也没关系，开了这个先河，叶辰以后也可以时不时在朋友圈里打打这种擦边球——他问过境灵了，这种行为不算泄密，不会挨雷劈。

这样在前期找到神兽的概率多少会比开店卖灵气蔬果高些，叶辰前几天借小高的身份证偷偷注册了网店，目前还在审核中。然而，网店开张到步入正轨是需要时间的，在不能动用明星影响力的前提下，新店必然门庭冷落，一天能不能有几个普通客人来买东西都难说，遑论碰巧遇到神兽买家再被神兽买家吃出灵气蔬果的特殊……可他这些表情包发出去，刷到他朋友圈的人都会看到，他朋友圈里好几百号人，其中也不乏圈内大佬及与大佬们有关系的人，说不定就能"瞎猫碰上死耗子"。

他这条朋友圈发出去，底下一轮接一轮的点赞与"哈哈"，却无人有看出不对劲的表示。

叶辰刷了一会儿消息，自觉计划失败，正打算蒙头睡去，手机忽然响起提示音。那是一条微信，消息很简洁，只有三个字："冉遗鱼？"

叶辰胸口一紧，忙看向联系人的姓名，却只看到"钱某人"三个字，用户的头像是一片白，也不知道是什么时候加的，又是什么人。

叶辰没回，先是点进这个钱某人的朋友圈，发现空空如也。

神秘，就意味着可能有戏。

叶辰先是谨慎道："抱歉，请问您是哪位？"

钱某人："你先回答我的问题。"

钱某人："冉遗鱼？"

盯着冉遗鱼不放，可能是知道什么……叶辰略一迟疑，极尽简短地问："要吗？"

情况不明，他必须尽量少地暴露信息与情绪，这样见势不对才能一口咬定是开玩笑。

钱某人："真的假的？开玩笑的？"

叶辰纠结片刻，贱兮兮地回："……您猜？"

钱某人："……"

钱某人："我猜，真的。"

钱某人："我们也别打哑谜了，要不然，你问我几个问题，看看我能不能答上来，我也通过你的问题看看你知不知道。"

叶辰摸摸下巴，试探道："一只冉遗几条腿？"

钱某人："《山海经》里说是六条。"

叶辰不吭声了。

钱某人："但其实是四条腿加两只鸡翅膀。"

钱某人："养在家里大半夜满鱼缸跑，跑得人都睡不着觉，对不对？"

叶辰："……"这绝对是养过！

钱某人："对吗？"

叶辰小心翼翼地发了个笑脸表情，紧接着又问："冬绒草有什么功效？"

钱某人："开的花能做寝具，沾上就睡着，比脑白金还管用。"

叶辰："您是什么人？"

钱某人："我还想问你呢，你是什么人？你真有鱼？哪来的？"

叶辰把字删了又打，打了又删，最后憋出一句："我不敢说……怕挨雷劈。"

钱某人："怕挨雷劈……那你是凡人？"

叶辰："是啊。"

钱某人："能和这些扯上关系的凡人……山海境的新主人？"

叶辰一咬牙，大胆承认了："嗯。"

钱某人发来一大串感叹号。

叶辰："所以，您究竟是？"

钱某人："神兽。"

叶辰："那……具体是？"

钱某人："抱歉，这个还不能说。"

叶辰理解对方的谨慎，毕竟他自己也不敢说太多。

叶辰："我怎么加上您的？我怎么没印象了？"

那边陷入沉默，似乎也在想，大约过了半分钟，才道："……我这个微信号平时加人加得太多了，想不起来，碰巧吧。"

在直觉的层面上，叶辰嗅到一丝不祥的气息，可这不祥来得太缥缈，倏忽即逝，他连条尾巴都没能抓到。

叶辰沉吟两秒，试探道："冒昧地问一句，您是从事什么行业的？您说一下，我可能会想起来。"

钱某人："金融行业。"

……金融行业？叶辰茫然。

他不记得自己加过金融行业大佬的微信好友，他的通讯录里大多是娱乐圈人士，他也不记得自己认识姓钱的人——当然，对方也很有可能不姓钱，只是个微信昵称罢了。

叶辰小心地问："方便说得详细一点吗？"

钱某人："抱歉，细节不方便透露，说多了，你可能会猜出我是谁。"

叶辰立刻识相地不再追问。

金融业内有头有脸的大佬不少，有些更是财经杂志的常客，名气毫不逊色于明星，甚至有过之而无不及，而会担心透露细节被叶辰猜出身份，就意味着这位钱某人百分之百是金融界名流……

想到这里，人穷志短的叶小鲜肉不争气地躁动起来，瞬间就在脑内向自己交出了一份详尽可行的薅羊毛企划案！

他家里的神兽崽崽们饭量都能顶一个半成年人了，那神兽大佬一天得消耗多少灵植、灵鸡、灵猪？

到时候他的农作物别说是一斤高于市场价两块钱出售了，他就是一斤高出五块钱，又有何妨？！

叶小鲜肉很没出息地坐地起价了……三块钱。

神兽大佬可能不买账吗？不可能。

叶辰疯狂地往自己背上插 flag（旗）。

钱某人："这样吧，你哪天有时间，我们见面好好聊一聊……这么说话不太方便。"

叶辰："明白，明白。"

他们聊的都是不能泄露给凡人知道的秘密，用电子产品交流，多少有些不牢靠，况且，现在他们互相都不太信得过，见上一面，双方才能放心。

叶辰研究了一下近两天拍戏的时间表，打字："明天晚上七点可以吗？"

钱某人："行。"

叶辰："那在哪见？"

钱某人："你定，定个人多点的地方。"

钱某人："怕你不信我，呵呵。"

叶辰虚伪道："看您说的，哪还能不信您呢？"

说完，他就发过去一家消费昂贵得令人咋舌的高档餐厅，问："这行吗？"

钱某人："可以，明晚七点，不见不散。"

叶辰："好。"

果然是金融界大佬，看见我挑这么贵的店，连质疑都没一句的！

叶辰飞快地暴露出小狗腿子的嘴脸，搓搓手，问："对了，我怎么称呼您？钱哥？"

钱某人："呵呵，其实我不姓钱，而且我比你大上千岁……不然就叫叔吧，也不好叫爷爷。"

叶辰挂着一脸孝顺的微笑打字："好嘞，叔，明天见。"

钱某人殷切地叮咛："记得订包间，我们都不方便在公共场合露脸。"

叶辰兴奋："好的，叔！"

退出聊天界面，叶辰沉稳地搜索起那家高档餐厅的测评，将值得一试的菜品与饮品一一记下，准备明天拖家带口地过去，蹭脱金融大佬三层皮！

……这大概就是传说中的"磨刀不误砍柴工"吧，叶辰翻着测评，乐呵呵地想。

翌日，晚上七点整，叶辰戴上口罩、墨镜，全副武装，带着六只隐身状态的拖油瓶来到与钱某人约好的高档餐厅，准备蹭金融大佬一顿狠的。

考虑到今天主要是来蹭饭并和大佬哭穷、向大佬推销灵气蔬果的，所以叶辰穿得相当穷酸，怕一身奢侈品会影响自己和大佬哄抬菜价。好在高档餐厅的服务人员都很有素质，听说有预订就礼貌地引着他朝包间走去。

包间门开了……叶辰眉眼弯弯，笑眯眯地朝包间里望去。

下一秒，他"狗腿"的笑容凝固在口罩后面。

餐厅做工精致的沙发上，坐着一个三十岁出头的男人。

男人的眉眼相当英俊，下半张脸则被一个一次性医用口罩挡得严实。他穿着一件黑皮夹克，夹克掉皮掉得斑斑驳驳，半是黑色，半是黑色外皮脱落后的深灰，打眼一看，像一只斑秃的黑熊。

叶辰惊呆："……"

金融界大佬们……是流行这种斑秃穿衣风格吗？

…………

这一刹那，叶辰恍惚体会到了与见光死网恋对象奔向现实的绝望感。

不可能，肯定是搞错了……叶辰机械地别开视线，退开两步，压低声音问服务生："不好意思，请问房间没弄错吗？"

服务生还没答，那男人却已朝他招招手，道："是我，微信上那个。"

叶辰嘴角微微抽搐："……"

他身后跟着一串组团蹭点心的神兽团子，对方看得见。

不可能，神兽绝对不可能这么穷，肯定有隐情，先假装不在意……叶辰怀着一丝渺茫的希望，慢吞吞地蹭过去，笑笑道："请问，您是微信上的……钱某人？"

离得近了，叶辰才发现，钱某人戴的一次性医用口罩都磨出毛边了。

叶辰抬手摸摸自己七成新的南极人纯棉口罩，竟生出一种奇异的奢侈感。

"是我。"钱某人抬眼将叶辰打量片刻，又看看他身后那一串乖巧的神兽团子，放心地自言自语道，"确实是山海境新主人……你是穷奇？哈哈，你是穷奇？！"

穷奇宝宝微微眯起眼睛，很凶。

钱某人："噗——"

钱某人："过来给叔叔掐一下脸蛋儿。"

穷奇宝宝皱眉，冷声道："不给，哥哥说看见你这种怪人，有多远就跑多远。"

钱某人乐得像抽风一样。

"您别逗他了。"叶辰犹豫着坐到钱某人对面，通过钱某人口罩上方露出的一双眼睛辨认他的真容。

叶辰对金融界了解不多，但名气最大或是有特点的那几位大佬，他有印象。三十岁出头、长相又帅气的金融界大佬，他只知道一位，看眉眼轮廓也差不多能对上："请问您是周步初先生……"

周步初是国内著名的金融大佬，据坊间传言，他是个无父无母的孤儿，一穷二白的毛头小子，三十岁不到，便凭着过人的天赋与惊人的好运打入满是商学院高才生与二世祖的金融界，如今对外公布的年龄是三十三岁，未婚，单身。

惊人的财富、俊逸的长相与温文尔雅的性格，使得周步初的名气与人气在近几年如坐了火箭般直线蹿升，连叶辰都能通过一双眼睛把他认个八九不离十。

岂料，这位周步初疑似者却打断叶辰的问话，以追风逐电之手速向他甩去一份菜单，抢话道："你看着点，我不挑，吃什么都行。"

叶辰目光一凛！

——熟人自然另当别论，但不熟的人一起吃饭时，一般会遵循客随主便的原则，做东者是点菜主力，客人则只是矜持地点上一小部分。退一步讲，即便主人真的想叫客人自由发挥，至少也会点上一两道菜，给客人一个点菜价格区间的参考，最不济，也会向客人推荐两道自己认为可以点的菜……

因此，在满是陌生人的席间，将自己的点菜权完全交给他人，半点儿意见都不肯发表，那就意味着这个人……根本不打算请客！

"我们也随便，"叶辰笑得乖巧无害，嫌烫手似的飞快地递回菜单，"您是长辈，还是您来点吧。"

他刻意将"您是长辈"四字咬得极重，试图从年龄与资历的层面上暗示对方才是埋单人选的第一顺位。

"我一个老头子，"那外形只有三十岁出头的钱某人大笑，再次递去菜单，"哪知道你们年轻人都爱吃什么。"

——竟是巧妙地利用年龄劣势反将一军，绝地求生！

"……"叶辰油然而生出一股棋逢对手之感。

两个"蹭货"就这样你来我往地推让不停，字里行间暗藏机锋，六只神兽恩恩茫然地你看看我、我看看你，都默契地不敢吱声。

三分钟后，拗不过老狐狸的叶辰终于"破功"，扯扯自己身上大面积起球的哭穷专用毛衣，发自肺腑地问："……您看我像是有钱埋单的人吗？"说着，他又从旧羽绒服的缝线松动处拈出一根鸭绒，一松手，任其轻飘飘地落在桌面上，动之以情道，"我这羽绒服眼看着都要没羽绒了，就剩个'服'了，叔。"

钱某人也在桌下朝叶辰一伸脚，祭出八成也是故意穿来哭穷的鞋："你看我这鞋，看这开胶的鞋底，等底掉了，我这'鞋'可就剩个'革'了，你品一品。"

叶辰倏地扭头望向窗外："……我不品！"

席间令人胸闷的安静持续了大约十秒，叶辰忽然大彻大悟，拨开层层迷雾，道："叔，我懂了……您是装穷，您就是考验我，想看看我这个山海境的新主人有没有一颗纯洁善良、不为金钱所动的心灵，对不对？"怕对方否认，叶辰飞快道，"我已经猜出来您是谁了，您不可能缺钱，您是周步初周先生。"

周步初呵呵一笑："对倒是对，但你是真的忘了你怎么加上我微信的。"

所以，我究竟是怎么加上周步初这种大佬的……叶辰搜肠刮肚地试图检索出一点与周步初相关的记忆，无果。

周步初用进入营业状态的口吻道："亲，帮我砍一下这个保温杯。"

周步初："亲，帮忙注册一下这个返利 App，只要邀请五位好友注册，原价一百元的商品就能免费拿。"

叶辰："……"

记忆中的某个……或者说某几个微信好友，与周步初的微信账号对上了。

那是叶辰还穿梭于各大剧组间跑龙套的时候，当时有一个新兴的购物应用，商品质量一般般，都是杂牌子，但胜在价格便宜得吓人，还能请微信好友帮忙砍价，运气好的时候，甚至可能分文不花就买到东西。叶辰当时也挺穷，没比现在好多少，就加了几个微信砍价群，闲暇时就泡在群里与群友互砍，你帮我砍个保温杯，我帮你砍件羽绒服。

　　这位周步初的微信小号，就是叶辰两年前落魄时加的。周步初信誉好，有几分商人式的严谨，向来诚信互砍，从不忽悠着别人帮他砍完就猥琐地跑路。叶辰邀请他帮忙注册 App 拿返利之类的，他也很爽快。当时叶辰加了不少这样互相帮忙砍价、互相邀请注册各种"野鸡"应用的好友，后来成为星尚野的签约艺人，他删过一批好友，目前来看，可能是漏删了周步初的小号。

　　可是……

　　可是！

　　叶辰满腹的疑惑宛如火山喷发，不可置信地问："您真是周先生？您用微信小号加砍价群？您……您为什么啊？"

　　"因为，"周步初慢条斯理地摘掉磨得起毛的口罩，微微一笑，"我是貔貅，只进……不出。"

　　叶辰的灵台豁然一片清明。

　　周步初竟然是"周不出"的谐音！

　　周步初将口罩轻轻放在桌面上，看他那珍而重之的放置手法，就仿佛这个口罩还要再戴一百年："用你们凡人的话说，我是个守财奴……"怕叶辰不信，他举例说明道，"这个医用口罩，是五年前我跟我的医生前任蹭的，有一盒，一共十个，现在用到第三个了。按照目前的磨损速度来计算，我还可以用十五年的免费口罩。"

　　这是遇上他们"蹭道"的祖师爷了……叶辰瘫在沙发上，已是有出气，没进气。

周步初像是怕叶辰死得不够透一样，亲切地补充说明道："我还有个外号，在民间流传很广，还被人取材写成小说了，你就算没看过，肯定也听过。"

叶辰气若游丝："什么……小说……"

周步初一笑："《吝啬鬼》。"

叶长工两眼一闭，很想死。

"……您的时间那么宝贵，之前我还看网上算您平均下来一分钟就能赚多少钱来着。"叶辰睁开眼，不甘心地嘟囔道，"您和我争谁埋单的时间，都够您赚一百倍的饭钱了吧？"

"不一样，不一样。"周步初撇着嘴，大力地摇头，"你不是貔貅，你不懂得花钱这件事的痛苦，就算我上一秒赚了十个亿，下一秒花十块钱，也一样是割我的肉。"

叶辰："但是……"

周步初："逼貔貅花钱，等于赶鸭子上架，撵母猪上树。"

叶辰："……"

周步初深沉脸："是不人道，也做不到的。"

"但是，您怎么可能不花钱呢？"叶辰不解，"您要赚钱，总得先有投资……"

话说到一半，叶辰猛地噎住。

他想起来了，周步初是做金融顾问这一行的，分析金融市场老练、毒辣，自己却从不用真金白银搞投资，只靠指点其他各行各业的大佬投资方向吸金……

周步初观察到叶辰的神色，知道他已反应过来，便也不多解释，只微微一笑，表示叶辰未出口的猜测是正确的："我的账户不支出，只进钱。"

"那您平时穿衣吃饭的开销怎么办？"叶辰问。

周步初搜罗着桌上的餐巾纸，一字一句，铿锵有力道："别人不请我，我就不吃饭！"

叶辰震惊："那是天天都有人请您吗？"

周步初哀怨到五官模糊："不是，都一个多月没人请过我了……我现在这个身份快不能用了，人缘太差，认识的人差不多都得罪完了，是时候转移资产换个身份了。"

"那您一个月没吃东西了？"叶辰简直不敢相信自己的耳朵。

"我去超市蹭试吃。"周步初满脸抠门的表情，"戴墨镜和棒球帽去，戴口罩不行，得把嘴露出来。"

叶辰一阵眩晕，咬牙道："连我都不去超市蹭试吃！太没尊严了！"

周步初："……"

过了一会儿，叶辰好奇地问："……那能吃饱吗？您也不能逮着一家超市吃吧，去离家远的超市，交通费怎么办？"

"要什么交通费，我会飞，我连车都没有。"周步初揉揉肚子，道，"吃不饱不要紧，我是神兽，饿半年都死不了，只要下顿多吃就行了。"

有一个可自由控制的胃袋，这简直是每一个"蹭货"的梦想。

叶辰默默地羡慕了一下，回忆着周步初在公众面前的钻石王老五形象，问："那您平时出门穿的那些衣服都是哪来的？"

周步初得意扬扬地一笑："我为了不花钱买衣服，早些年去给裁缝当学徒工，想穿什么就做什么……别人问我，我还说是专门请裁缝做的，不丢面子。"

任谁也想不到，金融巨鳄周步初口中的裁缝，其实就是他自己……

叶辰在肃然起敬之余，也不禁反思了一下自己现在花钱是否过于大手大脚："您比我还……连我都直接买地摊货。那您既然能自己做衣服，怎么还穿得这么破的？"

"这件是我的战袍。"周步初嘿嘿一笑，"蹭饭专用，穿了三十多年，陪我换了五个身份，一看我穿成这样，谁好意思叫我埋单？也就你吧……你这脸皮都快跟我有一拼了。"

叶辰嘿嘿一笑，颇为自得地摸摸自己的脸蛋儿，仿佛受到了赞美。

周步初："……"

"可是，您也不可能真的一分钱都不花吧，"叶辰试图捕捉对方话中的漏洞，"您在砍价多上买东西的时候，也不可能件件都能砍到零元，多少得花一点儿。"

"我能花钱。"周步初坦荡地承认了，"但只有一种情况，就是当我花钱买这件东西时，我占了大便宜，不然，我死也不让钱流出去……我现在住的房子，就是三十多年前捡了大便宜，用超低价买下来的，因为那房子里闹'鬼'闹得凶，是十里八乡都有名的凶宅，我住进去当天晚上就把'鬼'吃了，嘿嘿。"

叶辰顿时担忧起自己的灵植生意："……"

周步初清清嗓子，话锋一转，试图夺取主动地位："对了，我还想问你呢，你也是个明星，又是山海境的新主人，是怎么做到穷成这样的？"

叶辰正欲回答，一直等在门外的服务生忽然敲了敲门，礼貌地催促道："请问二位需要点单吗？"

穷酸抠门二人组对视一秒，都从对方脸上看出了"没钱埋单"四个大字。

叶辰打死也请不起在座七个神兽，也不敢指望一件破夹克穿三十多年的貔貅埋单，不好意思再占着人家餐厅的座，只好起身道："出去说。"

周步初恋恋不舍地戴上他的一次性口罩："咱们就这么走了，像话吗？"

叶辰哀怨地瞪他一眼，出门左转，去了二十四小时便利店，买了六根味道不同的热狗，六瓶口味不同的牛奶和奶茶，让神兽崽崽们互相换着吃。

崽崽们好不容易有个出来吃大餐的机会，昨晚都乐疯了，他请不起高档餐厅的食物，至少也得在便利店买几根热狗，不能让满怀期待的崽崽们空着肚子回家。

周步初盯着那群重生的小崽子，舔舔嘴唇，略馋："我也是神兽。"

叶辰面无表情："我全部家当就一千多块钱……"

"……"周步初沉默片刻，竟是面露怜悯，"那算了。"

六个崽崽吃热狗、喝奶茶，两个"蹭货"总算抛开了想蹭对方一把的念头，心思一片澄净，坐在花坛边沿喝风。叶辰将自己的一系列遭遇讲给周步初，从被猪拱晕厥到在中阴界遇到境灵再到为复活含泪买下四合院背上巨额债务……

"灵气西红柿五元一斤，特别特别好吃，对神兽身体又有好处，真的不可能再便宜了。"最后，叶辰是用这句话收尾的。

山海境中的灵气作物对神兽来说属于必需品，灵兽长期得不到灵气作物的滋补，就会渐渐衰弱老化，不过，这样的衰弱是一个相当漫长且可逆的过程，因此周步初有恃无恐，并不着急。

"五元一斤？！"周步初死死地按住胸口，嘶声道，"你这是在要一位千岁老人的命！"

"五元贵吗？！"叶辰也死死地按住胸口，痛苦道，"十九岁少年的命就不是命了吗！"

"你不懂貔貅花钱的痛苦……"周步初被五元一斤的西红柿贵

到四肢蜷缩，"那你卖便宜点。"

"四块五一斤。"叶辰让步。

在商界叱咤风云的金融大鳄叽叽歪歪地为一斤西红柿砍价："一块钱一斤吧，差不多赚点就得了。"

叶辰恼怒："那我还不如自己留着吃，多点儿力气好干活儿！"

周步初一咬牙："一块一，锁了。"

叶辰脱口而出："锁你……锁您大爷。"

是个礼貌的男孩。

"我不卖给您了，"叶辰绷着脸，起身拍拍屁股，"还没在早市卖得贵，我去早市卖好不好？"

"你卖给我是为了救命。"周步初道，"我家里还有条应龙，他马上就要死了，需要你的灵植养内丹。"

叶辰察言观色，不大确定："骗我？"

"不是，不是，绝对是真的，如果我骗你，让我丢一百……十块钱。"周步初指天发毒誓，发完誓，又打开砍价多 App，让叶辰看订单记录，最近的一笔交易是十大包成人纸尿裤，一块一毛钱秒杀，"你看，这些都是应龙用的。"

叶辰不信，满眼狐疑："应龙怎么会用这个……您既然认识应龙，那您还认识其他的神兽吗？"

如果认识的话，叶辰那些灵植卖给其他不抠门的神兽岂不是更好？

"认识，怎么了？"周步初瞥他一眼，了然，"你想让我给你介绍？"

叶辰眼中闪烁着金子般的光芒："行吗？"

周步初摇摇头："不是我不给你介绍，主要是现在情况比较特殊……"

接着，周步初向叶辰说明了当年神兽对战蚩尤一役的后续。

"……蚩尤本来都让我们揍得武功全废了。"周步初用塑料打火机点起一支自卷土烟，珍惜地小吸一口，"当时神兽死了九成，山海境的灵脉废了，入口关了，剩下我们这一成神兽，本来以为这就算结束了，没想到蚩尤临被封印前自毁内丹，想用他的内丹湮灭时的妖力把归墟和昆仑的两个灵眼堵死，死也要拉我们做垫背的。"

"这些……"叶辰皱眉，"境灵没和我说过。"

"他那个时候已经耗尽灵脉睡过去了。"周步初解释道，"灵眼要是被堵死了，天地灵气就会枯竭，灵气枯竭就有两个后果，一个是山海境永远都恢复不了，另一个是我们这些神兽也会越来越衰弱，时间长了，别说神力，可能连灵智都没了……"

周步初叹息："当时我们幸存的这一成神兽也有很多是重伤不起的状态，剩下那一小拨还有战力的就直接和他拼了，烧着自己的内丹和他的内丹硬碰硬，等把他的内丹抵消了，那几个神兽的内丹也都损伤得七七八八了……当时谛听、麒麟、白泽、应龙这几个出力最多，内丹差点直接就被烧没了，打完之后，他们的内丹就只剩一丁点了，全都一下子老了上万岁，神力也不剩多少……一个个都成老头儿、老太太了，生活不能自理，神志不清，打人毁物，还个个尿裤子。"

叶辰满脸同情："……"

周步初继续说："现存《山海经》并未记录山海境中全部物种，像谛听，他内丹受损严重，我们都是轮流照料的，后来我们陆续找到几个身怀紫气的凡人。"周步初顿了顿，道，"紫气能养内丹，我们就和那几个有紫气的人交涉，然后把这几个急需养内丹的神兽送过去，让他们睡在凡人体内养内丹，代价就是要把他们的神力借给那几个凡人使用……久而久之，有些神兽的记录，就遗失了。

"白泽通晓天地万物，有大智慧，可以给凡人直接传承知识，养白泽那个人据说前几年拿诺贝尔奖了；麒麟是瑞兽，能带来吉祥好运，养麒麟那个好像是职业赌马、买彩票的，中的奖八辈子都够花；谛听有六耳，能听人心，还能读取记忆，养谛听那人……"周步初悠悠吐出一口烟，挨个回忆那几位老友的去处，"我记得我当年找着他的时候，他还挺小的，也就一两岁吧。谛听给他能力，他也不会用，谛听就把神力传承给他爸了，光借他的身体养丹……他爸叫什么来着，我忘了，反正现在也是挺有名的一个企业家，跟人谈判做生意什么的，百战百胜。"

叶辰羡慕地听着这些幸运的故事，问："那应龙呢，有紫气的人很少吗？"

"少是少，但也不至于像大海捞针么难找。应龙没人养不是找不着人的问题。"周步初解释道，逐渐面露无奈，"应龙……除了会打架，也就会布雨了，对现代的凡人来说意义不大，而且，他的内丹损害得这么严重，就连布雨都不怎么厉害，所以没有带紫气的凡人愿意要他。"

"……其实布雨也挺实用的，布得少不怕，能少打几次水就挺好的。"叶辰说着，指指自己，"我身上有紫气吗？"

周步初看了他片刻，笑了："没有，你想帮应龙养内丹？"

"嗯……没有就算了。"叶辰略失望，"您继续说。"

他刚才确实想过帮应龙养内丹来着，毕竟如果没有这些神兽舍生忘死，他能不能重生都是个问题，还谈什么别的。

"养丹也不是一点代价都没有，"周步初凉凉道，"知道了这些事，就等于是窥探了天机，要折寿……谁愿意为了能随时随地下雨而折寿啊。"

"那……"叶辰问，"还有什么其他办法能让应龙的内丹恢

184

复吗？"

周步初一扭头，双目熠熠发光："有啊，你种的灵植，你养的灵兽，都能帮应龙恢复内丹。"

"那太好了！"叶辰先是高兴自己能派上用场，可笑容持续还没一秒，便垮下脸提醒道，"但是我也不能把灵气作物贱卖了，我要是不这么缺钱，让我怎么帮忙都行，但我现在……"叶辰喉头一哽，快说不下去了，"你既然只进不出，为什么那些神兽要让你照顾应龙？"

周步初轻咳一声，厚起脸皮道："我当年是军师，坐镇后方的，伤得最轻，应龙没有凡人愿意要，只好扔给我了。别的神兽……安顿好谛听、白泽他们之后就四处云游了，在深山老林找个地方一睡十年、二十年，修炼、养伤。据说二十年前毕方在长白山筑了个窝睡觉，不知道这会儿还在不在，鲲鹏当年好像是沉在海南岛附近海域的海底，这会儿也说不准让浪卷到哪去了……你就甭打他们的主意了。"

叶辰蔫蔫地耷拉着脑袋："哦……境灵还说，你们历朝历代都是社会名流。"

"那都是老皇历了，历朝历代都没打过那么大的仗啊。"周步初轻叹，"九成的神兽陨落了，山海境也关了那么多年，那帮老胳膊老腿没 PTSD（创伤后应激障碍）就不错了，哪有心思入世。要不是我不赚凡人的钱就浑身难受，我也去山上挖个洞睡他个五十年，那多清静。"

"那不然这样，我们各退一步。"周步初提议道，"我帮你干活，用劳动换灵植，怎么样？你只要别叫我花四块五买你一斤西红柿就行，你这价格也太高了，我接受不了……"

听见周步初说用劳动换灵植，叶辰的耳朵竖了起来。

叶辰已抽时间查过资料，筛选出了几种可以用枝条扦插繁育的灵植树木并早早地种下了，但资料好查，起手的几棵树苗也好种，后续的两千个树苗种植坑才是这个任务的要命之处。这种挖坑的体力活，他不想支使崽崽们干，打算起早贪黑多努努力，就当在健身房练器械了……这时候，来了个神兽劳动力。

叶辰当机立断地应下："行。"

随即，他带周步初回了山海境。

境中残雪还未全部融化，失去山川河流的大地一马平川，放眼望去，宛如一片斑驳而凝冻的海。

周步初踏入境中，在短暂的愣怔后，面朝挂着一列残日的西方缓缓地跪了下去。接着，叶辰便看见这个半点儿不着调的小气鬼用手掌拂去地表浮雪，俯身轻轻亲了一下冷硬的黑色大地。

叶辰有些触动，不由得把嘴唇抿成一线。

周步初起身拍拍雪，把片刻前的伤感气息混着雪簌簌地拍掉了，笑了笑，道："终于回家了。"

叶辰也收起情绪，道："那我们商量一下，您能帮我做多少农活，要多少灵植？"

周步初绕着叶辰那块规模已较为可观的菜地走了一圈，用手划定了一个范围，道："这些作物的产出都归我，怎么样？"

叶辰估量了一下周步初划定的范围，发现大约有三分之一，脸顿时一绿。

"我和应龙两人份，我们饭量大。"周步初怕他不同意，忙道，"你可以再种这么多的作物，我都照顾得过来。"

这些灵气作物是受叶辰的神农血脉影响，才能在冰天雪地中保持着十倍的生长速度，没有叶辰帮忙，周步初自己种，不仅种不出有灵气的作物，还远远不会有这么高的产量，所以他就算用帮叶辰料理两个这么大的菜地来换这些菜也是赚。

叶辰默默地估算，觉得自己也不亏。

可以扩大一倍的种植面积自然再好不过，叶辰目前利用拍戏空闲时间只能顾得了这么大一块菜地，再大，他打理不过来。

"农活儿我也得干一部分，不能全交给您，种植过程没有我参与的话，作物长得慢。菜地里有什么需要干的活，我前一天晚上发给您，没让您做的，就是我准备自己来的。按种植面积扩大之后算，一天让您工作一个多小时，最多不超过两小时。"叶辰计算着周步初的工作量，道，"然后您……再负责帮我挖一千五百个植树用的坑，行吗？"

剩下五百个树坑，叶辰打算自己慢慢挖，毕竟不好全推给别人干。

和钱无关的事，周步初倒是答应得相当爽快："行。"

反正他有的是空闲时间。

"那……"叶辰朝周步初的底线伸出一个脚尖，"您会卖菜吗？"

他估计貔貅卖菜应该会比他卖菜卖得好，才有这一问。

周步初眸子一亮，似乎听到了什么有趣的事，反问道："只要我想卖，什么卖不出去？"

叶辰揣摩他的表情，觉得他好像还挺喜欢这种能沾钱的工作，遂道："那您能一周去一到两次早市，帮我把多余的菜卖掉吗？"不待他回答，叶辰抢先强调道，"但是，卖菜的钱，您得给我，行吗？"

周步初一听钱要给叶辰，脸顿时一板，道："钱到了我的手，哪还有给出去的道理？"

叶辰喉头一哽："属于别人的钱，也不还回去吗？"

周步初脸色煞白，按着胸口，一屁股坐在地上，憋出一脑门的虚汗。

"周叔？"叶辰小心地碰碰他，"您怎么了？"

"我不行了，你让我缓口气……"周步初手软脚软地往后蹭了一段距离，靠在叶辰的灵气苹果树上，惨白着脸，伸手在地上划拉两圈，摸到一个掉在地上的苹果，拿起来啃了一口，气若游丝道，"我想象了一下我把这么一沓钱白给你的画面……那么厚的一沓钞票，我就这么白给你，你也不说还我个四合院……"

废话！叶辰磨牙，一天的卖菜钱想买四合院？！

"那卖完菜，现钞您留着，给我手机转账呢？"叶辰在周步初的底线上方反复跳着，"会不会好一点？"

"你别说了！"周步初猛地捂住耳朵，"我脑子里又有画面了！"

见周步初只进不出到此等地步，叶辰瞬间打消叫他帮忙卖菜的念头，这要是他卖完菜就把菜款扣下，叶辰打又打不赢，抢也抢不过，更没脸报警，怕是只能带着满腔悔恨跳井。况且，他每天来帮忙干农活儿和挖树坑，也对得起叶辰给他的菜了。

我也不是什么得寸进尺的人。叶辰想。

有人帮忙侍弄菜地了，叶辰果断扩大种植规模。这几天他起早贪黑，加种了二十几排蔬菜，又将苹果树与梨树都补种到十棵，还在备忘录上详细写明不同作物的日常照料方式，用微信一股脑地发给周步初，并每晚临睡前给他发第二天的工作计划。

用小高的身份证申请的网店已通过审核，叶辰本想叫周步初帮忙采冬绒花，好做冬绒花枕挂在店里卖，可五只神兽崽崽自告奋勇要揽下摘花的工作，考虑到他们个子矮，做这个比成年人轻松，叶辰就放他们去了。目前每天是四只崽崽拖着麻袋摘花，一只崽崽搜集草种，这样一来，下次落雪时，叶辰就可以再种一些冬绒草了。

周步初定报酬时没看到叶辰养在西厢房的鸡，只要了蔬菜水果做报酬。考虑到新买的小母鸡苗也陆续成熟开始下蛋，每天鸡蛋的产出量不小，叶辰主动提出每天送些灵鸡蛋给应龙补身体。周步初欣然接受，本着做生意有来有往的原则，主动揽下了偶尔在四合院给六个神兽宝宝做饭的工作——主要是在叶辰拍戏忙或身边有凡人走不开时。

第 七 章
和死神擦肩而过

距叶辰戏份拍完还有最后一周时间，叶辰担心自己离开剧组沈默风吃不到合口味的食物，就用灵气蔬菜腌了一小坛嫩黄瓜以及一小坛胡萝卜与白萝卜混合而成的腌萝卜。腌菜清脆爽口，酸辣微甜，每天清早从坛里各捞一些出来切成丁，翠青、橙红、脂白三个颜色，又好看又下饭，早晨让小何用这些腌菜哄着沈默风喝一碗大米粥想必不成问题。

叶辰把腌菜坛放好，用围裙擦擦手，又去做其他的准备。

"辰辰……喀！喀喀！"傍晚，沈默风按惯例来蹭饭，甫一推门，就被扑面而来的辛辣油烟味呛得夺门而出，扶着膝在院里好一通猛咳。

"沈哥！"叶辰把锅里的东西装进大碗，忙追出去，扯了口罩，露出一张被灶火熏红的脸蛋儿，歉然道，"没事儿吧？我炒干辣椒呢，忘记提前告诉您一声了……"

"没事儿，"沈默风直起腰，"这有什么好提前告诉的……眼睛怎么了？"

"就是辣的。"叶辰的眼结膜有些敏感，被辣椒刺激得眼泪汪汪。他用力眨眨眼，去缸里舀一瓢清透的井水，用手掬着水冲眼睛。

沈默风默不作声地递去纸巾。

叶辰拭去脸上的水珠，面颊红扑扑，眼眶也微微泛红，内里还噙着一抹水光，特别招人欺负。

沈默风定了定神，问："炒干辣椒干什么？"

"想给您弄一罐芝麻辣椒油，可以直接拌面吃的那种。"叶辰自觉万分"狗腿"地仰脸一笑，"我怕我一走，您又不好好吃饭了。"

沈默风伸手讨要叶辰的口罩："口罩给我，我来炒，我眼睛不怕辣。"

"别！"叶辰惊悚，大实话脱口而出，"好不容易晾晒好的干辣椒，您再给我炒煳……嗯，那个……怕您让烟呛了，这几天好不容易养好一点的。"

沈默风面无表情地看着他。

叶辰神色狡猾地与沈默风对视片刻，自知对他的厨艺的嫌弃已暴露得无法挽回，索性闭嘴，一抬胳膊，双手按住他的胸口，轻轻推着他往后走。

沈默风垂眼看着叶辰，任由他推着自己一步步后退，片刻前平直的嘴角翘了起来。

沈默风退到农舍门口时，叶辰贴心地提醒道："小心门槛。"

"……"沈默风无奈，扭头乖乖地跨过门槛。

"您先回去休息，饭好了，我发微信叫您。"叶辰说着，农舍大门"砰"地合上了。

一秒钟的安静后，门后传来落锁声。

被扫地出门的沈大少爷不可置信地愣怔片刻，笑了。

沈默风走了，叶辰回厨房，把煸香的干辣椒倒进从小何那蹭来的料理机，打成辣椒粉，再倒进大碗，又撒上一把碎玉般饱满莹润的白芝麻。待他做完这些，锅里的菜籽油已烧开，各色香料在油中雀跃、翻滚。他将滚油倒出，去掉香料，稍作冷却，随即舀起一勺，浇到盛着辣椒粉与白芝麻的海碗里，伴随着吱啦吱啦的细微响声，辣椒与芝麻侵略性极强的香气也破开热油表层的气泡，逸散到空气中。

一大碗辣椒油做好，叶辰简简单单地下了两碗面条就叫沈默风来吃饭，这是因为他想试验一下灵气辣椒油的威力。

那辣椒油稍稍沉淀了些，辣椒粉大半堆积在碗底，唯有大片的白芝麻如雪般浮在亮红色的油面上，很是诱人。舀一大勺倒进面里搅一搅，趁热吃上一口，鲜辣的椒油香顿时霸气地鞭笞起味蕾，一口咽下，后背便激出一层薄汗，一碗平平无奇的素面条在灵气辣椒油的加持下堪称顶级美味。两人相对而坐，只隔着一张小炕桌的距离，却吃得谁也顾不上说话。席间只有叶辰细微的抽气声，是被辣的，舌头痛得厉害，可越辣越想吃。

"吃得出汗了。"沈默风轻轻呼出一口气，用纸巾拭去额角的汗，一笑，"挺好，吃热乎一点，不然晚上那场夜戏要遭罪。"

叶辰深以为然："想想都冷……"

待会儿这几场都是他和沈默风的对手戏，今晚降温加刮风，天寒地冻的，戏服又薄，简直是燃烧生命在拍戏。

"暖贴还有吗？"沈默风身子一斜，望向墙角的空纸箱，不待叶辰回答，便道，"我让小何再给你送一箱过来……多贴几块，反正你瘦，看不出来。"

赚了一箱暖贴，叶辰美滋滋："谢谢沈哥。"

"不用谢。"沈默风微笑着看他，说的是责备的话，语气却纵容，"你跟你那助理也是……大冬天进山里拍外景，连暖贴都想不起来备着。"

叶辰乖巧道："以后记得。"

按目前的种植规模，以后应该就买得起了！

…………

饭毕，当晚的拍摄任务开始。

陈靖安要求在拍摄这几场夜戏时月光要足够皎洁，而剧组现有的灯光设备无法营造出令陈导满意的效果，因此，剧组特地从市内调来一辆大吊车，利用吊臂将光源抬到离地面足够高的位置，来制造出月光皎洁、普照大地的效果。

叶辰与沈默风做好造型，站在拍摄场地外，与陈导敲定最后的细节。

山坳中凛冽的北风吹得人脸疼，风穿过叶辰身旁萧索的大树的树冠，发出飒飒声。

这是再平常不过的一次拍摄，叶辰听陈靖安讲话时，有一点心不在焉，回手按着贴在背上的暖贴，怕边边角角翘起来影响观感。沈默风站在他一米开外的对面，瞥见他的小动作，还冲他笑了一下。

一切都很寻常，直到变故陡然发生。

这场变故来得很突然，也没征兆，或许是片刻前这一股格外凛冽的风破坏了某种微妙的受力平衡，或许是不甚牢固的冰壳终于无法承受更多的重量，又或许两者皆有……总之，夜幕中某个被调来干活儿的庞然大物忽然毫无预兆地、缓慢而静默地朝左侧倾倒而去，那沉重的钢铁吊臂带着顶端璀璨夺目的光源，以一种危险而蠢笨的姿态沉沉地倒下去。

空中的光源落向地面，在急速的光影变幻间，吊臂轰然砸向叶辰身侧的大树。清脆的木头断裂声近在咫尺，他仰起脸，白净的脸蛋儿迅速被树干逼近的阴影覆盖。

……我是在拍《死神来了》吗？！

叶辰想躲，可已来不及，然而就在这时，他被谁猛地撞了一下，又被那人压着仰面躺倒在雪地中。

沈默风爆了句粗口，额角青筋暴突，两条肌肉紧实的手臂死死地撑住地面。被断树砸到的一瞬，他的上半身猛地向下一沉，胸口与叶辰的胸口只隔着几厘米的距离，他承受了树干全部的重量与冲击力，一双手臂颤抖得厉害，眼睛亮得灼人。

事情发生得太突然，因此，叶辰没有留意到，在树干接触到沈默风时，他的周身隐隐亮起了一圈微光，又迅速地消失了。

好在工作人员反应很快，连上了年纪的陈导都在第一时间冲上来搬树。沈默风硬撑了没几秒，背上沉重的负荷便忽地一轻。他立即卸去支撑着双臂的全部力量，沉沉地压在叶辰的身上，鼻尖抵着叶辰的肩膀，剧烈地喘着气。

"沈哥？"叶辰失声大叫，"你没事儿吧？！"

"没事儿，"沈默风居然还笑了一声，只是那笑声被叶辰身上的衣料阻拦着，听起来有些沉闷，"小点儿声，震耳朵。"

四周传来嘈杂的尖叫呼喊声，有人嚷着开车送医院，叶辰魂魄勉强归位，颤声问："你能动吗？脊椎有事吗？砸在哪了？"

被重物砸到后背是相当危险的事，别的还好，万一砸坏了哪截脊椎，说不定后半辈子就站不起来了。

"哪都没事儿。"沈默风用下巴轻轻蹭了蹭叶辰的肩膀，但那动作幅度很小，小得令叶辰怀疑只是自己的错觉，"不怕。"

这时，有人来搀扶沈默风，他没拉对方的手，只用左手撑地，右手悬在身侧，摇晃着起身。

叶辰毫发无伤，也站了起来，直直地盯着沈默风似乎不太方便的右臂，哑声道："沈哥，你的右手……"

"用力过猛了……没事儿。"沈默风一笑，容色淡定。

还有几个工作人员也被刚才的意外波及而挂彩，幸运的是没有重伤和死亡，现场一片混乱。沈默风很快被急红了眼的小何、小刘一左一右搀扶着上了轿车，坐在后排的座位上，叶辰也急忙追过去，抬脚就上了车。

"你回去。"沈默风皱眉，一反常态地撵人。

"我也去。"叶辰雪白着脸，"我帮您跑腿。"

"进来，进来，辰哥！抓紧时间！"小何不知道沈默风磨叽个什么劲，急忙招呼叶辰上车。

"你……"沈默风寒着脸，还想说什么，叶辰却坐进来了。

小何一脚油门踩下去，副驾驶座上的小刘火速导航最近的大型医院。

"烟。"片刻的安静后，沈默风踢踢副驾驶座的椅背，"来一根。"

他和叶辰身上都是戏服，没地方揣烟。

小刘在身上摸索几下："只有黄鹤楼，行吗？"

是小刘自己抽的烟，档次普普通通。

"随便。"沈默风的语气隐隐透出些暴躁，额角沁出细密的冷汗，纵是小朋友在旁边看着，也绷不住了，嘶声道，"……太疼了。"

小何焦躁地骂了一句，油门踩得更快了。

叶辰听他说疼，眼眶蓦地红了。

"你别开那么猛。"沈默风左手接烟，低声安抚助理，"顶多就是骨折……可能还没折，我自己有数。"

见小何踩油门势头不减，沈默风也不避讳，懒懒地道："雪道这么滑，待会儿再出场车祸。"

真出了车祸，沈默风也知道自己九成九不会有事，可另外三个就难说了。

小何脸都绿了，欲哭无泪地放慢速度。

那边沈默风已将自己这侧的车窗摇下三分之一，狠吸一口烟，脸一偏，那蛛丝般的白雾就尽数被风刮到车外去了，额角的冷汗被风吹干，又飞快地沁出薄薄一层新的。

他也不想在坐了多人的车里抽烟，太没素质，可这会儿右肩疼得他脑子发木，不借尼古丁稍微麻痹一下痛觉，想维持平静的模样太难了。

而平静的假象是必须要维持的……"遇事不慌，顶天立地"，包袱三吨重的沈默风镇定地吸取着尼古丁。

叶辰本来耷拉着脑袋，趁沈默风扭头往窗外吐烟的当口，匆匆抬手抹了把眼泪，随即仗着车里光线暗，转过脸，郑重地向沈默风道谢："沈哥，谢谢您救我，要不是您……"他本想再多说两句，喉头却哽住了，他不想被沈默风听出来，急忙收声，侧过身，降下自己这边的车窗给车里通风，又默不作声地低着头，伸长胳膊去关沈默风那侧的车窗，怕沈默风着凉。

沈默风却趁叶辰伸手来关车窗，用左手不轻不重地钳住他的手臂，随即叼着烟微微弯下腰，歪着头，借月光窥探他的脸，低声问："你怎么了？"

"没……"叶辰下意识地扭头。

"转过来。"沈默风道，声音很轻。

叶辰老老实实地转回去，脸上的水痕在月光偏转过某个角度时明显得晃眼，根本藏不住。

沈默风眼皮微微一抬，嘴角翘了起来："这就……"

怕助理听见，害得叶辰难堪，他咽下后半句话，松开叶辰，用左手从储物盒里胡乱地抓出一把纸巾递过去，又碰碰副驾驶座的椅背："我手机。"

小刘连忙掏出手机给他。

沈默风用左手慢吞吞地给叶辰发微信消息："真没多大事，别哭。"

叶辰擦干眼泪，恍恍惚惚地把剩下的一沓面巾纸塞进戏服袖口。

他这下不是故意的，纯粹是蹭出条件反射了……

"……"沈默风提醒他，"看手机。"

叶辰上车前顺手从小高那拿了手机，一直放在腿上，闻言忙拿起来看。

片刻后，叶辰打字回复："对不起，沈哥，都是为了救我，我如果反应快点就好了，真的对不起。"

沈默风单手打字："说谢谢就够了，救你不是为了让你内疚，也别胡思乱想，没有如果。"

叶辰垂眸，攥紧手机，眼圈又是一阵发热。

他其实不爱哭，或许是因为眼泪早就在爹不疼、娘不爱的童年流干了，他性格虽软，内里却是乐观坚韧的，极少掉眼泪，连一夜暴穷的巨大打击都只是让他仰天长啸了几声加像咸鱼一样瘫了一下午，第二天就打起精神开始研究农药、化肥哪家强了。

可他扛不住别人对他好。

自从爷爷奶奶相继过世后，他好像就没再体会过这种被人爱护的感觉了：粉丝固然喜欢他，可毕竟隔着屏幕；经纪人、助理照料他，只是履行工作职责；艺人之间表面交好，实际都是塑料兄弟情，入圈两年不到，他吃过两次亏了；神兽幼崽们倒是真的把他当亲人，个顶个贴心懂事……可他自己也不过才十九岁，他的同龄人大多数还舒服地蜷在父母的羽翼下，在象牙塔里读书，他却要扛起这么多繁忙、琐碎的事务，还有那么多小朋友要照顾……

最要命的是，他甚至不敢和人抱怨吐槽，唯恐泄露天机。

所以，当生活第无数次对倒霉的辰辰下黑手时，有人挺身而出，为他挡了一下，他的情绪就忽然压不住了。

沈默风不只救他免于重伤或死亡，还在精神的层面上安抚了他，即便是相当短暂的一瞬，但在那一瞬，沈默风为他背负了所有的重量。

叶辰攥紧拳头，咬紧牙关，心绪激荡不已。

沈哥真的太好了……

叶辰无处发泄这股汹涌的情绪，只好埋头打字，拼命表达从此愿为沈默风门下走狗的忠心："我知道了，沈哥，那些话，我以后不说了。这次真的真的特别感谢您，您以后有什么地方用得上我的，就和我说，千万别客气，只要您一句话，让我干什么都行。"

叶辰见沈默风又要用单手艰难地回复，出声劝阻道："您要不要让手休息一下？怎么样才能让您稍微不疼一点？”

沈默风抬眸扫了眼前面的两个助理，也出声回应，口吻正派得宛如新闻播音员：“不用，和你说话分散一下注意力，就没那么疼了。”

语毕，他埋头打字：“右肩膀疼，过来给我吹吹？”

这伤……吹能管用？叶辰盯着手机屏幕僵硬了一秒，虽觉得他沈哥只是又在调皮罢了，但还是乖乖地解开安全带，一拱一拱地往沈默风的方向蹭过去，抬手去解沈默风的领口。

沈默风全程不可置信地看着他：“你……信了？”

叶辰意料之中地缩手，蹭回去系好安全带，嘟囔道：“其实也没真的信。”

沈默风这回彻底不在乎肩膀的疼了，况且那疼也确实没之前剧烈了，他把两条长腿一叉，吊儿郎当地用膝盖撞撞叶辰的膝盖，道：“没信……还这么听话？”

叶辰“狗腿”地一点头，再次向大哥表忠心：“嗯，刚和您说的……‘让我干什么都行’，没骗您。”

沈默风救过他一命，说是他的再生父母也不夸张，从今往后，只要沈默风一句话，让他上刀山下火海，他也肯，何况沈默风只是开个玩笑逗逗他。

“放会儿歌。”沈默风吩咐小刘。

小刘不是很能理解沈默风怎么会有听歌的心情，但还是乖乖地按下车载音响的播放键。

仗着有音乐掩盖自己的说话声，沈默风逗起叶辰来，问：“都这么晚了，去处理完肯定得住院，你留在病房给我陪床，行吗？”

叶辰不假思索：“好。”

沈默风口吻严肃地开始调查：“你这陪床的……睡觉打呼噜吗？”

叶辰老实地答：“不打，您放心。”

沈默风含笑问："那踹被子吗？抢被子吗？"

叶辰茫然但认真地检索着记忆："应该是不怎么踹，抢被子……我……"他窘迫道，"我也不知道抢不抢。"

沈默风忍住笑，强作一本正经道："那睡相老实吗？别一睡着就滚来滚去的，万一碰着我的石膏、固定板什么的，医生就白治了。"

"……"叶辰小心翼翼地提出质疑，"护工和病人应该不是……睡一张床吧？"

"万一病房里就一张床呢？"沈默风问，"睡相好不好，问你话呢。"

"不会只有一张床的。"叶辰在医院照顾过爷爷，知道陪护人再怎么也不至于和病人睡在一起，他不明白沈默风这么纠结自己的睡相干什么，但本着"再生父母大过天"的原则，他还是一板一眼地回答，不敢糊弄，"我的睡相还行，胳膊、腿挺老实的，但是睡不踏实的话，可能翻身比较多……您放心，没地方的话，我就睡走廊，不能把您碰坏了。"

沈默风被叶辰乖巧的样子逼得一时心魔丛生，恶劣地想从他口中逼出一个无奈的"不"字来，遂佯作骄横跋扈，道："我如果要住院，你就把你过段时间的通告都推了，违约金我帮你付，怎么样？"

叶辰先是诧异地张了张嘴，又觉得沈默风九成是在开玩笑，斟酌几秒，轻轻一点头，道："行。"

沈默风揣摩着叶辰的神色，心知玩笑开得太假，被小朋友识破了。

沈默风正想换个高明些的问题，叶辰却先一步坦白道："我知道您是开玩笑的……"

叶辰偏过脸看他，眼神干净："但您就算真的让我推掉通告，我也愿意推。"

一来叶辰刚说完为了沈默风，什么都愿意做，不能扭头就食言；

二来，还清一个多亿前，他的演艺酬劳到手就蒸发，这多少让他生出些债多不愁的消极心态，还没有赚实打实的一点卖菜钱来得积极。

"你愿意什么？"沈默风又是心软，又是恨铁不成钢，"不无故违约是原则，我让你推的也不行。"

叶辰与他对视一眼，也不知从哪里借的胆，不太服气地小声道："我没无故，我有故……"

沈默风静静地盯着叶辰。

叶辰顶完嘴，秒怂，尴尬地扭头看窗外。

沈默风低声道："还顶嘴？说'不行、不愿意'。"

再生父母之命不可违，叶辰老实地听令，嘟囔着复述道："不行、不愿意。"

让说什么就说什么……

两个小时后，几人赶到最近的大型医院。

车一停，叶辰就迅速蹿下车，先助理一步绕到沈默风的车门边，帮他开门，一只手搀着他没受伤的左臂，一只手挡在车门上沿防止他碰到头。

沈默风下了车，叶辰又用葫芦娃搀爷爷的谨慎姿态搀扶着他往医院的大门走。

来的路上，小刘叫来几个保镖和临时助理提前等在要去的医院门口，怕待会儿记者蜂拥而至造成秩序混乱。那几人见沈默风来了，纷纷毕恭毕敬地迎上前来，生生营造出了一种七个葫芦娃簇拥着爷爷的阵势。

"都离我远一点儿，"沈默风被簇拥得暴躁，面露嘲弄道，"我还没七老八十呢，用不着这么多人照顾我。"

叶辰闻言，瞬间移开消失。

"……"沈默风盯他一眼，稍微好点的肩膀又被气疼了，"你回来。"

小朋友过于听话也是个问题。

剧组送伤员的车陆续抵达这家医院，有的比沈默风早到，有的紧随其后，挂号大厅与缴费窗口闹哄哄的，到处都是剧组的熟面孔。小高也跟着另外一辆车来了，他受小何的委托去沈默风的房间找了些可能用得上的东西带过来，还给叶辰带了换洗衣服、充电宝和身份证。有零星几个消息灵通的记者也已闻讯而至等在挂号大厅，见目标出现，立刻不管不顾地围上来采访沈默风，结果全被保镖和助理挡开了。

沈默风进检查室拍片子，叶辰抓紧时间溜进洗手间换上常服又简单地卸了妆，准备等一下接受娱记们的狂轰滥炸。他整顿完毕后，走出洗手间还没五步远，就被一群记者揪住了。

"请问这次事故的原因是？"

"剧组的安全防护是否存在漏洞？"

"沈默风的伤势怎么样？他的右臂好像活动不便，会对接下来的拍摄造成影响吗？"

"请问他是怎么受伤的？"

叶辰只回答了几个不痛不痒的问题，对可能会惹事的敏感问题只字不谈，可沈默风受伤的原因，他不能保持沉默，即便抛开个人情感的因素不谈，沈默风因救他而受伤，他却在接受采访时一口一句高冷的"无可奉告"，这在将来保不齐会被人拿去做文章、大肆指责。于是，他模糊掉可能会招来麻烦的事故细节，只表达了一个沈默风是为救他而受伤的意思，并在众媒体前对沈默风表示了感谢。

这时，剧组的负责人也赶到了医院，记者们一哄而散，纷纷将炮口对准负责人。叶辰趁机跑走，回到检查室门口时，沈默风碰巧拿着 X 光片的结果出来，两人被前呼后拥着去找医生看片子。结果是骨头没有受到任何损伤，只是肩关节脱臼，医生给沈默风做了牵引，让关节复位。牵引治疗过后，疼痛感立刻轻了不少，只是沈默风仍然不大敢活动右肩，他的右肩上有大片青紫瘀血，虽说骨头和关节都没问题了，但活动仍然受限。

无论如何，骨头没问题总归让叶辰的心理负担减轻了一些。

至于沈默风，他在拍片子之前就知道大概率不会出现严重的问题。

因为他有一个秘密。

但这个秘密的保密级别过高，以至于连身为秘密持有者的他本人都不甚明确其中的细节……

沈默风只知道从自己很小的时候起，家中的祠堂里就一直珍而重之地供奉着一个空白的牌位。他的父亲沈廷每天会将一日三餐亲手端进祠堂，放在空白牌位前。

逢年过节，沈廷都会在牌位前祭拜，自沈默风记事开始，沈廷送饭与祭拜的行为几乎风雨无阻。

沈默风记得幼年时母亲因为此事与父亲争论过许多次，可父亲一直语焉不详，无论被如何逼问，也不肯说出空白牌位供奉的是谁。后来沈廷下海经商，生意一路顺风顺水，越做越大，沈母张钰洁渐渐也就不再纠结于空白牌位的问题。她默认了祠堂中为沈廷带来财富的神秘存在。

沈默风幼年时也出于好奇追问过关于空白牌位的秘密，沈廷向来守口如瓶，一碰上这个问题就像哑巴一样沉默。只有那么一次，他或许是被喋喋不休的小儿子问烦了，忽然毫无预兆地一拍桌，扭头冲幼年的沈默风怒吼道："我跟你讲了，你就是窥探天机，就要折寿，就要少活十年！你愿意少活十年吗？！小孩子家家，哪来那么多问题？！"

年仅五岁的小沈默风："……呜……"

自那以后，沈默风再也没问过那个问题。

但他能感觉到一些异状。

譬如说……沈廷老得很快。

沈默风出生时，沈廷二十四岁，如今沈默风二十六岁，沈廷也不过刚到五十岁，可纵使他每日五花八门的名贵保健品不离口，按摩、健身、田园疗养统统不落，私人健康顾问请了一个又一个，还专程飞去国外打一种几十万元钱一针、据说能延缓衰老的新型尖端药物，但他如今看起来也像是个六十来岁的人，与保养得当的张钰洁站在一起时，那反差更是……令人看了就难受。

再譬如说……沈默风总能化险为夷。

幼年与念书时的磕磕碰碰姑且不提，沈默风从十九岁出道到现在，为保证拍摄效果，极少使用替身，大伤小伤受过几次，可每次遭逢灾厄，他都能隐约感觉到冥冥之中有什么在庇佑着他，那是一股货真价实的保护的力量，绝非幻想。

沈默风确认这一点，因为他并不迷信，不仅不迷信，在叛逆期时，还因为父亲的神神道道而对这类事情极为厌恶、抵触。十五岁时，他甚至跟当时在他眼中迷信得可怕的沈廷掀过一次桌子，可后来，随着经历的事多了，他不信……也得信。

那是二十一岁的某一天，沈默风在拍一场骑马戏时因意外坠马，当肋骨被跌倒的马匹结结实实地压住时，他清晰地感觉到了那股神秘力量的庇佑。这是他有生以来遇到的最严重的一次意外，也是那股庇佑的力量最强大、最不容置疑的一次出现。

当天晚上，沈默风揉着仅仅被砸青的肋骨，灰头土脸地走进沈廷的书房，为他十五岁时掀翻桌子的行为向沈廷道歉。

从此，他不仅不再试图窥探祠堂中的秘密，甚至都不会试图去推理、去思考。

有些东西，是不能被他知道的。

祠堂里那个空白牌位……"真香。"

剧组另外几个受伤人员的受伤过程看起来都没沈默风惊心动魄，却一个个都伤得比他严重，最后倒是他像没事儿人一样第一个出院了。小何拎着一袋跌打损伤药，和几个保镖一起阻挡潮水般冲过来的娱记。

几人坐回车里时已是凌晨两点，急需找地方过夜休整。小何把车子开出包围圈，小刘则搜索起离这里最近的五星级酒店。

叶辰坐在小轿车后排中间，紧挨着左边的沈默风，不太自在地朝右边偏过脸，看看混乱中跟着他挤上车的小高。

小高回之以无辜的注视，小声地问："辰哥，我们今天晚上去哪住？"

"呃……"叶辰的穷鬼组合U全速运转起来。

他跟过来时，满脑子都在担心沈默风，还真没想过今晚住宿的问题。

叶辰和沈默风同为艺人，各自带助理去酒店住宿，在这种情况下，没有道理让沈默风承担叶辰和他助理的住宿费用，肯定是各自负责自己与助理的房费，而小刘找的那家酒店，一宿两千多元，两间房就要五千元……

……找家二十四小时营业的KFC蹭座怎么样？还亮堂。叶辰用饱含信息的复杂目光凝视着小高，企图用心电感应与他交流。

"和我们住一家酒店吧，别折腾了。"车内的安静大约只持续了三秒，沈默风无比自然地吩咐小刘，"多订两间房。"

叶辰下意识地推拒道："不用，不用。"

"一家酒店，一起订了不是很方便吗？"沈默风轻描淡写地一笑，

"正好你过来帮我上上药，他们两个手重……小刘，订完了吗？"

"订完了。"小刘道。

大局已定，叶辰紧绷的肌肉略略放松下来，局促道："谢谢沈哥。"

"不客气。"沈默风应着，不动声色地偷瞄叶辰身上的衣服。

他最近对叶辰颇为关注，前几天在网上偶然翻到一个关于叶辰的帖子，就看了看。

那也不算什么黑帖，楼主大约是出于有趣的心理，整理了叶辰近来几个月的私服着装，帖子名叫《叶辰究竟是有多喜欢这几件衣服啊》。

看完这个帖子，沈默风发现叶辰不仅喜欢穿旧款，而且连旧款的数量也少得奇怪。他刚出道时的衣服居然前两个月还穿过……而且，这只是粉丝从各种娱乐新闻中扒出来的照片。沈默风这两个多月与他几乎天天见，仔细一回忆，这个问题就暴露得更明显了。

叶辰似乎是在一个季节里把几套好衣服轮换着穿的，至于墨镜，永远都是 Prada 的那一款。

沈默风想起之前无意间偷听到的电话，叶辰在电话里说他为了进娱乐圈与家人闹翻，沈默风当时隐隐有些担心，只是也不好过问别人的家事。他自己当年为了演戏而拒绝继承家业时，也被父母切断一切经济来源。他还记得自己被父亲一脚踹出家门时的惨状，那时他口袋里一毛钱都没有，银行卡也全被冻结了。

好在他朋友多，听闻沈大少爷虎落平阳露宿公园被流浪狗欺，那帮二世祖纷纷乐颠颠地向他施以援手。一定要说的话，他那段时间过得比在家还滋润。况且，叶辰与当年的他还不一样，叶辰正在走红，此前也接过不少工作了，以常理推测，叶辰能穷到哪去呢？

可现在沈默风不大确定了。

说不定……叶辰连一件几万块钱的衣服都舍不得买？

而方才叶辰在订酒店时的犹豫，也令他的疑虑更甚。

车子驶达酒店，叶辰下车，一抬眼就瞥见车顶上粘着个小圆球，定睛一看，竟然是混沌宝宝跟过来了。

为了不被风吹落车顶，混沌宝宝将四只稚嫩的翅膀紧紧地敛住贴在身上，胖嘟嘟的身体用力地趴成一个扁扁的椭圆球，以扩大身体与车顶的接触面积，粘得更稳一些。

叶辰记得在医院下车时没有看到混沌宝宝，心想他大约是跟着剧组其他的车过来，又在医院"换乘"了沈默风的车。

叶辰怕露馅，匆匆别开视线，混沌宝宝轻盈地飞落到他的肩上。

周围都是凡人，自己又连一个神兽小伙伴都没有，混沌宝宝不敢乱动，也不敢吭声，圆团子紧张得发慌。叶辰装作掸肩上的灰，用手指轻抚他以示安慰。

神兽宝宝们一定是见到小高回房间收拾东西，猜出叶辰今晚临时有事，担心他行动不方便，才会派混沌偷偷跟车过来的。

这小毛团一路上也不知道有多么担惊受怕……叶辰想着，有些心疼，但也心暖。

开好房间，叶辰一进屋，在路上憋坏了的混沌宝宝就迫不及待地扑扇着小翅膀飞起来，"咕嘟咕嘟"叫个没完。

叶辰一笑，把小毛团捉住，用面颊用力蹭了蹭，温声道："跟了这么远，累坏了吧。"

混沌宝宝上下飞旋，表达点头的意思。

叶辰给混沌宝宝轻轻挠了三分钟后背——也不排除其实是前胸的可能性——以资鼓励，混沌宝宝惬意得扁成一片，发出轻柔的咕噜声，活像一只慵懒的橘猫。奖励时间结束，混沌宝宝在空间中画出混沌印记，连通酒店房间与四合院。

神兽宝宝们每天吃灵气作物，发育得很快。在直径又增加了一厘米后，混沌宝宝的能力也随之增长了，目前可以支撑四道混沌印记同时运转，连接酒店房间与四合院的印记边缘散发着珠白色光晕，连接着片场与四合院的印记边缘则是浅金色——只要有混沌在，叶辰目前可以做到在三个不同的地方之间穿梭。

混沌飞回去给小伙伴们报平安，叶辰本着尽量不给地球母亲加重负担的原则，将酒店赠送的新牙刷、新梳子、洗发水、沐浴乳运回四合院存起来，又把农舍房间里的旧牙刷和硫黄皂拿过来用。

整顿完毕，叶辰怕沈默风洗漱不方便，不放心地溜去他的房间，问有没有什么要帮忙的。

给叶辰开门前，沈默风正在好端端地洗手洗脸，闻言，一秒化身偏瘫老父，用左侧身体倚着墙，玩笑道："什么都需要帮忙了，怎么办？我左手用不习惯。"

见叶辰欲开口，沈默风补上一句："小何他们帮我买东西去了。"

"那我把洗漱用品都拆开，牙膏帮您挤好，"叶辰条理清晰，分寸不乱，说着话就往浴室里进，"再帮您脱衣服、调水温，洗澡您可以自己来吧？"

沈默风跟在他的后面，声音很低："来不了，你帮我？"

"洗澡您单手应该可以。"叶辰一窘。

沈默风耍无赖："那搓背呢？"

"那您要搓背就喊一声，我帮您。"叶辰爽快地应下。

救命恩人手不方便，帮忙搓个背有什么好推辞的。叶辰想着，一身正气凛然。

"……开玩笑的，"沈默风看他一眼，用右手拿起牙具，"不动肩膀就不疼，手没影响……等我洗完澡，你来帮我擦药。"

"好。"叶辰乖乖地应着，把盥洗台上洗漱用品的包装纸搜罗干净，丢进纸篓，也回房洗澡。

二十分钟后……

洗漱完毕的叶辰穿上浴袍，屁颠屁颠地跑去履行擦药小弟的职责。

他进房时，沈默风也是刚巧洗完澡，腰上围着一条浴巾，两条修长、精瘦的小腿从浴巾下摆露出来。沿着那双小腿一路往上，是他在私人健身教练的指导下精心雕琢出的一身肌肉，那肌肉强壮却毫不粗笨，兼具美感与力度，两块鼓胀得恰到好处的胸肌随着呼吸缓缓地一起一伏，腰身则细而结实得像头猎豹。

他嘴里衔着一根橡皮筋，左手将脑后半干半湿的头发抓成一条小辫，额发则自然垂落，遮住少许英俊的眉眼。他这副模样的吸引力是致命的，仿佛他眨眨眼，都会从睫毛上抖落些许荷尔蒙的粉末，并让它们"噗"地逸散在空气中。

那是一种侵略性极强的雄性美。

"帮我。"沈默风道。

叶辰忙接过橡皮筋。沈默风转身，叶辰去接替他攥着头发的左手，目光一转，一片狰狞的青紫色猝不及防地撞进眼底。

"您肩膀这全青了。"叶辰小声地说着，帮沈默风扎头发。两人离得很近，他也不知是被沈默风身上的伤惊到了，还是怎么，心脏忽然猛跳了几下。

沈默风懒懒地"嗯"了一声，满不在乎的样子。

"扎好了，您……您去床上躺……趴一下？"叶辰忽然变得笨嘴拙舌，一句话磕巴两次，和周步初你来我往、互抖机灵的贫嘴劲儿也不知道飞哪去了。

沈默风偏过脸，斜他一眼，嗤笑："舌头怎么捋不直了？"

"我也不知道。"叶辰抹了把脸，也是挺蒙。

沈默风走到床边趴好，叶辰跟着爬上床，跪坐到沈默风的边上，床垫随着他的挪动上下颤个不停。

叶辰拧开一盒跌打损伤膏，挖出一坨，极小心地在沈默风的肩上涂抹。房中静了片刻，沈默风忽然开口道："再不到一个月就是春节了。"

"是啊。"叶辰恭顺地应着。

沈默风用闲聊的语气道："春节排通告了吗？"

叶辰回忆了一下，道："没，能歇几天。"

"春节怎么过？"沈默风不动声色地问，"回家陪父母？"

"我不用回家，就在这。"叶辰道，"自己过。"

他说这话时，语气带着笑意，并无沈默风想象中的落寞。

"不是本地人？"沈默风又问，"父母离得远？"

叶辰飞速翻出脑海中的人物小传，查阅片刻，秉承着"用最少的假话撒最圆的谎"的宗旨，道："不是本地人，父母都在老家，我一个人在这边。"

都是大实话。

沈默风慢条斯理地问："不是京海本地人，但是在这边买了房子？"

"嗯，对。"叶辰斟酌着撒了个小谎，以防因不合逻辑而露馅，"家里买的房子。"

"但是春节你不回去，他们也不过来……"沈默风试探道，"和家里人关系不太好？"

叶辰实话实说："不太好……很久没见面了。"

几年不见了，久到让叶辰觉得就这么一辈子不见也没什么。他父母都各自有了新的家庭、新的孩子，他现在有三个同父异母或同母异父的弟弟妹妹，他们生疏又客气地见过几次面，只是有血缘关系的陌生人。

不过，今年春节叶辰并不会寂寞，他家里有六只神兽宝宝，第七只——仆累宝宝也在破壳中，应该就是这几天的事了。春节他教他们包饺子，把电费交上，和宝宝们暖暖和和地排排坐，吃饺子，看春晚……挺好的。

"……您春节是回家和父母过吧？"叶辰忽然意识到这半天都在聊他自己的事，也没问沈默风一句，忙客套了一下。

"对，和父母过。"沈默风心不在焉地答。

他现在基本能确认叶辰的境况。

小朋友因为执意进娱乐圈与家人闹翻，目前看来，仍然是被切断一切经济来源的状态。家里只给他一座能落脚的四合院——这一点，沈默风毫不怀疑。一般来说，艺人如果没有买房，经纪公司会负责为艺人租房，谁也不会那么有病，放着公寓不租，去租四合院。只不过，叶辰不像他之前以为的那样是什么骄纵任性的小少爷，一个人住几百平方米的四合院就为了种菜方便，他应该只是没有别的住处而已。

沈默风估算了一下叶辰目前的片酬，虽说应该不会低，但经纪公司未必给得及时，加上抽成、扣税，到手的未必很多，况且一个十九岁的小男生，尚未与家人冰释前嫌，独自一人生活在京海，手头就算不紧，也未必敢大手大脚地花钱，几万十几万元一件的衣服想必是能免则免。

又或许还有些他不知道的情况，比如，起初离家出走时欠了朋友钱，买了属于自己的房子，正在还贷……

但沈默风不打算刨根问底，十九岁正是男生年轻气盛、死要面子的年纪，问多了，暴露了真相，很可能会伤害叶辰的自尊心。

沈默风面上不动声色，心里却已转过了好几个念头。

翌日，《问鼎》剧组的意外事故引爆各大网络平台，热搜塞满各种事故关键词，而其中有一条格外刺眼：沈默风为救叶辰受伤。

这条热搜来源于凌晨奔赴医院采访的极冠娱乐。极冠娱乐成立至今不过半年，为博热度，常有惊人之语，格外擅长利用话里藏刀的手段兴风作浪，之前没少"内涵"过叶辰这种"咖位"的艺人，专靠吸小艺人的血令自己茁壮成长。他们在清晨发布的事故采访稿件中着重强调沈默风肩伤"较为严重"，右臂活动受限，不知是否会"影响后续拍摄"，叶辰"毫发无损"，且在接受采访时"情绪镇定"……虽未触碰造谣红线，遣词造句却摆明了是一副唯恐天下不乱的小人嘴脸。

叶辰的黑粉与一部分一直认准他恶意捆绑沈默风蹭热度的沈默风"唯粉"（只喜欢一位明星，排斥其他明星的粉丝）"披甲上阵"，借这个由头攻击他。他在医院接受采访时的短视频也从极冠娱乐流出，视频中的他确实表现得很冷静。

其实冷静并不意味着不感激。一来叶辰的惊慌情绪已在路上稳定下来了，他一个大男生，不可能事故发生后两个小时仍然泪水涟涟、慌成狗子；二来他尚存少年心性，又是真心感谢沈默风，他觉得自己平时"戏精"一下无伤大雅，但这时候假惺惺地飙演技就不够真诚。所以，他在媒体面前只是有一说一，并未刻意渲染自责与感激的情绪。

今天凌晨时，由于各方面尚未统一口径，叶辰与沈默风都没有发微博说明情况。今早，两人与各自的经纪人和剧组负责人商定后，由叶辰发微博说明了事故的来龙去脉并再次向沈默风表达感谢。沈默风转发微博，表明只是轻伤，虚惊一场，不影响拍摄，并绅士地接受了叶辰的谢意，用来给此次事件定性。

事情本该到此为止，奈何极冠娱乐用春秋笔法大做叶辰的文章，因此，针对他的言论并没有被那两条口吻中规中矩的微博压下去，看热闹不嫌事大的墙头草"咔咔"吃瓜，黑粉则逮住来之不易的把柄全力输出，用脑补与捕风捉影的"叶辰冷静表情锤"将来龙去脉歪曲到异次元。

叶辰猝不及防地背起了一口"盛世小白莲害沈默风受伤"的大锅。

"小白莲"这种词比较万能，温柔是小白莲，冷静也可以是小白莲，平和理智是小白莲，哭天抹泪也可以是小白莲，道歉是小白莲，道谢也可以是小白莲，除非干脆破口大骂，否则，就全看黑粉想不想往你头上栽一朵小白莲。

黑粉们死也猜不到的是，当他们绞尽脑汁带节奏、泼脏水时……叶辰正穿着浴袍，戴着有钱时买的遮光眼罩，仰躺在五星级酒店的大床上拗造型。

犰宝宝骑在穷奇宝宝的脖子上，用手机从高处俯拍叶辰。

"哥哥，这个姿势拍好啦。"犰宝宝道。

"再换一个，快、快，要睡着了。"叶辰催促着，一翻身，搂住功效超强的冬绒花枕头，嘴角噙着一抹若有似无的笑，仿佛睡得正酣甜。

"也拍好啦。"犰宝宝用又短又胖的手指头连戳几下快门。

"我看看。"叶辰掀了眼罩，"噌"地坐起来，甩甩已被催眠得昏沉的脑袋。

——前几天网店通过审核后，叶辰利用拍戏闲暇，抱着笔记本电脑去咖啡店猥琐地蹭网，下载了五节免费的美工速成网课，摸索着做了几张冬绒花枕头的广告图挂在淘宝店里。他图做得还算有模有样，比起其他卖枕头的网店，唯一美中不足之处就是缺少模特躺在冬绒花枕头上睡觉的照片。今天碰巧蹭住五星级酒店，他就亲自上阵拍些模特图备用。

毕竟下次再住五星级酒店就不知是何年何月了……

犰宝宝脑袋瓜机灵，一点就通，有几张拍摄角度选取得相当不错，叶辰删掉不行的，只留下那些能用的。

《问鼎》剧组眼下正焦头烂额地应付媒体，与在意外中受伤的工作人员商谈赔偿，临时找人顶替伤员的工作，预计最快也要明天才能重新开始拍摄。叶辰方才去给沈默风涂抹过今天的第一遍药，眼下正是无所事事的状态。

叶辰看了眼时间，见离下顿饭还远着，还不着急给沈默风煲汤，便登录微信小号挨个群点进去为自家淘宝店刷小广告。这些微信群都是前天周步初拉他进去的，一共有六七个，名字大多是"平安健康就是福""老年人护理交流群""最美不过夕阳红"……是周步初为照料痴呆老龙加的，方便团购便宜的老年人用品。

为融入老人的家属群体，叶辰改了个充满中年气息的昵称，头像也换成了一片黄澄澄的花海。登录打广告专用的微信小号之后，他迅速入戏，准确拿捏出一种照顾老父亲多年的中年孝子的口吻。

当黑粉们在微博上"手撕"叶辰撕得热火朝天、得意扬扬时，叶辰正披着"马甲"在夕阳红群里疯狂地蹦跶……正是传说中的"你永远都猜不到你的对手在做什么"。

家有一老如有一宝："……我代理的这款冬绒花中老年健康枕，我的家里人也在用，它是专门为睡眠不好的中老年人设计的，里面采用的是特型鸭绒填充物。鸭绒经过二十二种特别调配的安神中草药液浸泡，助眠效果非常好。自从给我父亲用上这个枕头，他每天晚上三分钟内就能进入睡眠状态。"

美丽的春天："三分钟入睡？请不要夸大宣传。"

家有一老如有一宝："不会夸大宣传，都是上面有老人的，我们做子女的，哪敢昧着良心赚黑心钱？还要为父亲积福报呢。"配上捂嘴笑表情。

八枝玫瑰："我母亲关节不好，阴雨天发病，晚上入睡困难，如果真有用，我想买一个。"配上微笑表情。

家有一老如有一宝："我父亲常年抽烟，烟瘾很重，降温后，咳嗽得厉害，常常咳到后半夜都睡不着觉。他就是用这款冬绒花中老年健康枕之后才睡上了安稳觉的。"

老马与小马："九十九元买一个枕头，太贵了。"

家有一老如有一宝："父亲母亲含辛茹苦养育我们这么多年，用一个九十九元的枕头回报老人，真的不算贵。我父亲入秋以来咳嗽得睡不着觉，我这个做儿子的在隔壁听着，心里就像让人揪着一样难受。这种难受是再多个九十九元也消除不了的。"

八枝玫瑰："说得好。"配上大拇指和玫瑰表情。

家有一老如有一宝："我家代理店铺刚开张，现在正在搞活动，我们群里的人进店购买冬绒保健枕可以优惠十元，只要提供群名截图发给客服就行，而且买回家后如果助眠效果不好，七天之内可以退货。"

家有一老如有一宝："给大家看一下我们家新鲜出炉的模特图。"

他发的正是犯宝宝刚给他拍的那几张照片。

他脸盘小，被遮光眼罩盖去不少，就算是亲妈粉，也未必认得出这模特是他，但只看那精致的下巴、嘴唇与鼻尖，也不难看出照片中模特的颜值。

家有一老如有一宝："绝对是正规厂家，正规品牌，之前一直是面向国外销售的，不然哪能请得起这么帅的模特呀。"配上捂嘴笑表情。

叶辰这中年孝子装得很成功，他辗转蹦跶过几个家属交流群，半小时过去，群友们共计下了五单，还有不少人说要"考虑考虑"。

叶辰明白大多数人在等着看群友的反馈，也不着急，等这几位群友的枕头到了，他们自然就会变成他的活广告。

况且，目前冬绒草枕头产量不高，真的一下卖爆了，他也供不上货。上周他投资四百块钱买了二十个枕芯套，又用两百块钱定制了二十套外包装，每套外包装包含一个大号封口塑料袋、一个绒布枕头收纳袋及一个印有"辰辰健康养生坊"的标签。包装搞定后，他用神兽宝宝们这段时间采摘的冬绒花做了二十个枕芯。

其实冬绒花还有不少，但叶辰想先试试水，不想一口气把一千多块的家底全投进去，剩下的冬绒花大约还能做二十个枕头。

店里有了五单生意，叶辰当即披上大衣，回四合院里包装枕头。他正包得欢，手机忽然响起一声提示。

——"仆累幼崽现已苏醒，请即刻前往照料。"

"这么快？"简直就是要什么来什么！叶辰眼睛一亮，疾步走进东厢房的独立空间，迎接刚刚破壳的仆累宝宝。

仆累宝宝的体型只有叶辰一个拳头大，背上背着一个螺旋状蜗牛壳，壳体青翠光润，内里隐隐有液体流动，宛如一块绿玉，蜗牛壳顶端还有个自然形成的小圆盖，看起来像是能打开。

螺旋状下的仆累宝宝本体不像蜗牛，它是一个胖滚滚的小圆球，莹白得近乎半透明，打眼一看，简直就是个白面团。它顶着两根触角，长着短得几乎可以忽略不计的两条胳膊和两条腿，一双黑豆眼下方是圆圆的红脸蛋儿。叶辰赶到时，它正拼命迈着柔软的小短腿，试图拖动充满液体的沉重蜗牛壳前进。

见有人过来，仆累宝宝缓缓朝叶辰举起两条长度一厘米都不到的短胳膊，慢吞吞地发出撒娇般的叫声："啵……唧……"

"啵唧，"叶辰很调皮地模仿了一下他的叫声，"啵啵唧？"

仆累宝宝："……"

"我是山海境的新主人，我叫叶辰……"叶辰不调皮了，清清嗓子，开始自我介绍。见仆累宝宝的黑豆眼一直盯着自己的手指看，他就将手指递过去，戳了戳仆累的白肚皮。

仆累宝宝用两条小短胳膊抱住叶辰的手指头，慢悠悠地往上面吐了个黏液泡泡："啵……唧……"

叶辰食指的指尖有一处菜刀的划伤，很浅，而且已经结痂了。仆累吐的泡泡在伤口上"啵"的一声破开，那微小的一条血痂便应声脱落，露出完好如初的皮肤来。

仆累本体柔软，行动迟缓，与玄武颇为相似。

两者的区别在于玄武的龟甲刀枪不入，在战场中往往充当"肉盾"的角色，而仆累的蜗壳材质类似玉石，硬却脆，经不起冲击。他的立身之本就是蜗壳中可治疗各类外伤的药液。在陨落前，他用伤药交换其他神兽的庇护与食物，就像鳄鱼和牙签鸟。

"啊，谢谢你。"叶辰意识到仆累是在给自己疗伤，用指甲轻轻拨弄仆累的小肚皮，以示友善。仆累宝宝缓缓地蜷曲，"啵啵"地笑起来，圆形的红脸蛋儿与黑豆眼一起弯成了月牙形。

"带你认识一下其他的小朋友。"叶辰说着，托起仆累宝宝走出去。

听说有新的小朋友破壳，六个神兽宝宝已乖巧地等在院子里。凤凰宝宝立在玄武宝宝头上睥睨四方，仿佛新帝登基——他前些天已脱离初诞期并进入幼崽期，拥有了变成人形的能力，但在骄傲的凤凰宝宝看来，凤凰的外形远比人类美丽，因此，除了需要用人手剥糖纸、拿筷子的场合外，他拒绝以人类形象示人。

进入幼崽期后，凤凰宝宝终于辞去了鸡窝暖气一职，因为随着能力增长，他已可以在一定程度上感应并控制身体外的真火。他在西厢房中放了几团真火，远程感应并控制火势，真火的燃料是灵气，燃烧过程中不产生任何污染物，安全节能又环保。

向来寡言的玄武宝宝对新的小朋友表现出极大的兴趣，还自告奋勇地从叶辰手中接过仆累宝宝，亲切地打招呼道："我……是……玄……武……"

仆累宝宝："啵……唧……"

玄武宝宝："来……赛……跑……呀……"

仆累宝宝笑弯了黑豆眼，缓缓点了点头顶的两根须："啵……啵……"

叶辰："……"

这就好似生活在众多王者环绕中的"倔强青铜"终于迎来了另一个"倔强青铜"，两个"青铜"相见恨晚，迫不及待地单挑"父子局"，都想体验一下给对方做爸爸的快乐，毕竟他们注定做不了别人的爸爸。

见玄武宝宝和仆累宝宝还得交流一会儿，叶辰打包好五个枕头放在门口，去菜地里揪下一片鲜嫩的灵气白菜叶洗了洗，又搜罗出一个空了的维生素小药瓶。等他忙完这些琐事，玄武和仆累的单挑父子局正巧结束。在这场比谁先从正房门口跑到垂花门的比赛中，身体尚显稚嫩的仆累宝宝以三十二秒的微小差距落败。玄武宝宝这辈子首次尝到速度比别人快的滋味，内心的喜悦却含而不露，摆出一副与穷奇大哥如出一辙的冷傲表情，淡淡地道："虐……菜……没……意……思……"

他竟然还飘了！

仆累宝宝缓缓一怔，红脸蛋儿都气大了一圈，道："啵……"

我还小呢……

"啧。"叶辰撕下一小片洗净的白菜叶塞给仆累宝宝，又在玄武宝宝脑袋瓜上重重地揉了一把，语重心长道，"玄玄啊，胜不骄，败不馁，别飘。"

用灵气白菜把仆累宝宝的小肚子喂饱后，叶辰与他打商量："累累小朋友，壳里的药借哥哥用一用好不好？哥哥的救命恩人受伤了。"

仆累宝宝点点须子："啵……"

"啵"毕，那蜗壳顶部的小圆盖"噗"地弹开了，一股素淡的草药香弥散在空气中。

"嘿嘿，多谢。"叶辰拿起仆累宝宝，用蜗壳顶的圆洞对准药瓶，将仆累宝宝慢慢翻转至头朝下，用药液把药瓶装满了。

仆累壳中的药液在倒空后会继续缓慢分泌，随着仆累能力的提升，药液的疗效与分泌速度都会得到提高。目前这些药液对皮下瘀伤不会有立竿见影的夸张效果，但能让沈默风的恢复时间缩短几天，而且有一定的镇痛作用，叶辰打算给沈默风上药时抹一抹。

与叶辰这边温馨带娃的一幕形成鲜明对比的，是公司里焦头烂额的顾秋与客房中暴躁得像头公狮子的沈默风。

由于有黑粉在极冠娱乐的引导下推波助澜，在顾秋"公关"掉"沈默风为救叶辰受伤"的热搜后，一条更恶意的"叶辰获救，态度冷漠"新闻出现在热搜榜首。叶辰为人谦逊乖巧，没什么黑料，看他不顺眼的黑粉们早憋了一肚子恶意没地方撒，被名为意外事故的针一戳，坏水"噗"地溅了一地。

"看了采访，感觉他根本不在乎沈默风的死活吧？"

"被风风救一次，他半年份的热度都够了，没笑出声，我已经给他烧高香了。"

"只有我一个人怀疑事故的原因根本没有那么简单吗？怎么就那么巧，树就'正巧'往他的方向砸，沈默风又'正巧'离他最近……行吧，就当我柯南看多了吧。"

"想象了一下叶辰现在焦头烂额撤热搜的样子，笑死。"

"笑死+1，表面'岁月静好'，说不定用小号'下场'骂人呢。"

"…………"

酒店的房间里，沈默风正暴躁地来回踱着步子吩咐经纪人撤热搜。

沈默风当年签入的鸿瑞娱乐的东家张鸿林是沈廷白手起家时期偶然结识的好友，沈廷当时也是迫于无奈，本着"既然儿子进军娱乐圈的决定已无法更改，那至少要在娱乐圈混得风生水起"的原则，向沈默风提出"必须签入鸿瑞娱乐旗下接受张伯伯的照顾"的要求，绝不能让儿子在圈里低三下四地摸爬滚打丢他的脸，沈默风欣然同意。

这大少爷以顶级合约签入鸿瑞后，张鸿林立刻配齐了全套伺候少爷的团队，除了可能会对鸿瑞造成不良影响的原则性问题外，沈默风在团队中拥有绝对的话语权，包括经纪人郭月在内，从上到下实际上全是给他跑腿打杂的，谁也管不了他。

"好，我马上去办。"郭月识相地没多说一句，撂了电话就去"公关"叶辰的热搜。

接着，沈默风恨恨地磨着牙，用向小何借的账号点进一条质疑事故原因与叶辰有关的微博，打字澄清的同时，向博主进行了"亲切的慰问"。

他点击发送，结果显示"发送失败"。

沈默风太阳穴突突地狂跳，点进私信一看，发现向小何借来"下场"骂人的微博账号已被某位拥有十几万粉丝的博主删评并拉黑，禁言三天。

他在圈里混了近六年，什么下作的黑粉没见过？恶毒诅咒、造谣、PS遗照……他的神经被磨炼到现在，粗壮得可供十人合抱。今天这些脏水如果泼在他身上，他可能连眼珠都懒得转一下，只会像没事儿人一样坐等团队公关，可泼在叶辰的身上……

沈默风想起凌晨时叶辰那张被泪水濡湿的脸。

他看得出叶辰不是遇上什么事都飙泪的软蛋，男儿有泪不轻弹，叶辰只是在乎他。

"这可是你逼我的……"沈默风退出小何的微博账号，登录自己的大号，红着眼睛搜索到拉黑删评小何账号的拥有十几万粉丝的娱乐八卦博主，转发对方恶意揣测事故原因的微博。

…………

沈默风V："吊车十几吨重，不是意外，你来给我推一下，脑子不需要，可以捐给极冠娱乐。"

这条微博发出，评论区瞬间爆炸，唱了一上午《窦娥冤》的叶辰的粉丝们仿佛见到了青天大老爷。

"我不是被气出幻觉了吧？！风哥帮辰辰说话了？！"

"啊！'亲妈粉'死也瞑目了啊！"

"虽然现在说这个不太合适，但'风叶女孩'也瞑目了……"

"谢谢您愿意为叶辰澄清，真的太感谢了。"

紧接着，沈默风又像一条饿昏了头的公狼，扭头一口咬向另一个带节奏指责叶辰道谢不诚恳的"大V"娱乐博主，转发微博。

沈默风V："怎么着，他还得边哭边给你发张自拍照？"

最后，沈默风把矛头指向带节奏的始作俑者极冠娱乐，转发对方那条字里行间恶臭扑鼻的微博，转发语就一个字，言简意赅，气壮山河……

沈默风V："滚！"

评论区顿时被整齐划一的回复刷屏了。

"风哥：啪，你死了。"配上手枪图。

"风哥：啪，你死了。"配上手枪图。

"……"

过了几分钟，队形又变成——

"风哥：啪，欺负辰辰，你死了。"配上手枪图。

沈默风气血翻涌，连发三条，片刻前的怒极与此时的爽极激得伤处一阵阵闷痛。他正琢磨着再问谁借个微博小号骂骂叶辰的脑残黑粉泄一泄余愤，门铃就被人按响了。

"沈哥。"叶辰的声音隔着门板响起来。

沈默风喉结蠕动，愣怔了两秒，才起身去开门。

叶辰攥着个小药瓶站在门外，一抬眼，见门后沈默风那张俊脸尚残存几分狰狞之色，顿时惊了："您怎么了？疼得厉害？"

他的神经还没磨炼得像沈默风的那么粗壮，出了这档子事，他知道自己难免要挨骂，甚至会受到恶意揣测，只是规模大小的问题。因此，在发布过声明并得知顾秋已撤过一轮不利热搜后，他就谨遵顾秋的指示，没再"手欠"刷微博，负面言论成规模的话，顾秋会想办法"公关"，网上出了大事，顾秋也会告诉他。

"……"沈默风噎住，静静地盯了叶辰片刻，才不情愿道，"嗯。"

他居然还不知道……

自己为他连发三条，这么大的事，经纪人没第一时间通知他？

经纪人干什么吃的？！

"……"沈默风想舰着脸开口给自己邀功，片刻前达成"三杀"的气势一秒泄空，僵硬地侧身把叶辰让进房间，脑内催促了他的经纪人一千遍。

叶辰把脑回路从担忧沈默风的伤势的模式中切换出来，觉得那表情不像是疼，略一思索，便恍然大悟："是不是网上又说什么了？"

沈默风咬了咬嘴唇，粗声答："……嗯。"

叶辰瞬间抛开顾秋的"禁博令"，掏出手机看微博。

沈默风望着叶辰，心跳得很快。

没来由地，他有种骤然变小了十岁的错觉。

他觉得自己像个莽撞又不计后果的高中生，为了叶辰，跟欺负叶辰的人打架了，叶辰还不知道，但叶辰很快就要知道了，马上就会看见走廊里被他揍趴了一地的傻 × 们，叶辰……

叶辰抬头望向他，瞳仁微微发颤。

这时，叶辰的手机响了。

"喂，秋哥。"叶辰连忙接起来，"嗯，我看见了，嗯……"

叶辰抱歉地望了沈默风一眼，虚掩上房门，退到走廊打了一会儿电话。打完，他回房，用背抵住门，门锁"咔嗒"一声，四周忽然静得出奇。

叶辰微微仰脸看着沈默风，胸腔中升腾起许多种情绪——感激、困惑、解气……凉的、热的，扭麻花般绞成一股飓风般霸道的气流，横冲直撞着寻觅突破口。诸多汹涌澎湃的情绪对准"做牛做马"的突破口全力输出，沈默风在叶辰心中的地位在其舍身挡树之后再度狂飙，对他的尊崇程度，都赶上叶家十八代祖宗之和了……

"沈哥，谢谢您帮我澄清。"叶辰一咬牙，下颌线钢尺般绷直，说不下去了。

他双眼泛红，面颊也涨得通红，却不再是要哭，而是一身血气翻涌得厉害。

——经此一事，沈默风给予他的帮助已超出了见义勇为或前辈关爱的范畴，再不是他以"受照顾的小朋友"的身份做个饭、熬个秋梨膏这些小事就能报答的。他要以一个成年男人的身份来承这份情，才能承得住。等他将来强大到能独当一面的一天，他得为沈默风赴汤蹈火，还沈默风一次。

沈默风被这铿锵有力的一谢弄得彻底哑火了，他莫名泛起一丝不爽，语带嘲弄道："不用谢，我就是看不惯他们歪曲事实。"

叶辰脸蛋儿绷得极严肃，沉声道："我明白，沈哥，您为人真的特别正直，特别好。"

沈默风无语地把叶辰从头到脚扫视一遍。

这活脱脱一副关羽拜刘备的架势……

"沈哥，您以后有什么用得上我的地方……"叶辰第二次这样表忠心。

"行了，"沈默风语调不凉不热的，"跟我桃园结义呢？"

叶辰听出了沈默风的不悦。他揣摩沈默风的心理，觉得对方八成是嫌自己谢来谢去的，太唠叨。一起拍戏近三个月，他对沈默风的脾气有所了解，将一件事唠叨个没完是沈默风的雷区，别管什么事，所以他得把感激放在心里，努力做实事回报，别打嘴炮惹人烦。

"这是什么东西？"沈默风岔开话题，指了指叶辰手里的小药瓶。

"我上午去药店配的跌打损伤药。"叶辰把思绪从将来为沈默风两肋插刀的激烈的想象中拽回现实，搬出一个无伤大雅的借口，"我爷爷告诉我的方子，我从小到大受了外伤都抹这个，效果特别好，还能止痛。"

沈默风接过药瓶拧开，药香素淡，闻起来清新怡人。

叶辰口吻恭敬得如同伺候太上皇："我帮您擦一下？"

"好。"沈默风心不在焉地解了浴袍，褪到腰间，裸着上半身趴到床上继续刷微博。

超一线艺人下场直面"大V"与媒体自然不能发完就翻篇，但沈默风有团队鞍前马后地为他处理事件余波，他懒得管。这次他本人护叶辰到这种地步，一是能帮叶辰出一口恶气，二是能让"吃瓜路人"与他的部分"唯粉"丧失战斗力，三是对其他有影响力的八卦"大V"杀鸡儆猴，警告他们别再招惹叶辰，泼叶辰脏水是他的"高压线"……至于那一小撮莫名其妙妒恨叶辰入骨的黑粉是八匹马也拽不回来的。当然，他压根也没打算拽，对付那种无脑黑，自己骂爽了就算赢。

"你的微博小号借我用一下。"沈默风摩拳擦掌，准备拿黑粉当出气包。

"……"叶辰涂药的手一哆嗦，"那个，您干什么？"

叶辰的微博小号里一水的转发抽奖，半点儿关于沈默风的内容都没有。之前他计划买个沈默风的老粉丝的账号打掩护——在人设上，他是沈默风的五年老粉丝，微博小号上五年来没有沈默风的相关信息实在太可疑——但沈默风一直没提小号的事，他也就将此事忘在脑后了。

沈默风偏过脸："帮你教育教育黑粉，不方便？"

叶辰避重就轻："沈哥，您别和他们一般见识，别把自己气坏了。"

"我窝着火，才会气坏。"沈默风探询地看他片刻，眉梢一扬，了然道，"你的小号是不是不敢告诉我？"

叶辰："……"

叶辰艰难地挤出一声："嗯。"

沈默风来劲了，审问道："为什么不敢？"

"因为……"叶辰嘴唇翕动几下，却只憋出一句乞求，"您……能不能别问？"

其实，发生了这么多事情之后，他觉得自己已经可以算是沈默风的粉丝了。他对沈默风有敬重、有崇拜，也有真心实意的欣赏，可以前自己装得太夸张，他不得不为自己过去的错误埋单，这让他悔不当初。

何况沈默风刚刚帮了他，他却又要骗人家，这也让他的罪恶感以几何指数增长。纵使脸皮再厚，他也要兜不住了。

沈默风低笑："你越这样，我越好奇……是不是发过关于我的？"

叶辰挤牙膏似的回答："是。"

"说我什么了不敢让我看？"沈默风坐起身，开玩笑道，"你是偷偷骂我了，还是转我的八卦了？"

叶辰抹完仆累宝宝的药，拧好药瓶，羞愧欲死，道："都没。"

沈默风："那都是夸我的？"

"嗯。"叶辰含糊地应着，转身下床，"沈哥，我先回去了，您注意休息。"

"回来。"沈默风好气又好笑。

叶辰跟救命恩人硬气不起来，好声好气道："别问了，沈哥，求你了……"

"少来这套，"沈默风嗤笑，"问你话呢，夸我的为什么不能让我看？"

叶辰不吭声，恨不得钻进床头柜里，嗫嚅道："也没什么……"接着，他强行若无其事道，"对了，我去借一下厨房给您煲汤，您喝鸡汤，还是鱼汤？"

"别岔开话题。"沈默风铁了心不放人，"是夸什么见不得人的了？"

"没！"叶辰像被谁刺了一针，急急地辩解道，"没什么见不得人的，也没说您坏话！就是……就是不太好意思……"

沈默风不吭声了。

两人沉默地对视。

片刻后，沈默风那张俊美风流的脸忽然像河豚似的鼓了鼓，小学生般悻悻地道："算了。"

叶辰："……"

叶辰甚至以为自己幻视了。

叶辰万万没想到沈默风会做出这种反应，顿时焦灼起来："我错了，那我……"

还是买个微博账号吧。

沈默风松开他的手腕，偏过脸，垂着眼，淡淡地道："不用了，不想知道了。"

纵使那八块腹肌的线条清晰得像是砖块垒出来的，沈默风的周身也莫名散发出一种借同桌文具盒遭拒的委屈小学生的气息。

也不知是演技过于精湛，还是堂堂影帝的内心确实住着一个小学生……

"别啊，我过几天告诉您，"叶辰竟有种在哄凤凰的错觉，"您别不高兴……"

"还过几天？"沈默风"破功"，小学生气息一扫而空，"你是有多少要删的，说了我多少坏话？"

叶辰有气无力："没什么要删的，我就检查一下……您没真不高兴，是吗？"

沈默风面颊又微微一鼓，无缝切换成傲娇小学生："不是，真不高兴了。"

············

肯定被沈哥诈了，根本就没不高兴……十分钟后，叶辰幽怨地蹲在浣水边上抓鱼。

四条最开始养的冉遗鱼已长得膘肥体壮，此前它们产下的鱼卵也早已孵出新一批鱼苗，共计十二条。目前那些鱼苗已长成半大冉遗鱼，占据了叶辰家里几乎所有的脸盆、洗菜盆、水桶，等它们也在温度适宜的室内产完卵，叶辰就会把它们转移进浣水。

"开饭啦。"叶辰在浣水边敲敲食盆。

冉遗鱼喜欢吃煮熟的灵气鸡蛋，叶辰剥了一个鸡蛋，掰成两半，在水面上方晃了晃。

哗啦——一条健壮的雄性冉遗鱼破水而出，朝鸡蛋飞射而去。

叶辰敏捷地一缩手，冉遗鱼却已收不住，一头扎在岸上。见他拎着水盆一副要把自己装走的架势，冉遗鱼发出一声雄浑的低吼，拔腿就跑！

"往哪跑！"叶辰操起脚边的拖布杆子，在冉遗鱼身后穷追不舍！

这四条冉遗鱼或许因为是吃灵气鸡蛋吃的，产卵后身体生长并未停滞，在浣水中养了一段时间，体型暴涨一倍有余，一锅几乎要炖不下。然而，随着个头增长，它们的饭量也一天大过一天，再养下去，眼看就要不合算了，正好宰一条煲成汤给沈默风压惊、补身体。

冉遗鱼灵识未开，智力水准与现世中的普通鱼类毫无二致。它先是本能地朝远离叶辰的方向跑，跑着跑着，忽然觉得呼吸困难，又拼命翕动着鱼嘴转身往浣水的方向折返，那四条与鸡腿高度相似的鱼腿肌肉虬结刚劲，鱼身风驰电掣，冲刺速度几乎可以媲美奥运百米赛跑冠军！

这时，埋伏在侧的穷奇宝宝忽然斜刺里杀出阻住它的去路，它对凶兽穷奇有天然的忌惮，鱼目精光暴射，果断再次扭转前进的方向，突破叶辰的防线，而且边跑边奋力扑扇着翅膀，当奔至距离叶辰近前两米左右时，猛地下蹲起跳，借扑扇翅膀之力如炮弹般拔地而起，试图从他的上方低空飞过……

冉遗鱼："呔！"

——由于生理构造异于常鱼，冉遗鱼能发出类似"呔、嚯、嗝"的叫声，与狗会"汪、呜、嗷"是同样的性质。

"让你飞！"叶辰像棒球选手般拎起了拖布杆，兜头砸向冉遗鱼，随着"砰"的一声闷响，飞至半空的冉遗鱼被他一杆拍在地上，滑出几米远！

叶辰手臂被震得发麻，朝来不及起身的冉遗鱼疾跑几步，身体一低，用高中踢球时铲球的步法借地面的残雪滑向冉遗鱼，借着冲力把十几斤重的冉遗鱼朝远离浣水的方向一脚蹬出去！

"嚯！"冉遗鱼重重地砸在地上，正欲一个鲤鱼打挺弹跳起来，穷奇宝宝却奶声奶气地咆哮着飞扑而至，一口咬住它的大腿，拖慢它的行动。

趁冉遗鱼吃瘪，叶辰冲至近前，一拖布杆落到冉遗鱼"画风"谜一样类似《北斗神拳》的鱼头上，穷奇宝宝则借机"吭哧"一口咬住冉遗鱼脆弱的腹部，鱼鳞崩碎的声音脆得令人牙酸。

冉遗鱼在穷奇的撕咬下挣扎片刻，肚皮一翻，一动不动了。

山海境中的这些灵兽自鸿蒙初辟时起便与神兽斗智斗勇，而且世世代代吃灵植，进化至今，每个物种都不简单。拿冉遗鱼来说，它们天生具备战斗意识，单体作战能力可吊打一切同重量级的现世鱼类，牙齿能够破坏渔网和钓鱼线，如果不是缺氧加上穷奇宝宝帮忙，叶辰得正经地跟它搏斗一场。

要是有枪就方便了，将其就地击毙，人省事，鱼也少遭罪……叶辰想着，把冉遗鱼丢到盆里端向厨房。

不过，得到一把猎枪太不现实，捕兽夹如果有地方卖倒是真的可以买一个。

叶辰把冉遗鱼去鳞、拔毛、除内脏，切下翅膀和四条腿，将鱼肉剁成大块，油煎后下锅煲汤。鱼汤规律地咕嘟起小泡泡，叶辰看着火，登录微博小号，挨个发私信给备忘录中的几个账号。

决定买微博小号之后，他曾陆续筛选出几位博主并记录账号，只是一直没有联系，这几位博主都是沈默风多年的老粉丝，但目前都是佛系"脱粉"状态。

"脱粉"这一点，叶辰是有考量的。"脱粉"后，粉丝对"回忆"的珍重程度会大幅降低，甚至可能毫不在意，只是懒得动手删微博。这样的人卖号不会抬价。另外，佛系"脱粉"意味着他们只是腻了或是忙于生活了，而非因为沈默风的黑料愤怒地"回踩"，这样的人不会在卖号后搞出什么匪夷所思的事端来。

私信发出去两个小时后，终于有一位博主回复了。这位博主据说是沈默风的三年老粉，今年夏天面临升学考，因此转而专注自己的事了，正在脱手一切能脱手的东西"回血"。叶辰粗略扫过她最近两个月的微博，发现好几条因"脱坑"转卖二手小说、漫画、COS（角色扮演）服的交易微博，与她自述的情况吻合。

账号状态不错，叶辰便与妹子商谈起价格来，对方好奇他为什么要买一个只有三百个粉丝的小博主的号。他表示需要保密，妹子也不追问，随口按粉丝数报价三百元。

叶辰："便宜一点儿，你连认证都没有，一个拥有万名粉丝的"橙V"认证博主的号也就一千块钱。"

妹子很佛系："那……二百五十块钱？"

叶辰厚起脸皮："二百五不好听，不如就一百五吧。"

妹子："Hello？这位小哥哥？二百五不好听，难道不应该是二百四吗？"

叶辰无耻道："小姐姐，不然我们这样，一百五成交，然后我给你邮寄几斤到外面买要一斤几十块钱的进口有机蔬菜，你只赚不赔的。"

在沈默风之外的人面前，叶辰脸皮结实得能挡子弹……

妹子迷惑不已："有机蔬菜？"

叶辰已强行报菜名："茄子、土豆、大辣椒，秋葵、黄瓜、花椰菜。"

叶辰："农家肥，不打药，排毒素，有一套。"

妹子："……"

妹子："我才不要菜呢！最低两百元，不行就不卖了，反正也不是必须卖。"

最终两人以两百元成交，叶辰忍痛交了一半定金，对方老老实实地跑去解绑手机、邮箱等。这些零零碎碎的琐事交接完毕后，叶辰修改密码并付了另一半钱，改资料，改头像，至于剩下的近三万条微博，他打算等回酒店了，用 Wi-Fi 慢慢筛选——他倒是也想买个发微博少的账号，检查起来方便，可追星的男孩女孩哪有一个发微博少的，一天抒情或转发十几条都称得上一句"沉默寡言"，碰上要给偶像"涨数据"、挣面子的时候，更是秒秒钟转爆。

……其实也不用挨条看，主要检查原创微博有没有什么对不上的，再搜索一些"污"的关键词，把这种删掉也就可以了，"彩虹屁"这东西都是大同小异的，没必要一条条看过去——叶辰机智地为自己开辟出一条捷径。

这是我最后一次在这种事上骗沈哥，绝对是最后一次……叶辰压下心底翻涌的内疚，用力闭了闭眼。

暮色四合，冉遗鱼汤煲好了，叶辰用围裙擦擦手，给沈默风发微信："沈哥，我借厨房煲的鱼汤，什么时候方便给您送过去？"

此时，沈默风正陷在某私人娱乐会所柔软的沙发上，领扣随性地解了两颗，斜叼着烟，一副浪荡的模样。

"……这件事就这么定了，给句准话？"沈默风冲对面沙发上的男人抬抬下巴。

刘汉禹圆滑地一笑："沈少都发话了，回头开会我努力运作一下，代言合作也不是小事……"

"少来，"沈默风轻轻嗤笑一声，"蒋成、郭晓东都跟我保证了，我知道你也能拍板。"

被提到姓名的两人贱兮兮地一笑，刘汉禹无奈地看了他们一眼。

沈默风做偏瘫老父状与狐朋狗友们耍无赖："我肩膀都这样了，明天还得拍戏，就这么一天休息时间，我坚持带伤招待你们，结果这点面子都不给我，过分了啊……"

他也不想像个土匪似的，但时间确实不允许，好在这几个狐朋狗友今天碰巧都有空。

沈默风低头摆弄了一下手机，催促道："快点，有急事。"

郭晓东咧嘴一笑，打趣道："那位查岗了？你都伤成这样了，回去再早，也'用'不上，别急了。"

"去你的，"沈默风不轻不重地用鞋尖往他的小腿上踢了一脚，警告道，"不是那种关系。"

"行、行、行，我自罚一嘴巴。"郭晓东嬉皮笑脸地打了一下自己的嘴。

沈默风仍然瞪着他。

他本来就看不顺眼郭晓东这种下楼买趟烟都能在便利店的仓库里跟小店员搞暧昧的行为，平时一起吃饭时，连郭晓东夹过的菜，他都不乐意碰，今天要不是有正事……

郭晓东挤眉弄眼道："那我自罚！"

沈默风诚恳地发问："你……找揍呢？"

郭晓东脸一板，连忙举手投降："以后叫哥，叫哥。"

"还有你。"沈默风转向刘汉禹。

刘汉禹坐得板正，乖巧得如小学生："我也叫哥。"

沈默风不吭声。

刘汉禹摆摆手："行、行、行，拍板，拍板……"

"我先回去，"沈默风拎起风衣，又从蒋成那顺走一支烟，"你们玩吧。"

…………

出了会所，沈默风给叶辰发微信："我往酒店赶了。"

叶辰把鱼汤分着盛给神兽宝宝们，给沈默风留了足量的一大碗在锅里，还专门留了一整块最肥美、细腻又无刺的鱼腩。

分盛完汤，叶辰回复："好的。"

过了二十分钟，沈默风"求生欲"很强地发微信："堵车，别着急。"

叶辰："好，不着急。"

又过了二十分钟，沈默风才道："回来了，我去你房间，一分钟。"

叶辰连忙盛出一直温在锅里的汤，穿过任意门，回到客房，把汤碗在桌上放好，跑去开门。

门外，沈默风一身烟酒气。

"您怎么……"叶辰侧身把人让进来，犹豫片刻，还是斗胆"进谏"道，"身上有伤还喝酒？"

"一杯，找人办事。"沈默风竖起食指比了个"一"，见叶辰还要说话，于是把手指轻轻按在嘴唇上，道，"嘘——"

他的脸离叶辰很近，是逆光的，又是俯视，面部轮廓被阴影烘托得格外俊美。

叶辰一怔，不吱声了。

沈哥又嫌我话多了……叶辰正直地想着，却莫名地不敢和沈默风对视。

沈默风不收回手，叶辰便不自在地后退一步，让那根修长的手指悬在半空，机械道："我先回去了，汤给您放在桌上了，您喝完叫我，我来收碗。"

沈默风把手揣进裤袋，笑了："这是你房间，你回哪去？"

叶辰一愣，窘迫道："……忘了。"

方才他的脑子莫名地空白了一下。

沈默风打趣道："你想回我的房间？"

"不是，不是！"叶辰吱溜蹿到沙发上坐好，以示自己真的没想去沈默风的房间。

沈默风忍住笑，走到桌边坐下喝鱼汤。

冉遗鱼的鱼身部位肉质极为细腻、肥美，翅膀与四条大腿的口感倒是筋道、弹牙，有嚼劲和韧度，味道像牛蛙。叶辰怕破坏整体口感，把翅膀和腿装袋丢到雪地保鲜，煲汤只用了鱼头和鱼身的部分。

鱼汤经过几小时的熬煮，呈现出鲜亮的奶白色，鱼皮中蕴含的胶质被文火炖至分离，又密密实实地填入水分子间的缝隙中，汤汁细腻、稠滑，用勺子搅动着鱼汤，就仿佛在揉乱一匹奶白色的丝缎。沈默风舀起一勺鱼汤喝下，浓郁的鲜香带着些微黏嘴的感觉侵蚀了所有味蕾，烂熟的鱼肉入口即化为丝丝缕缕的肉质纤维，相当轻易地被碾碎在舌面上，绽放出美味。

"这是什么鱼？"纵使已经习惯了叶辰厨艺高超的设定，沈默风也还是被"惊艳"了一下。

"就是鲫鱼。"叶辰含糊道。

沈默风研究谜题似的盯着那汤碗："也太好喝了。"

好喝得都有点奇怪了，他活到这么大，从来都不知道鲫鱼有这么香。

"那我拍完之前天天给您煲汤，"叶辰精神一振，急急地献宝道，"一天鸡汤、一天鱼汤行吗？我煲的鸡汤也好喝，天天喝一样的，怕您喝腻了。"

他现在就这么点好东西，恨不得换着花样给沈默风。

沈默风温声道："好。"

叶辰此时坐在靠窗的长沙发上，沐浴着从正上方洒下的暖色灯光，那清晰的明暗分割将他原本便已足够出挑的五官勾勒出一种惊心动魄的漂亮与矜贵。这张小少爷式的脸蛋儿极适合居高临下地斜睨着别人，傲慢又懒散地撒娇，提一连串无理的要求，可叶辰丝毫不曾流露这样的倾向，反而乖顺成一副任人拿捏揉搓的模样……

于是，极难伺候的沈大少爷又不痛快了。

沈默风不动声色："你在别的剧组给人做过饭吗？"

"没，就这次进组做饭了。"叶辰茫然道，"怕您吃不惯那边的农家菜。"

闲着没事儿给别人做饭，那不纯属有病吗……

沈默风瞬间就又舒坦了。

这样静谧的夜晚，柔暖的光线，温热的鱼汤，汤匙与碗壁发出的微弱的瓷器碰撞声……让沈默风想起幼年时的一些深夜。那个时期，沈廷常因应酬晚归，张钰洁嘴上抱怨，却总会为他煲一碗醒酒汤，再在客厅开一盏暖色的落地灯。母亲等待父亲晚归的夜是组成沈默风的众多元素之一，这元素平凡、庸常，但它确实地存在着。

沈默风并不是将叶辰类比母亲，首先性别不同，再者，张钰洁的厨艺是十几年如一日地"励志"，除醒酒汤外，做不出什么能入口的菜色，令沈默风感到熟悉的只是眼下的氛围。

而这种氛围象征着温情与安定。

"……叶辰。"沈默风轻声道。

"嗯。"删微博删到一半的叶辰很乖地放下手机。

沈默风略一思索，还是压下了邀功讨赏的冲动，精神病似的道："没事儿，叫着玩。"

叶辰："……"

叶辰现在对他还是太小心翼翼，他把帮忙拉代言的事说了，叶辰可能又要桃园三结义似的狂谢他一通，还不如等过段时间再告诉叶辰，到时候……

沈默风一笑，继续埋头喝汤。

翌日，拍摄计划重启，由于耽搁了两天时间要追进度，加上叶辰的戏濒临结束，前期有个别需要修改的细节都赶在一起拍，因此拍摄场次安排得较密集。

叶辰兼顾拍戏、种地与打理网店，忙得晕头转向，事情多，时间也就过得快，一星期稀里糊涂就过去了。

沈默风的戏还要半个月才能结束，叶辰不放心他，临走时拼命反哺，把他那边厨房里的锅碗瓢盆一趟趟地往沈默风这边搬：两小坛加一玻璃瓶各色腌菜、满满一篮子灵气鸡蛋、一大罐香得呛鼻子的辣椒油，还有"抄家"抄来的几条烟。

"……这些腌菜早晨配粥吃，你一定要劝沈哥吃早饭，不然他的胃受不了。"叶辰忧心忡忡地叮嘱小何，"午饭、晚饭沈哥实在不爱吃就让老乡帮忙下碗面条，最简单的阳春面就行，配这个辣椒油。"

"放心吧，"小何挨个确认瓶瓶罐罐里的东西，防止用时抓瞎，"我肯定把沈哥伺候得好好的。"

叶辰殷殷地叮咛："秋梨膏让沈哥记着喝。"

小何笑笑："我忘了，沈哥都不能忘，天天睁开眼睛就要。"

小刘在一旁乐呵呵地插嘴道："我听你们俩说话怎么那么逗呢。"

"怎么了？"小何问。

小刘吐槽道："你们刚才那段对话里的每一个'沈哥'，都能无缝切换成'咱爹'……"

认爹认得毫无压力的叶辰闻言，哈哈大笑，脸上写满由衷的快乐："哈哈，真是！"

小刘："哈哈，是吧，是吧！"

"哈哈……"小何也硬扯出一个笑，笑容中透着一抹两人都看不懂的忧郁。

叶辰交代完这些琐事，穿戴整齐，去拍摄现场找沈默风告别。昨晚全剧组的人一起为他弄了桌简单的送别宴，他该致谢、该道别的都说了，这会儿来就是最后和沈默风打声招呼。

叶辰到时，沈默风刚巧过了一条。

于是，叶辰站在布景外冲沈默风挥手："沈哥！"

"还想这条过了去送送你呢，"沈默风抬眼，冲他笑笑，"这就走了？"

"嗯，马上走了，车在那边等着。"叶辰指指远处，又回转身，认认真真地冲沈默风鞠了一躬，道，"谢谢您这段时间对我的照顾。"

"行了，别客气。"沈默风一笑，做了个"打住"的手势。

右肩不能自如活动导致他的一些场景拍摄不顺利，不得不挪到后面，而后面好几场重要的文戏突然被搬到前面，他要揣摩、练习，加上要和叶辰重拍几场前面需要修改的戏，这一周他也忙得云里雾里的，顾不上多陪陪叶辰，而这眼看就要半个月见不着人了……

沈默风张开双臂，轻声道："抱一个。"

"好。"叶辰眉眼微弯，走近几步，大大方方地抱上去。

沈默风的手臂抱得很紧，将笔挺的背微微弓起，以便将下颌搭在叶辰的肩头。

这一抱的气势令叶辰莫名紧张，且拥抱持续的时间长得有些诡异，可沈默风不肯撒手，叶辰也只好杵着，一双好看的眼睛安静地眨了眨，一脸"别管为什么，只要我沈哥乐意抱着，那我就算被抱到天黑，也不会有异议"的终极服从。

沈默风叫他，嗓音很低："这么乖？"

叶辰："……嗯。"

在我沈哥面前必须乖！

他发出的鼻音被围巾捂着，闷闷的，格外软。

"你回吧，过年见。"沈默风松开叶辰。

过年见？叶辰飞快地用自己的思维体系理解了这句话，恭谨道："好，那春节您方便的话，我就去您家拜年。"

上我家拜年？沈默风嘴角一翘，没透露自己真实的春节计划，只懒懒地道："好啊。"

离春节还有大半个月，一切顺利的话，《问鼎》正好会赶在年前杀青，很方便沈默风搞事情。

告别完毕，叶辰上车。

他上车还没一分钟，沈默风的微信就追了过来。

沈默风："有个事忘问了。"

叶辰："您说。"

沈默风："你的微博小号……说好过几天告诉我呢？"

叶辰稳如老狗，秒发小号的账号。

他利用这一周时间兢兢业业地把卖号妹子的原创微博全过了一遍，把所有让他觉得不妥的都删掉了，并且花式搜索各种"污向"关键词……这小姐姐看似文静乖巧，实则十个鸡笼罩不住，他这几天删微博删得头晕眼花，都快不认识"我可以"三个字了。

叶辰虚伪道："就这个，其实也没什么不能看的。"

沈默风好气又好笑："……都闷不作声删一周了，然后告诉我其实没什么不能看的？"

叶辰发了个一脸无辜的小猫表情过去。

沈默风："我信你个鬼，你这个小朋友坏得很。"

坏小朋友被戳中，心虚道："真没删什么，您别多心。"

也就删了两千来条吧，跟近三万条比，可不就是没什么……

沈默风："沈老师要检查作业了。"

叶辰气定神闲："您随便查。"

把小号告诉沈默风后，叶辰多少有一点忐忑，怕万一漏删了什么被沈默风看见，不好解释。不过，时间一分一秒地过去，微信风平浪静，沈默风一直没动静。

叶辰彻底放下心。

他本来也不觉得沈默风会逐条视察他的微博，毕竟太多了，大概也就是翻翻前面的。他之所以准备得如此周全细致，是因为"翻车"太可怕，不得不防个万一。

回公司的路上，叶辰安心地登录微信小号，处理网店的业务。

之前给家里老人买过枕头的五个买家果然变成了活广告，剩下的十五个枕头已于昨天被群友抢购一空，没抢到的人一直在群里@叶辰询问情况。

家有一老如有一宝："好消息——冬绒保健枕已经在通知厂家补货了，大约两到三天上架，上架后会第一时间通知大家。"配上玫瑰表情。

潇潇洒洒："提个意见，这次能不能一次性多上一些？"

快乐每一天："你家这个枕头，我给我父亲买了，效果好得太吓人了，沾上就睡着，里面是否含有安眠药的成分？长期使用对健康会否有影响？从来没见过这么好用的助眠枕。"

叶辰开启忽悠模式："请这位朋友放心，我们用来浸泡填充物的中药采取的是独家千年古方，这种古方之前没有问世过的，因此，目前市面上同类产品没有效果比我们家更好的。如果您不放心，建议您多观察您父亲的精神状态，通过纯中药成分调节体质，舒缓安神，睡眠质量是明显比用安眠药好的。"

快乐每一天："这倒是，他白天精神状态不错。"

家有一老如有一宝："这就对了，我的父亲自从用上冬绒保健枕，每天哪怕只睡六个小时，第二天起床一样牛龙活虎的，下地干活儿不成问题，而且能跑能跳……"

甚至还能吊威亚，还能一口气做两百个俯卧撑！

家有一老如有一宝："这次会一次性上架三十个枕头，下一次上架就要等半个月后了，货源紧张，请朋友们把握住机会。"

不算种植与采摘的人工成本，叶辰每个枕头能净赚五十元，之前一轮二十个枕头卖出去，就是一千块钱的利润到手。他一个月稳定产出五十个枕头，就是两千五百块的纯利润。况且，在试水成功后，他在某批发网站联系到一家卖枕芯套的，一百套起卖，质量也稍有逊色，但一套比在淘宝店散买便宜七块钱，成本又被压低了一截。

　　叶辰本来是想干脆把枕头的价格定高一些，功效这么立竿见影的草药枕，就算卖一百四五十元钱一个也称得上物美价廉。那些饱受失眠困扰、常年睡眠不足的人四处求医问药，几千上万元不也是说砸就砸进去？而且还未必有效果。奈何小店实在太新，仅有的几笔交易记录还是叶辰借小高的手机刷出来的，价格定高了，怕是根本没人敢下单，只好先以刷信用做口碑为主。

　　反正山海境中的第一批树苗已经长成小树了，扦插后的几十根枝条生长状态良好，等这些树陆续结果，叶辰还能开发出一些新产品，到时候可以主要利用新产品赚钱。

第 八 章
你是整片星空

到市里后，叶辰没先回家，而是去公司找顾秋签合同。顾秋这几天突然出息了，与某世界一线服饰品牌达成了合作，这个在意大利传承上百年的奢侈品品牌于前年被国内某知名集团收购，叶辰将在未来两年内担任该品牌的大中华区形象大使。

"最近代言扎堆，"顾秋推过去一份合同，"还有几个也不错，我和他们敲定一下细节，看看能不能谈成。"

朝思暮想的服装代言就在眼前，叶辰兴奋不已，飞快地扫过合同上那些密密麻麻的条款，大笔一挥，"唰唰"签下合同，赞美道："秋哥牛×，秋哥英明神武！"

秋哥成功且及时地解决了手下艺人穿衣难、穿衣贵的问题！

叶辰之前已经陆续把几件曝光次数多的衣服挂在二手交易网上了，打算"回回血"，再淘几件别人的二手名牌，以便这段时间上综艺节目和接受采访时穿，免得被网友发现自己就那么几套衣服来回换。但这回有合作商送衣服，他就不用这么落魄了，而且两年五百万元的代言费也能稍微给还债事业添砖加瓦。

"本来春节还想给你放几天假。"顾秋收起签好的合同，替叶辰可惜道，"这回放不成了，得去意大利取景，拍几组照片……"

"没事儿，秋哥，反正我过年也不回家。"叶辰欢快且贱兮兮地道，"我家里人还因为我不愿意继承矿那事跟我冷战呢，给我买完房子就不理我了，唉。"

顾秋皮笑肉不笑地瞪着他："哦，呵呵。"

叶辰诚恳道："真的，我家那是玉矿，有机会给你拉一车原石玩玩。"

顾秋："……"

我信你个鬼啊！

签完合同，叶扒皮回家，和家中长工周步初一起挖树坑，还在周步初的请求下帮他种了一排据说是他专程腾云驾雾飞到云南玉溪挖来的烟草植株。

经叶辰的手一种，烟草长得快，又蕴含灵气，周步初去各大公司做投资顾问时蹭几沓 A4 纸做纸卷，就能免费抽玉溪烟了。

一老一小两个"蹭货"挖完今日份的植树坑，各自放下铁锹，蹲在田垄上休息。周步初抽烟，叶辰"农民揣"，眯眼眺望远方的景色。

"……您这也算是蹭到极致了。"叶辰喟叹道，深感"蹭道"的博大精深。

"嘿嘿，"周步初叼着自制的玉溪烟，抬手捏住蹲坐在叶辰头顶闭目养神的凤凰，在"哇啦"的叫声中把烟往凤凰的真火上一贴，美滋滋地吸了一口，"光会蹭人，那不算本事。"

"得心怀天地，"叶辰悟性极佳，"世间万物无一不可蹭。"

"没错，小蒲卢来，帮叔叔粘个鞋底。"周步初冲蒲卢宝宝招招手，把"革圭分离"的鞋朝蒲卢宝宝一递，蒲卢通过指尖滴下几滴黏液，将周步初的鞋底粘好了。

"看看，蒲卢胶管七天，我就七天粘一次。"周步初得意扬扬道。

叶辰捧场道："四舍五入，您这双鞋就实现永动了。"

两人聊得正欢，叶辰的手机忽然响起提示音，是沈默风发来的微信。

那是一张截图，截图内容是叶辰的假小号转发的一张沈默风的定妆照，转发语倒也没什么出格的，就四个字——"哥哥好帅"。

叶辰眼珠一转，有种不妙的预感，出了山海境，走进屋，回复："怎么了，沈哥？"

沈默风发来一条语音："你私底下……管我叫哥哥？"

叶辰一哆嗦，打字解释道："不是，沈哥，追星一般都这么叫。"

"迷弟迷妹"管喜欢的艺人叫哥哥姐姐是很寻常的，近年来圈里就流行这么叫，叶辰也天天被人叫辰宝、哥哥，男粉丝、女粉丝都这么叫，早都习惯了，不觉得这有什么问题——况且，要把带哥哥称呼的微博全删掉也不现实——现在冷不丁被沈默风当个事提出来，叶辰才莫名有些羞耻。

沈默风自然明白这个称呼在粉丝圈很常见，却故意逗弄道："叫声哥哥，我听听。"

叶辰发了个奶猫痛哭的表情："您别逗我了……"

沈默风："叫。"

叶辰："沈哥……行行好。"

沈默风慢条斯理地打字："某人是不是和我保证过两次，说以后我有什么事都可以找他，只要他力所能及……"

这可是男人之间的约定！叶辰一秒正襟危坐，成功入戏为张飞，虎目圆瞪，连脸都仿佛黑了一个等级，激情地打字："哥哥！"

沈默风噎了一下："……别加感叹号，有画面。"

叶辰蔫下来，打字："哥哥。"

沈默风那边静了片刻，又甩来一张图。

是那个小号转发了一组沈默风裸着上半身的照片集锦——"啊！想在哥哥的腹肌上攀岩！"

叶辰："……"

沈默风："你想在我的腹肌上攀岩？"

叶辰险些被这接连几个问题问得背过气去，额头沁出细汗，手指翻飞疯狂地打字："不是！沈哥，我就是羡慕您身材好，没别的意思！这种'彩虹屁'，您别太从字面意思上理解行吗？都是夸张的说法，大家都那么说，不是我发明的。"

什么"在腹肌上攀岩""在睫毛上荡秋千""在锁骨上游泳"，

不过都是赞美偶像的常用句式，烂大街的东西，但被沈默风这么拎出来一板一眼地细细问着，那立马就变味了……

沈默风又甩来一张截图。

沈默风："叶辰，我是不是……小瞧你了？"

叶辰瞥一眼那截图，险些把手机吃了："不可能有这种啊！您是从哪找的？！"

沈默风镇定地分析："你说'不可能有这种'，是因为你以为自己都删干净了，对吗？"

叶辰："不是！"

叶辰的手哆嗦得影响打字，发过去一长串语音："沈哥，您听我解释，这些都是网络用语，没什么实际意义，都是虚指，就和'啊'一样，表达一种激动的心情……"

沈默风："哦。"

叶辰目光空茫，三魂七魄呈现游离态。

他明明搜过关键词！

怎么会？！

沈默风仿佛知道他在想什么似的，好心地"科普"道："微博搜关键词有时候不会全部显示，但挨条翻能翻到。"

也就是说，如果卖号小姐姐发了一百条带"我可以"三个字的微博，叶辰搜索"我可以"，有可能只会显示出九十条，还有十条虽然在搜索关键词时不显示，但按照时间线一条条翻，能看到，这是微博的一个 bug（漏洞），具有随机性与"坑爹性"。

并不是所有人都明确地知道这个 bug……比如叶辰。

叶辰："……"

微博这不是害人吗？！

完了，沈哥肯定觉得我有病……叶辰急疯了，哭丧着脸，徒劳地解释道："沈哥，我错了，您别生我的气，我就是没过脑子，看他们都刷那些话，我就跟着刷了，我不可能真的那么想您，以后我绝对不乱跟风，多长脑子……"

——他一边哭兮兮地认错讨饶，一边火急火燎地登录微博，准备第二轮狂删。

沈默风不紧不慢道："我猜你在准备删微博，其实我已经翻到去年一月份的了，截了几十张图，你现在开始删，没有任何意义。"

叶辰闻言，一秒愁到五官皱缩："……"

怪不得一整天一点动静都没有！

我沈哥堂堂一个影帝，究竟是有多闲啊？多闲？！

叶辰狠狠地抹了把汗，打字郑重地道歉道："沈哥，都是我的错，如果让您感觉不舒服了，我真的很抱歉，对不起。"

这一刻，他甚至做好了向沈默风坦白自己购买微博小号作假的准备，说辞他也想好了：因为没有转发明星资讯的习惯，所以真正的小号上没有关于沈默风的东西，怕偶像看了不高兴，所以才出此下策讨偶像欢心……这倒也基本上是事实。

至于他从头到尾就是假粉丝的事，他是死都不会承认的……

沈默风轻轻嗤笑一声："没反感，也没生你这个气，截图给你看就是逗逗你……反应别这么大。"

沈默风的语调大体上如常，确实不似叶辰想象中的那般愤怒万分，叶辰大大舒了一口气，感慨他沈哥不愧是"宰相肚里能撑船"，这都不和他计较。可他松懈了没几秒，又品出沈默风话里有话，忙乖觉道："您没生我这个气，那……您生的是什么气？"

沈默风呵呵冷笑，又发去一张截图。

截图中是一位新生代"流量小生"主演某大 IP 校园网剧的资讯，这位"流量小生"名叫张昆皓，比叶辰早出道两年，走的是痞帅、叛逆的"小狼狗"路线。叶辰去年与他合作过，而且合作的就是这条微博中提到的校园剧，叶辰扮演品学兼优的男二号，他则扮演嚣张的校霸男一号，哥几个手拉手围着女主转悠。

而那小姐姐的转发是——"啊！！！怎么办，我想'爬墙'了，啊，张昆皓真人超级帅、超级有礼貌，皮肤也超好，近距离都看不到毛孔"……

叶辰失声惊叫："啊！"

小姐姐，你是去给张昆皓接过机吗！这个近距离接触过的口吻是几个意思？！

而且小姐姐你三年老粉，怎么还"爬墙"呢？！

我沈哥哪里比不过张昆皓？！我沈哥的演技和颜值能把他秒成渣渣！

见叶辰久久不回应，沈默风打字："Hello？还在吗？"

沈默风："要不要向你的正牌偶像解释一下？"

连异性的手都没拉过的叶辰油然生出一种被正牌妻子捉奸在床的错觉，"咻"地冒出一脑门的冷汗，难堪地回复道："就是……随便一说。"

沈默风与他咬文嚼字："想'爬墙'了？那爬了吗？"

叶辰秒回："没爬！"

沈默风："那'想'了多久？"

叶辰汗如雨下："没想多久，一天。"

沈默风慢悠悠地拷问道："和他一起拍网剧，近距离接触过，就被'圈粉'了？"

叶辰："真没，就是随便一想。"

沈默风被他的措辞逗笑了，却仍旧佯作不爽，无理取闹道："我没他帅？"

叶辰："您最帅，真的，他不耐看，就打眼那一下好看。"

沈默风："你确定吗？"

叶辰："……"

我沈哥对粉丝的忠诚度要求这么高吗？！

叶辰"求生欲"满满地哄着正牌偶像："他打眼也不好看，我刚才失明了。"

沈默风笑得肚子疼："那我没他有礼貌？"

叶辰："您有礼貌，您还有绅士风度。"

沈默风还没逼问下一句，叶辰就自动自觉道："而且，您的皮肤也比他好，您更没毛孔。"

沈默风被哄得通体舒泰，正想揭过此事，不料叶辰自作聪明地补充道："您身材也比他好，他有小肚子，他其实都靠后期的。"

沈默风："你看过？"

叶辰信誓旦旦："看过！可清楚了！"

因为一起拍过上游泳课的戏！

接着，叶辰又拍马屁五分钟，才把沈默风拍舒服。

叶辰掏心掏肺道："沈哥，我这辈子就真情实感地粉过您一位，对别人都不是真粉，都是过眼云烟，随便'粉粉'。"

最后，沈默风终于大发慈悲道：行了，这事过去了。

叶辰四肢瘫软在床上："……"

他现在就是后悔，非常后悔。

他还没彻底平静下来，沈默风一通电话又过来了。

叶辰跪着接电话，有气无力道："沈哥。"

沈默风警告道："不许删微博，不许设置成'仅自己可见'，我这有不少截图，你偷偷把哪条弄没了，我都能发现。"

正有此意的叶辰："……"

沈默风凉凉地威胁道："如果被我发现了，我就……"

叶辰战栗，朝"忤逆父皇"的边缘深呼吸："您就？"

沈默风："我就没收你的小号。"

叶辰哀号："您究竟图什么啊……"

沈默风忍住笑道："图好玩。"

叶辰忍住眼泪："那您玩吧，您没生气就行……"

男子汉大丈夫，让救命恩人玩一玩有什么的？！

一件貌似严重得无法挽回的事就这样轻描淡写地揭过了。

叶辰不敢上小号"毁尸灭迹"，好在沈默风也并没再提这件事，仿佛是真的没在意。

叶辰战战兢兢了几天，见沈默风不吭声，加上还要马不停蹄地到处跑通告和种地，没时间胡思乱想，悬在嗓子眼的心也就渐渐放下了。

除夕前两天，叶辰结束了顾秋安排的一系列工作，马不停蹄地奔赴意大利。这次的代言拍摄工作周期是七天，还不算路上来回的消耗，时间安排得相当宽松，名义上说是为工作舍弃春节假期，实际上却和去意大利度假没区别。

品牌商相当大方，包了叶辰出国期间衣食住行的一切花销，更夸张的是，他住的不是酒店，而是一座外形颇具韵味，令他第一眼看到时不禁联想到古堡的豪华私人别墅，据说是品牌方特别为他提供的，诚意满满。

"这壁炉还能生火呢。"小高一脸没见过世面样地蹲在壁炉前研究，"这怎么生啊？像电影里的似的……"

"生火我熟练，在村里天天生。"叶辰质朴地一笑，撸起袖子凑过去，"你想看的话我给你生一个。"

"……"小高咽了口唾沫，"不，不用了。"

我辰哥这画风算是掰不回来了……

叶辰来到佛罗伦萨的第二天，也就是除夕的前一天，《问鼎》剧组正式杀青，陈靖安硬是踩着点在春节前完结了这部作品。

收到《问鼎》杀青的消息后，叶辰在拍摄代言照片的间隙给沈默风发微信祝贺，还提前向他拜年。

消息是上午十一点发的，可直到当晚收工，沈默风也一直没回复叶辰的信息。

沈默风平时大多是秒回他的微信，最多只隔一场戏的时间，而且会礼貌地带一句"刚才在拍戏"之类的解释，挺容易令爱多想的人产生错觉。但叶辰清醒无比，纵使沈默风这样周到，他也没觉得自己有追问沈默风"在忙吗"的权利与必要，沈默风不回复他，他也就不好意思再吭声了，生怕惹人烦。

当天收工后，叶辰指使混沌宝宝引其他神兽宝宝偷渡入境。

小团子们从开在主卧的混沌印记中鱼贯而出，叶辰把从厨房储物柜中搜刮来的、印满花花绿绿的外国字的零食分给宝宝们，叮嘱他们不要大喊大叫——这座别墅面积大得很夸张，小高住的客房离主卧较远，负责日常清洁维护的两位家政人员也被叶辰放了假，加上内墙的隔音效果相当好，神兽宝宝们只要不吵闹，就不怕露馅。

叶辰给宝宝们开电视放意大利语的《小猪佩奇》，宝宝们围坐在床上"咔嚓咔嚓"地吃零食，听穷奇大哥普法："……沌沌这种带人偷偷去国外的，学名叫'蛇头'，属于犯罪，被抓住的话，牢底坐穿。"

"噗——"叶辰喷了一地水。

"那沌沌又要被狱霸毒打了呀？"犰宝宝不安地揉搓着兔耳朵问道。

犰宝宝善于筹谋，对"道上"的事却不了解……

正忙着吞噬薯片的混沌宝宝闻言，吓得一哆嗦，毛球抖如筛糠。

"要被毒打十年，比偷井盖还严重。"穷奇宝宝威严地扫视小弟们，吩咐道，"口风都紧点，别坑了兄弟。"

叶辰被刚才那口水呛得痛苦不已："喀！你！喀喀！"

"咕嘟……"混沌宝宝的圆球身体如烈日下的冰激凌般迅速软化成薄片，仿佛是吓瘫了，"呜呜……"

穷奇宝宝嗤笑："还位列四凶呢，就这点儿出息。"

"……别吓唬他，又吓尿了，你收拾？"叶辰好不容易压住咳嗽，抬手就弹了穷奇大佬一个栗暴，拎起床上颤抖的小薄片对准很好清理的地板，安抚道，"奇奇逗你玩呢，没人毒打你。"

兔头军师安抚道："沌沌不怕，谁敢毒打你，你就吞光他肚子里的空气，然后他就憋死啦。"

"小孩子不许谈论这种话题。"叶辰虎着脸，作势扬扬巴掌，"再说这些，哥哥打屁股了。"

小团子们纷纷闭嘴，乖巧地吃东西、看电视。

晚上十点，叶辰带神兽团子们泡澡，主卧连接的浴室中没放置浴缸，而是堆砌出了一个泡澡池，据说放出来的是引流过来的温泉。

神兽宝宝们纷纷化作原形，扑通扑通跳进池子，叶辰腰间围了条浴巾，变身搓澡小工，用洗发水、护发素帮毛茸茸的宝宝们洗澡，用牙刷蘸沐浴液给有壳的宝宝们刷壳。凤凰宝宝先是满脸嫌弃地站在池沿观察了一会儿，随即偷偷摸摸地滑下水……奈何凤凰幼崽的真火尚不足以支持他在水中燃烧，于是，在他全身浸入水中的一瞬，那些火焰幻化出的翎羽"吱啦"一声尽数熄灭，小凤凰秒变秃鸡崽。

神兽宝宝们看见向来不可一世的凤凰变成小秃子，哄堂大笑。

"啵……唧……"

"咕嘟咕嘟！"

"啾咪！啾……啾咪！"凰凰灰头土脸地扑打着秃翅膀飞上岸，用嫩喙"笃笃"地猛啄池壁。

什么破池子！不……不可理喻！

叶辰忍住笑，不知从哪翻出个大浴盆，接满温泉水端到远处，把恼羞成怒的凰凰单独放进水中，拉上浴帘，不让其他神兽宝宝看见盆里的秃鸡崽，还往水面上放了一排塑料小黄鸭陪他玩。

料理完宝宝们，叶辰也惬意地泡了个温泉，随即裹着浴袍躺在主卧大得有些夸张的床上，被七只化为原形的宝宝簇拥着，准备入睡。

临睡时，叶辰还打开微信看了一眼。

沈默风仍然没有回复，朋友圈也没动静。

其实，最近这些天沈默风加起来也没和他说过几句话，毕竟是临近杀青，琐事铺天盖地的，没空聊天再正常不过。

沈哥最近肯定是太忙了……叶辰好脾气地翘了翘嘴角，给手机锁屏，随即躺在冬绒花枕上，用面颊蹭蹭枕头，嗅着那股令人安心的霜雪气息，迷迷糊糊地合上眼。

他正半梦半醒着，摆在枕边的手机忽然振动了起来。

他把眼睛睁开一条缝，连联络人是谁都没看清便接了起来，嗓音恹恹的："……喂？"

"不好意思，"沈默风歉然道，"把你吵醒了吧？"

"没，还没睡呢。"叶辰狠狠地摇了几下头，把自己甩得精神了，怕沈默风是半夜有急事找人帮忙，"您怎么了？是……出什么事了吗？"

"没有。"沈默风轻轻笑了一声，"大过年的，不能想我点好的？"

叶辰紧绷的神经即刻松弛下来，解释道："就是担心您，这大半夜的，没事儿就好。"

双方静了半晌，沈默风忽然莫名其妙地问："你的助理呢？"

叶辰不明就里，却仍老实地答道："睡了。"

沈默风审问道："你住的地方还有别人吗？"

叶辰扫过满床的神兽团子，道："没别人了。"

沈默风："知道我为什么突然给你打电话吗？"

"知道，"叶辰计算着国际漫游费，笃定道，"您喝多了。"

肯定是在杀青庆功宴上喝多了什么的！

沈默风："……"

叶辰焦急道："您在哪？有助理跟着吗？"

如果沈默风是独自醉醺醺地待在外面，叶辰完全可以回国照顾他一宿，再偷偷摸摸地回来。

沈默风却没答，话锋一转，道："我这边下雪了。"

叶辰也下意识地把目光转向窗外。

此时已是午夜，空蒙的天光却如水般渗透了窗帘。

——是天空被雪映亮了。

远处有年轻人用意大利语发出兴奋的叫喊声，那些音节穿透了雪夜，闷闷地飘进卧室——佛罗伦萨气候温暖，极少降雪，经常几年不见一次，下雪是令人兴奋的小概率事件。

"真巧，我这边也下雪了……"叶辰本着安抚醉汉情绪的宗旨顺着话聊，话刚说到一半，远处人们的欢呼声却与沈默风那边的背景音重合了。

"您在哪？！"叶辰猛地从床板上弹起来。

"楼下。"沈默风语调如常，"帮我开一下门？"

叶辰一愣，挂了电话，火速摇醒狐宝宝吩咐了几句，随即飞跑卜楼去开门。

他还是想不通，沈默风怎么就突然杀过来了，但他能感受到一股奇异又混乱的湍流在意识之海的深层涌动着。他每踏下一步楼梯，它们都会朝表层进军一段距离，当门锁在寂静中发出清脆的弹响，当裹挟着细雪的霜风呼啸着灌入室内，当沈默风修长笔挺的身影出现在门外……这股湍流也随之涌出。

"新年快乐。"沈默风从几步开外的台阶下走上来，踏过银子般的雪色。

他身披一件长及膝盖的纯黑长风衣，布料厚重，有沉沉的垂坠感，他这么一走动，沾在衣摆上的细雪便簌簌地落下来。

"……新年快乐。"叶辰退开几步给沈默风让路，"您怎么突然过来了？您这边也……有工作？"

沈默风反手关上门，头微微一歪，仿佛在逗小孩子："你不是说春节要上我家给我拜年吗？"

"嗯……"叶辰应着，忽然一个猜测滑过心头。

"这就是我家。"沈默风眼皮都没抬一下，回手开了几盏壁灯，暖黄的光盈了满室，映得那眉眼极英俊。

这下，叶辰一个字都说不出来了，不认识对方一样盯着沈默风。

"我这惊喜……是把你吓傻了？"沈默风一笑，从大衣口袋中摸出一个小盒子，递到叶辰的面前，"新年快乐。"

叶辰目光微颤，却没接，只摇着头嗫嚅道："这……您……"

沈默风轻舒一口气，自己打开礼物盒。

里面是一块 Sky Moon（百达翡丽星空）系列的手表，旁边还摆着一张小卡片。

叶辰一愣："……"

他对这款手表有印象，但令他印象深刻的并非昂贵的售价，而是手表本身的设计与寓意。

这块表的表盘中可显示北半球星空全景，多层宝石水晶圆盘显示着苍穹、银河与月相的图样，它们按照特定的速率分别旋转，还原了星辰运转的轨迹，由于单名一个"辰"字，与星辰扯得上关系，叶辰对它印象颇深，但他并没有和沈默风说过这种事。

沈默风垂眸，把手表戴在叶辰清瘦得很有棱角的手腕上，手指轻点，示意他看卡片。

叶辰怔怔地看向卡片。

卡片上是两句手写的话，字迹飘逸、狂放，叶辰一眼就认出那是沈默风的字。

或许是这话太肉麻，他不愿意说出口，只能付诸笔端。

——"从今往后，你再也不是围绕我转动的星辰……"

——"你是整片星空。"

叶辰忽然想起"沈叶超话"里的一句"彩虹屁"，那是叶辰在媒体前自称进娱乐圈是为沈默风后，组合粉们对沈默风说的一句话——"那长久的仰慕，如同光年之外一颗小小的星辰，它围绕你转动了这么多年，却不曾让你知道。"

沈默风记住了。

叶辰心头剧烈地震动。

卡片上的两排字活像两串子弹，把他的魂都打散了。

叶辰六神无主地舔舔嘴唇，拼命转动石化的脑子："您这是……"

沈默风淡定道："新年礼物。"

叶辰没接，只问："您怎么突然过来了？"

其实不用沈默风回答，他也猜出个七七八八了——这服装代言的资源是沈默风帮他拉的，还特意让品牌方在沈默风有房产的佛罗伦萨拍摄，也难怪品牌方开出的各项条件都那么慷慨。

叶辰暗暗咬住下唇，胸口烫了起来。

忽然，一阵窸窸窣窣的响动传来，叶辰抬眼朝声源的方向扫去，见七只神兽团子在通往二楼的楼梯上站成一排，一张张圆苹果似的小脸蛋儿依次塞在楼梯扶手的空隙中，好奇地朝沈默风望过来。

沈默风用理所当然的口吻道："我父母春节出国旅游，我一个人在国内过年没什么意思，来这边跟你过，屋子里还算有点人气。"

"那您也不用送我这个……"叶辰摘下手表，不敢贪恋，径直往沈默风的手上塞，"太夸张了。"

"不贵，才两百多。"沈默风扫一眼壁炉，轻描淡写道，"我提前这么多天把你骗来意大利，让你帮我打扫房间，帮我住，帮我生火……回报一件两百多的小礼物，算什么夸张？"

叶辰窘迫道："您说话别省略单位啊，再说，房间也不是我扫的，都是家政干的。"

"收着。"沈默风嘴角漫不经心地一翘，"花那么多心思给你挑的礼物，你因为贵了点儿就不收，浪费别人的心意，过分了吧？"

叶辰迟疑片刻："那……那等回国了，我回您一份礼？"

"行。"沈默风笑笑，倒也没拒绝。

许是怕叶辰反悔，他没再多说，以长途旅行疲惫为借口，走到门口拎起旅行箱，上二楼随便找了间空客房住下。

许是神经仍被沈默风突如其来的到访刺激着，第二天叶辰醒得很早，清晨六点不到，他便起床……回国种地，不愧是勤劳勇敢的中华儿女……

距种植两千棵灵植树木的任务限期只剩下半个多月，叶辰两个半月前栽下的八株原始树苗早已成熟并进入果期，利用它们的枝条陆续扦插的上百株树苗也已长成小树，现已可以利用这上百棵小树的枝条开启大批量种植冲一冲业绩。

在期限到来前，叶辰与周步初只要合力将一千八百多根枝条种入事先挖好的植树坑即可，平均下来是一天栽一百多株，分摊到两人头上就是各几十株。

起初的八株树苗都是境灵成对保存下来的，也就是每种有两棵，共计四种树，其中有一种檴木，在《山海经》中的记载是"其状如棠，而员叶赤实，实大如木瓜，名曰檴木，食之多力"，也就是说，这种树的果实长得像木瓜，吃下去会变得力气大的意思。

前些天两棵檴木依次结果，由于是尚未步入五年丰果期的树苗，每棵树上只结了十来个果子，那果皮橙中泛青，大小和外形都与木瓜相仿，但摘下一个掂在手中竟然是木制品的质感，不知道的人只会以为这是木头雕出的假果。

叶辰裹严军大衣，挎着菜篮收了几个檴木果，拎回四合院。

院里的地面上放着一个直径约半米的大树墩子，切面光滑坚硬，是周步初腾云驾雾去玉溪蹭烟草植株时拐了个弯，在西双版纳的原始森林挖的。好端端的百年老树被人砍了，只剩下个悲催的树墩子，活是活不了了，周步初琢磨着废物利用，拿来劈柴很不错，就索性挖出来插在角上捎回来了。毕竟他长途来回飞一趟也要消耗不少法力，能多蹭点物资就多蹭点。

叶辰把檴木果放在树墩子上，抡起前几天买来的斧头，用力一劈，随着一声木头崩裂的脆响，檴木果一分为二，许多木瓜籽般黑溜溜的小球叮叮当当散了一地。

叶辰接连劈开四个檴木果，把内里的小球收入一个空罐头瓶中，并将罐头瓶存放在橱柜里，瓶子装不下的小球被他揣瓜子一样揣进军大衣口袋。

收拾好檴木果，叶辰扛起铁锹去植树，一次完整的植树流程包括放置树苗、覆土、施少许灵鸡粪肥、用桶接水浇水……每植完三四株树苗，他就从口袋里摸出一颗小黑球，嗑巧克力豆似的嗑掉。

这种黑球一颗大约有大拇指的指甲大，口感类似坚果，香脆微甜。它无法从根本上改变肌肉强度增加力气，但能够零副作用地迅速代谢掉乳酸等运动后产生的负面产物，入口即能消除肌肉的疲惫与酸痛感，是庄稼男孩农忙时期必备好物。

叶辰一颗接一颗嗑着"大力丸"补气力，体能一直维持在他自身的巅峰状态，铲土、拌粪，铁锹挥得又快又稳，两担水挑起来就是一溜小跑，平均三分钟栽下一株树苗，上午九点不到就搞定了今日几十株树苗的种植任务。

这时，神兽崽崽们陆续醒了，洗漱完毕后，他们各自拎着小布口袋下地收冬绒花——叶辰之前做的五十个枕头全卖光了，群里一水的好评。五十笔成功交易后，"辰辰健康养生坊"的网店信用等级也变成了三颗心，个别担忧功效太好会有副作用的买主在安全地试用过一段时间后打消了顾虑，一心一意地等着保健枕补货，好孝敬家中其他长辈或是自己用。中老年人褪黑素分泌不足，加上或多或少总有些病痛困扰，睡眠障碍是普遍存在的，能自由控制时间，想睡时倒头就能酣甜地睡上一觉，这是多少饱尝失眠之苦的人的终极梦想。

叶辰这几天都没怎么上微信小号，因为每次一上线就面临着数不清的@催促他补货，有些几乎是求爷爷告奶奶地催着。

观澜："我现在出国都带着保健枕，感谢@家有一老如有一宝带给我们这么物美价廉的产品，补货时请第一时间通知，我要再买一个备用。"配上玫瑰图。

山水有情："本来还担心有副作用，用了半个多月，白天精力非常充沛！以前吃安眠药，第二天白天总是昏昏沉沉的，思维迟钝。"

老马与小马："@家有一老如有一宝，请问枕头什么时候补货？试用了几天，太好用，只能委屈自己先给老人用，就叫父亲先用着了，后悔没直接多买一个。"

若是一直维持着低质量睡眠，或许也能渐渐习惯，但在享受过婴儿般沉静安恬的睡眠后，再让人恢复往日的低质量睡眠，未免有些残酷，况且叶辰十分理解这种恨不得把最好的东西都孝敬给老父亲的心情……

于是，叶辰暗暗地私聊老马与小马，给他走了个后门："先补了一个，快去拍。"

老马与小马感恩戴德："谢谢大哥！"配上微笑表情。

叶辰早已练就看见微笑表情面不改色的心理素质，入乡随俗，语气慈和道："小老弟不用跟大哥客气。"配上微笑表情。

至于剩下的保健枕，叶辰打算每凑够二十个就上架一次，太少都不够几个人抢的，手速慢的怕是要回回都白折腾，但攒久了又怕他们着急。

其他神兽宝宝都在摘冬绒花，不屑于干农活儿的凤凰"啾"地飞到叶辰的头上，用爪子抓住雷锋帽，惬意地打盹儿。叶辰也不撵他去干活儿，只径直进西厢房将鸡厕所中一百多只鸡的排泄物端出来，与前几天的一起混合泥土搅拌均匀。

这一百四十多只灵鸡每天要消耗二十元钱左右的鸡饲料，时不时还要吃些灵气白菜以维持灵鸡血统，但性价比非常高——它们每日产出的灵鸡蛋的价值完全能抵消饲料钱，还能稳定供应叶辰一大家子的鸡蛋食用需求以及饲喂冉遗鱼的需求。而灵鸡粪更是养料丰富，能改善作物根际土壤的微生态系统。长此以往，山海境中的土地会越来越肥沃，形成良性循环，渐渐也就不需要人盯着施肥了。自从一百多只鸡进了四合院，叶辰就没怎么再花钱买过化肥。

将鸡粪和泥土搅拌均匀后，叶辰把蹲在自己头上偷懒的凤凰抓下来蹭火。

发酵腐熟鸡粪肥需要适宜的高温，能轻松杀灭病菌虫卵且温度可控的凤凰真火是相当便捷的选择，凤凰还没反应过来，就已经被叶辰三下五除二地撸成了秃鸡崽……

"啾啾啾！啾咪！咪！"

啊！哥哥又在拿凤凰的火炖鸡粑粑了！好恶心呀！

史上最没尊严的凤凰宝宝"啾啾"乱叫着，扑扇着不剩几根火翎的翅膀试图飞走，结果刚飞出叶辰的手心就"吧嗒"摔在地上，秃头秃脑地溜走了。

这就是不参与集体劳动的代价……

"哥哥，"这时，狐小特务挎着布兜"吧嗒吧嗒"地过来，向叶辰通风报信，"沌沌说大哥哥已经起床了，正在健身室锻炼呢。"

叶辰一怔："起床就起床了……不用告诉我。"

"大哥哥和阿姨说等你起床再弄早饭，"狐宝宝歪着脑袋瓜，狡黠地观察叶辰的神色，奶声奶气道，"大哥哥饿着肚子等你呢。"

叶辰："我这还得给你们做早饭呢，没时间。"

"今天不用了，哥哥，我和奇奇给小朋友们煮鸡蛋、蒸玉米、切苹果，营养可丰富啦。"狐宝宝乖巧道，"奇奇已经去烧水了。"

——穷人家的神兽早当家，破壳早的宝宝们已经学会帮叶辰做简单的家务了。

"那我活也没干完。"叶辰把雷锋帽两边的护耳放下，钻进菜地里干活。

之前仗着有周步初帮忙，叶辰将普通农作物的种植规模扩大了一倍，加种了不少果蔬。奈何农活儿这东西不是天天都得盯着干，昨天晚上周步初把庄稼侍弄得挺好，叶辰眼下几乎无事可做，这儿揪掉两株杂草，那儿掐掉半截泛黄的叶子，满身的尴尬在狐宝宝的犀利注视下几乎无所遁形。

"……对了，大年三十得吃顿饺子，意大利那边卖的菜也不知道品种齐不齐全。"叶辰自言自语般故意说给狐宝宝听，背上菜篓，拿起镰刀割了一茬鲜嫩的韭菜，起了几棵水灵灵的大白菜，又乱七八糟地东摘点、西摘点，直到沌沌"噗噗"飞来报信，说大哥哥每三分钟就去卧室门口转一圈，叶辰才终于不好意思再磨蹭。他把菜篓放在地上，吩咐犰宝宝找机会把东西偷偷运进别墅的冷柜，随即蹑手蹑脚地潜入意大利境内，花两分钟冲了个快澡，洗去一身属于劳动人民的汗水与泥土，还蹭了几坨浴室里的香水，以盖住身上万一没洗掉的鸡粪味。准备得万无一失后，他才挪开抵在门口的床头柜……

门开了。

走廊中，沈默风已经倚墙站了几分钟，将门里鼓捣床头柜的声音全听了去，见叶辰出来，恨恨地磨着牙道："早啊……门后面放的什么？"

叶辰略一思量，老实地答："嗯……床头柜。"

沈默风哑然失笑："你倒是不撒谎。"

叶辰正欲开口，楼梯下方传来一声轻微的响动。

叶辰抬眼望去，只见小高在几步之外的楼梯上，像只地缚灵般幽幽地背对着他们，纹丝不动地站在一座雕塑后，满身气场几乎要化形为文字……

——你们看不见我，看不见我，我就上个厕所，什么都不知道。

小高的大名是高然，跟了叶辰半年多，年纪轻，但不毛躁，资深"小聋瞎"，有需要时也可以哑，佛系青年，深知混在娱乐圈里多嘴多舌是大忌讳，只会害人害己，因此纵使腹中有再多疑惑，也只会在夜半无人之时对着马桶窃窃私语，仿佛童话中窥破了驴耳呆国王的秘密的理发师……

辰哥有种菜癖，还在家里养鸡！

辰哥一集电视剧片酬几十万元，居然还蹭我的Wi-Fi热点！

辰哥背着公司用我的身份证开了个网店卖中老年保健枕，还用我的淘宝账号刷单！

辰哥送我一家三口的保健枕谜一样好用！

••••••••••••

沈哥什么时候过来的？！他来干什么？！

高然内心激情"喊麦"而面不改色，转身跟两人打招呼，眼皮都没抬一下，淡定得仿佛沈默风就应当出现在这。

沈默风挑眉："你的助理不错。"

叶辰掩面："……嗯。"

高然确实懂事，不该他好奇的，他向来视而不见，不然，叶辰也不敢借他的名义开网店，而且他发现叶辰一些可疑之处，也是不闻不问的。

高然一句也没多问，面无表情地去餐室等开饭。

接下来的一整个白天，叶辰都忙碌于代言拍摄工作，沈默风无事可做，索性接手了高然的职务，在场外观看拍摄并伺候叶辰休息。他叼了一支烟，一只手抱着叶辰的厚外套，一只手拿着叶辰喝到一半的水，裤兜里还揣着叶辰的手机，高然在一旁两手空空，魂游天外。

这份代言工作本就轻松，加上叶辰今日格外配合，工作热情高涨，连手机都不玩，一副恨不得一分钟都不下场休息的赶工姿态……导致拍摄工作在当天傍晚完美结束。

这意味着，剩下的四天，叶辰要无所事事地与沈默风大眼瞪小眼了。

晚上三人回到住处时，国内人民已跨年完毕，沈默风给电视连上Wi-Fi搜索视频网站上的春晚回放，叶辰闷不作声地洗菜、切菜，高然埋头在一旁打下手。他们这几天都被品牌方安排吃当地的餐食——意大利面、比萨、牛扒与花式羊角包。今日拍摄结束后，他们也在某特色餐馆吃了晚饭，但大年夜包饺子属于仪式，况且西餐吃多了，叶辰还是想念国内的食物。

春晚回放开始后，沈大少爷也晃过来，像模像样地帮忙。

"叶辰，"沈默风模样纯良地捧着盛着蛋液的大碗，"鸡蛋搅成这样行吗？"

叶辰眼皮飞快地一抬，道："行。"

大年三十，叶辰找不到借口独处，更不可能把两人支开，毕竟这是沈默风的家，所以七只神兽崽崽无人照管，与各色蔬果鸡蛋一起被周步初装进小三轮带回他家，与老应龙一起过团圆年。

除去神兽宝宝的口粮与周步初应得的劳动报酬，叶辰还额外送给他两条冉遗鱼和两只大肥鸡，当作春节这几天帮忙照顾神兽宝宝的谢礼。

叶辰自小跟随爷爷奶奶长大，老人家都很把过年放在心上，饺子是春节必需品。叶辰六岁时就能娴熟地擀面皮、包饺子，现在和馅也不在话下。

有人打下手，叶辰利落地用大盆拌好两种家常饺子馅：一份是猪肉白菜馅，五花肉肥瘦适中，绞成肉末与碧青的灵气白菜拌在一起，满眼的红白水绿；另一份是韭菜鸡蛋馅，切碎的灵气韭菜如翡翠般鲜亮，散发着诱人的微辛，拌着小朵小朵蓬松柔嫩的蛋花，旁边还备着一盘这边现成的大虾仁。包饺子时，叶辰先挖一勺韭菜鸡蛋放在饺子皮中央，再夹一块晶莹剔透的虾仁嵌在馅料中，保证每个饺子里面都有虾。

十指不沾阳春水的沈大少爷鼓捣半天，拈着一只扭曲如奇行种的饺子就往案板上放，就在饺子即将着陆的一瞬，那已被沈默风蹂躏得不堪重负的面皮"噗"地裂开，饺子肚里那点馅全漏了，与叶辰那排体态修长、褶痕漂亮的月牙饺一比，格外惨不忍睹……

沈默风自嘲地一笑："我这饺子包得像……"

叶辰到底少年心性，又被春晚的喜庆气氛感染了，一时忘了尊敬德艺双馨的沈老师，乐颠颠地贫嘴："您这简直是饺子界丧尸。"

沈默风："……"

叶辰："……"

"好啊，叶辰，"沈默风咬着嘴唇笑了笑，"笑话我？"

"没有，没有！"叶辰自知失言，在心里给自己一嘴巴，忙恢复恭顺状，"要不，您去休息吧，好了，我叫您。"

两人身边，高然仿佛天聋地哑，只顾闷头狂包饺子。他包得也不算好看，但还算在及格线之上。

"不行，"沈默风撸起袖子露出半截紧实的小臂，喃喃道，"我还就不信了……你好好教教我。"

"好。"叶辰站在一米开外，乖乖地将手伸过去一些，用慢动作包。他每做一个动作，沈默风就忠实地复制一个动作，半分钟后，一个标准的月牙饺与一个歪七扭八饺一起诞生……

沈默风俊脸微红，有点挂不住："邪门了，就这么简单几步……"

"我刚学包饺子也这样。"叶辰安慰道，"包得不露馅就算合格，好不好看不重要，反正……"叶辰忆起幼年时在爷爷奶奶身边嚷着要包饺子，手法却不比沈默风强多少的自己，莞尔道，"我们家的规矩是谁包的谁吃。"

自己包的丑饺子，最后都是要进自己的肚子的！

沈默风闻言，不仅尴尬一扫而空，甚至还乐了起来："那我按你们家的规矩来。"

"行。"叶辰轻咳一声，闷头包饺子。

高然表情沉稳如老僧入定："……"

春晚回放进行到一半，热腾腾的饺子分批出锅：韭菜鸡蛋虾仁饺是煮的，皮薄得能窥见内里的虾仁，口感清爽，蘸上饺子醋更添鲜美；猪肉白菜饺则是蒸的，面皮厚实有嚼劲，这蒸饺外皮虽偏干，一口咬下内里却蕴着一小汪五花肉中的肥肉化成的油水，皮甫一裂开，便热乎乎地泼在舌面上，那荤菜香中的一点儿腻被灵气白菜的清甜完全中和，一口下去就停不下来。

"辰哥什么手艺，太好吃了！"高然绷了一天的正经脸终于崩了，也顾不得烫嘴，呵着气一口一个，吧唧吧唧吃得满嘴油光。

"好吃。"沈默风严守叶家规矩，挑着自己包的奇形怪状的饺子吃。他起初还矜持地不吃猪肉馅的，怕脂肪影响他的腹肌，见另外两人都吃得不亦乐乎，终于忍不住跟着吃起来。

春晚仍热热闹闹地播放着，音乐声、交谈声、咀嚼声、碗筷相碰声……全部细细碎碎地、喧闹地飘在半空。

叶辰竖起耳朵听着，低头吃饺子，想起前两年在出租房中当空巢少年时孤苦伶仃地过除夕，嘴角按捺不住地扬了扬，又不自在地挠挠鼻尖，掩饰这份惬意、踏实的欢喜。

三人吃饱喝足，高然把锅碗瓢盆全收进水槽用温水泡上，留待明早家政人员处理。做完这些，他向叶辰汇报行程，道："辰哥有事打电话给我，我和爸妈视频一会儿，完事就直接睡了。"

电视里，春晚主持人开始跨年倒计时，叶辰提醒沈默风道："您要不要也和叔叔阿姨视频一会儿，您以前春节都是在家过的吧？"

"白天视频过了，这会儿……"沈默风算了算时差，"都还没起床。"

"哦。"叶辰岔开话题，"您是在这边留过学吗？"

白天拍摄时，叶辰听见沈默风与品牌方的老外讲意大利语。叶辰听不懂，只知道他说得很好听，那一把磁性得仿佛带着小钩子的嗓音与慵懒腔调莫名地适合讲意大利语。

"不是。"沈默风打趣道，"我爸这人吧，有买房癖。"

叶小穷鬼再遭财富暴击："……"

"开玩笑的。"沈默风敛起笑容，"都是度假疗养用的，他身体不太好，一年有半年都在环境好的地方疗养，各个国家、各个城市……我会这几门外语，都是在当地练的，日常会话水平。"顿了顿，沈默风主动补充道，"我爸也没什么病，就是体质问题。"

叶辰点点头，又细致地问了几句，想着说不定有什么灵植能针对性地改善沈默风父亲的身体状况，可沈默风言辞闪烁，似乎不愿意谈细节，他想着或许沈默风觉得这是隐私，只好暂且作罢。

这回轮到沈默风岔开话题了："还有四天回国，有没有什么想玩的，我陪你。"

"没什么。"叶辰推辞，"您不用麻烦。"

他本来也没查意大利游玩攻略，地里有那么多树等着栽，辰辰健康养生坊也亟待开发新产品，他没什么玩心。

"说一个想去玩的城市，至少一个。"沈默风没那么好糊弄，说出一个个在国内受欢迎的意大利城市，"罗马？威尼斯？米兰？都灵？"

"真不用，"叶辰摇头，"太不好意思了。"

"那你……"沈默风轻笑，"这四天哪也不去？就和我在家大眼瞪小眼？"

"那还是出去吧。"叶辰飞快道。

沈默风愉悦地吹了声口哨："说吧，想去哪？"

叶辰思索片刻，本着从周步初那学来的"天地万物无一不可蹭"的宗旨，试探着问："能看海吗？"

去海边他是有打算的，考虑到混沌宝宝已经可以同时运转四个混沌印记，他想带上混沌，在意大利的海里偷偷地、偷偷地放置一个混沌印记……

这样一来，他就可以足不出户，在家打鱼了！

这念头他早就有过，之所以一直没实施，是因为山海境里的冉遗鱼已能够满足他们的鱼肉食用需求，多打来的海鲜也没冉遗鱼好吃，只能拿去市场卖。可海鲜不比蔬菜水果，交到客人手上要保证鲜活，死了是要掉价的，饲养起来颇有些门道，叶辰做不到大规模捕捞，收入不稳定，事还多，并不值得大费周章地置办一个水产摊，因此一直没实施，只是把这个奇葩念头随便想想，可如今……

叶辰想起前几天被绝望支配的恐惧——东厢房的空间中，储存着饕餮宝宝元神的气泡越来越大了。

饕餮幼崽每天要吞噬自身体重五十倍的食物，虽说对饕餮这种能吞天食地的神兽而言，"食物"的概念相当宽泛，不一定要吃人类认知范畴中的正常食物，啃地皮、嚼石头都能苟活，可叶辰不想虐待饕餮，虽说打死他也供不起灵植，但还是想供应至少他自己觉得能入口的东西……

…………

"看海？"沈默风急忙应下，"没问题。"

冬季海边能玩的肯定要比夏天少些，不过京海是内陆城市，叶辰平时或许没多少机会去海边度假，因此，沈默风不疑有他，只问："还有吗？"

"没了，您说提一个要求就够了。"叶辰道，不好意思再提别的。

"行，剩下的行程，我安排。"沈默风愉快得像个要去春游的小少年，跳起来，"我去查查车票什么的，你去休息吧。"

"谢谢沈哥，麻烦您了。"叶辰起身，"晚安。"

…………

翌日。

冬季来海滨小镇游览的观光客还不到夏季的十分之一。海水如熔化的蓝宝石，懒懒地托举着几艘渔船。沿海岸线修建的渔民小屋外墙色彩艳丽得近乎稚拙，晃眼的几何图形色块散落在碧海青空之间，给人一种身临童话世界的错觉。

淡季没有多少破坏景致的观光客，地中海气候的冬天也并不严寒，除去不能下水游泳，其实哪都挺好。叶辰穿着一身品牌方提供的新衣服，没戴墨镜、口罩，只把围巾堆高了些，隔着半米距离地跟在沈默风的身边，听他讲解当地风土人情。

被"抓壮丁"的混沌宝宝缩成团坐在叶辰的肩头，一声不吭。

"对了，沈哥，"见沈默风没什么可讲的了，叶辰主动提问，"有个问题想问您。"

沈默风："什么？"

叶辰小王子般优雅地昂头眺望着海面，内心"苍蝇搓手"："就这片海域的近海，一般都产什么品种的海鲜？"

自打进入小镇便滔滔不绝地为叶辰讲述此地历史、人文、地理知识的沈默风，突然哑火。

"这片海域的近海，就各种鱼、螃蟹，具体的……"沈默风答不上来，好笑道，"待会儿到餐厅了，我帮你问问当地人，一般没有你这么问的。"

对美食感兴趣的观光客一般都是问当地有什么好吃的，鲜少有人会具体问到某片海域盛产哪些海鲜，还强调近海，像要下去捞一次似的。

"就好奇一下。"确实打算下去捞鱼的叶辰镇定道。

语毕，他在混沌宝宝身上轻轻一戳，混沌宝宝领命，无声地飞向大海，在海面上开任意门。

任意门的落点不需要挑来挑去，只要先随便在海边开一个，有换地方的需要时，让混沌宝宝过来改就可以了。

"看见那边黄色屋顶的小房子了吗？"沈默风抬手指向远处。

叶辰："看见了。"

"是家小餐馆……"沈默风正说着，忽然怔了一下，扭头确认道，"你刚才说话了吗？"

叶辰一愣："我说的'看见了'，怎么了？"

"没事儿，"沈默风前后张望，近处却只有他们两个人，"可能听错了。"

刚才，就在他准备向叶辰介绍那家小餐馆时，他隐约听到两个短促含糊的音节，声源不知何方，总之很近，听起来像是"灵芝""灵智"，语调还莫名地不耐烦。

沈默风竖起耳朵听了一会儿，声音却没再出现，他便将此事抛到脑后，继续方才被打断的话。

"……那家餐馆，我去过两次，待会儿请你去吃。"沈默风知道叶辰爱吃海鲜，故意声情并茂地勾起他的食欲，用手比画着，"一份蟹肉意粉上面放这么大一只螃蟹，蟹壳和盘子差不多大，开胃菜有十多种海鲜做的沙拉，剑鱼和龙虾也都做得不错。"

"谢谢，让您破费了。"叶辰勉力维系矜持，可眸子还是缓缓地亮了起来。

············

四天后，叶辰正式回国。

说正式，是因为这些天他其实每天都偷溜回国侍弄庄稼。

叶辰到家时是下午一点，他只有半天时间休息整顿，明天一早就要搭乘航班去国内最南的省份拍摄《悠闲的假期》真人秀第二季。

这档真人秀节目拍摄时长为半个月，其间会辗转更换几处风情不同的村落或小型岛屿，拍摄素材将剪成十集，叶辰每集的片酬一百五十万元，除去扣税与经纪公司的分成，他又能偿还一大笔言灵的债务了。

节目组策划秉承着"缺德带冒烟"的互动宗旨，坑起嘉宾来毫不手软，为追求节目效果，半点儿也不会私下通融。第一季时，这群四体不勤、五谷不分的"小花""小鲜肉"就被策划捉弄得灰头土脸，在田间地里抱团痛哭，节目虽名为《悠闲的假期》，却与"悠闲"二字不沾边，被观众戏称为《"硬核"的假期》《致富经2.0》《全明星版农广天地》。当时叶辰与猪搏斗的那段视频还被截成动图广为流传，"叶辰与猪斗争差点牺牲"更是上过热搜榜头条。节目组尝到甜头，第二季想必会延续"硬核"田园的风格。

不过，这次叶辰可不怕他们了……

不仅不怕，他还要一雪前耻！

《悠闲的假期》常驻嘉宾原定是四位，可前段时间节目组突然在微博上搞事，声称加入了第五位超人气神秘嘉宾，吊足了观众的胃口。叶辰不知道临时加入了哪位，也毫不关心。他在圈里没有仇人，也没有好友，不管谁"空降"都是简简单单地录节目罢了，所以他对那条消息一点儿都不上心，看完就忘在脑后了。

············

沈默风的车子停在叶辰家门口。

——下了飞机后，沈默风提出用自己的车送叶辰回家，叶辰毫无招架之力，乖乖地让他送。

"那我先回家了，这几天麻烦您了。"叶辰开车门。

"不请我进去喝杯茶？"沈默风钩了钩叶辰的袖口。

叶辰立即拒绝："别，里面太乱了。"

其实里面倒不是太乱，而是家徒四壁，内室的简陋被庭院和外墙的大气一衬，显得格外寒碜与违和，宛如被盗窃团伙二十四小时滚动洗劫的大户人家，死也不能给沈默风看。

片刻令人窒息的安静后，叶辰也不知是"求生欲"满满，还是"求生欲"为零，忽然冒出一句："……您要是口渴，我把茶沏好给您端出来？"

沈默风凉凉地瞪他一眼，转向司机，吩咐道："你下车抽根烟。"

司机乖乖地下车，不当电灯泡。

叶辰："……"

沈默风磨牙，轻声道："我是不是太惯着你了？"

"不是，不是。"叶辰摇头，"我家里真的乱。"

沈默风看他片刻，眼底重新蕴起笑意，道："你那档真人秀节目，半个月得跑好几个地方吧？我探班太不方便了。"

叶辰殷切地恐吓道："对，您最好就别来探班了，我们行程安排的都是挺偏远的地方，有的连高铁都不通，要转乘三轮车、牛车什么的，搞不好要骑驴进村。"

沈默风不出声，只是笑。

"真有那样的。"叶辰无辜。

沈默风与他打商量："每天接我的视频，行吗？"

叶辰计算着本月套餐剩余流量，穷酸兮兮道："我尽量，就是不一定有网络。"

沈默风："连这都保证不了？"

叶辰老实道："我也没办法，沈哥……而且这节目组上一季的时候对探班就卡得特别严，您别白跑一趟。"

"没办法……"沈默风咀嚼着这三个字，慢悠悠地道，"那如果有办法的话，就愿意让我去探班，是吗？"

反正也探不了，叶辰稳如老狗，索性顺着话答："有办法的话，愿意。"

沈默风英俊的脸上泛出一抹令人捉摸不透的神气，叶辰形容不上来，只觉得他沈哥看上去……忽然莫名地让人觉得缺德。

"万一我能去探班呢，你高兴吗？"沈默风无理取闹道。

叶辰只好道："高兴。"

他是从头到尾没想到"空降"的神秘嘉宾会是沈默风，沈大影帝素来"高冷"，一心专注于影视作品，连综艺节目、广告、代言都极少涉足，更别提闹闹哄哄还可能挨整的真人秀节目了，真人秀节目与沈默风是隔着"次元壁"的。

沈默风咬了一下嘴唇，道："行，你回去吧，今天还得收拾行李。"

叶辰云里雾里地下车回了家，收拾明天要带的行李。国内最南边的省目前的气候与北方的夏天差不多，他得准备夏天用的东西。他正收拾得认真，正房门外传来周步初的喊声："小叶，人给你带来了。"

"欸，来了！"叶辰一跃而起，在缺角的镜子前用手抹抹头发，扯扯衣角，确认不会失礼，这才匆匆地走出正房。

周步初穿着一身干活专用的破烂衣服，身旁站着一位老人家。

老人腰杆笔挺，白发如雪，精神矍铄，手拄龙头拐棍，穿着一身中山装，"肉眼可见"是二手的，脸上虽皱纹密布，沟壑纵横，但根据轮廓也不难看出年轻时俊美无俦的风采。

"龙爷爷，您好。"叶辰一个九十度鞠躬。

他眼前的老人，就是传说中能腾云驾雾、乘奔御风的应龙……中国人对龙大多有源自骨血的尊敬与崇拜，何况这老龙虽内丹受损，一口气衰老了上万岁，却仍旧气场慑人，不怒自威，他丝毫不敢轻慢。

应龙眼高于顶，看都不看卑微的小人类一眼，昂着头重重地一哼。

周步初今天是带应龙来给叶辰干活的。

冬绒花枕头在各大中老年护理群中供不应求，这段时间神兽宝宝们也收集了不少冬绒草草籽。叶辰一直盼着再来场大雪，多种些冬绒草，奈何山海境今年属于暖冬，降雪太少，而强行种在土里的冬绒草生不了根，于是他就把主意打到了能改变天候的应龙头上。

迄今为止，应龙已吃了两个多月灵植，据说内丹已有少量恢复，神志清醒了少许，能起床走动，也不失禁了，最重要的是，能小规模布雨布雪，正好可以请过来帮叶辰下雪。

"……"周步初疲惫地提醒道，"你要尿尿的话，先吭一声。"

应龙中气十足道："吭！"

随即，他身子一僵！

周步初："……"

叶辰大不敬道："……穿纸尿裤了吗？"

"穿了。"周步初痛心地计算着一个纸尿裤的钱，和记忆力差得连一小时前的事都记不住的应龙反复强调，"我的意思是，你吭完，我好带你去厕所，而不是让你吭完就地解决……"

应龙吹胡子瞪眼："哼！"

"那周叔你先带他去厕所处理一下？"叶辰强扯着嘴角微笑了一下。

"凡人胆敢耻笑吾辈？！"应龙蓦地一声暴喝，拎起龙头拐杖就朝叶辰砸去！

"您等等，我没笑话您！"叶辰这段时间被冉遗鱼虐得战斗意识突飞猛进，侧开一步，敏捷地闪避，灵蛇般绕到周步初的身后，用战斗力奇差的貔貅当盾牌，"您误会了！"

周步初挡在叶辰前面挨打，捂着脑壳嗷嗷叫："疼！这是脑袋，而不是山核桃！别打了！"

就在一老二小满院子杀到"超神"的当口，山海境中的采花小分队叽里咕噜地鱼贯而出，每个神兽崽崽都挎着一个鼓鼓囊囊的小布包，里面塞满了冬绒花。

"老爷爷别打哥哥呀！"狨宝宝惊恐得直搓小脸蛋儿。

这声呼喊奶气得毫无震慑力，可举着拐杖打人毁物的老应龙却在听见狨宝宝喊叫的一瞬间猛地僵住，眼珠滴溜乱转，一张老脸面皮紧绷，仿佛兔子见了鹰……

还在绕着树疯狂"走位"的叶辰："咦？"

"爷爷也是神兽吗？您身上的灵气好好闻呀。"狨宝宝精致的鼻翼微微翕动，试探着朝应龙走去，"爷爷别生气啦，辰辰哥哥人可好了……"

应龙："啊——"

狨宝宝吓得一哆嗦："叽！"

一龙一狨面面相觑，双双惊恐万状。

"别……别过来！"应龙舞着拐杖，一溜小跑"噔噔"地蹿进正房，"砰"地摔上门。

片刻沉寂后，狨宝宝"咻"地竖起兔耳朵，恍然大悟："……爷爷是龙吗？"

"哈哈，笑死我了，笑死我了！"周步初乐得打滚，"看把他吓的，哈哈！我怎么早没想到？！"周步初恨恨地一拍大腿！

"这……吼吼是他的天敌啊？"叶辰回过味来。

狨宝宝性格活泼软萌，但在陨落前有一项特殊爱好，那就是……食龙。

据古籍记载，狨的外形虽如白兔般柔弱，却喜食龙脑，民间自古有"一狨可斗三龙二蛟"的说法，就是指狨战力极强，龙族遇上他，都只有叫爸爸的份。不过，根据更靠谱的境灵记载，狨不会捕杀有灵识的神兽，应龙、青龙、角龙……都不在狨的食谱中，他的食用对象只有螭、虺、虬、蛟等尚未真正化成龙的类龙灵兽。

而狨也并非战力强大，他只是天生的龙族克星，能分泌出针对

274

龙族的致幻物质，令蛟龙之属对其俯首帖耳、引颈就戮……

这位天敌的能力实在太恐怖，因此，即便犰从不杀伤神兽，应龙、青龙之辈也仍然怕犰怕得要死。

那洁白柔软的兔耳朵，那簌簌发抖的圆尾巴，那棉花糖般团成团的粉色小身体……对龙族而言，不仅毫不可爱，而且都是催命的信号！

"吼吼又不吃应龙……"犰宝宝蔫蔫地辩解着，耷拉着小兔耳朵，躲进东厢房藏匿气息。叶辰怕犰宝宝自尊受伤，拼命吹"彩虹屁"，夸赞犰宝宝软萌可爱，比夸沈默风还不惜力，犰宝宝被哄得小圆脸上满是得意之色。

另一边，周步初扒着正房的房门哄应龙，好说歹说，才哄得他把门打开。这时，叶辰也走了过来。

片刻前打人毁物、精神矍铄的老龙此时瑟缩得像个孙子，还是期末考试倒数第一名的那种不成器的孙子，脸上挤出的皱纹都是囧的形状。

"那小兔崽子……走了？"应龙脖子抻得老长，东张西望。

"走了，走了，"叶辰忙安慰，"您别怕，他不会伤害您的。"

应龙皱纹舒展。

周步初凉凉地道："除非你不听话。"

应龙皱纹蜷缩。

"……"叶辰又道，"我们家犰还小呢，才复苏几个月，是个小宝宝，打不过您的。"

应龙顿时企图摆谱。

周步初阴鸷道："但是小孩子长得快，一天一个样。"

应龙一秒囧如宝宝。

"周叔啊，"叶辰不忍，"您这么吓唬他合适吗？"

"合适，特合适。"周步初目露沧桑，探头与叶辰咬耳朵，"这个糟老头儿子难伺候着呢，天天不是这，就是那，事儿叫一个多。但凡有一点儿不顺心，他马上拿拐杖打人，我得有个东西镇住他，以后他再打人毁物，我就吓唬他，说让大白兔子来把他叼走，你别拆我的台。"

狴宝宝在此次事件中扮演的竟然是大灰狼的角色！

叶辰只好默默地闭上嘴。

被吓得服服帖帖的应龙随叶辰进入山海境，来到需要布雪的一大片空地前，颤巍巍地丢了拐杖，在周步初的帮助下褪去衣物，化身为龙。

一声龙吟响彻云霄，清越悠远。

如同一场天马行空的梦境，一条长度足有四十余米的巨龙骤然在叶辰的面前冲天而起，那需五人合抱的粗壮龙身距离叶辰的鼻尖不过十几厘米。叶辰被这庞大的躯体掀起的狂风整个掀翻，一屁股坐在地上，但他顾不得站起来，只仰着头，小孩子似的咧着嘴笑，惊骇又激动地仰望着那条横贯天地的巨龙。

应龙通体遍布淡钢蓝色的龙鳞，鳞片平滑如镜，一块块反射着天光，龙身弯折间，鳞片的光影变幻，碧空如洗，场面神异之至。

"哇——"叶辰感叹不已，眸子水亮，映着云中的龙影。

他养育神兽几个月，神兽的原形虽然没少看，但都是些可爱的幼崽，哪只也没带给过他如此强烈的震撼，至于周步初……周步初没在他面前现过原形，他也没主动要求看。

"太美了，太壮观了……"叶辰自言自语。

他这位叶公倒是真好龙。

就在叶辰以为应龙即将开始布雪时，应龙却悠悠地落到植树区，用龙爪盖住叶辰最早种下的一棵迷榖树，五趾微收，竟是霍地将树连根拔起！

叶辰面色一青，大叫："龙爷爷，别拔我的树！"

"没事，他就弄根拐杖，不会多拔。"周步初安抚地拍拍叶辰的肩膀。

"拐杖？"叶辰讶然。

仿佛要给他展示拐杖的用法一样，片刻前还在遨游天地的应龙用前爪抓着迷榖树的树冠，把树往前递出几米，在地上杵稳了，中爪、后爪再"啪嗒啪嗒"地往前爬几米，待到中爪和后爪挪到前面了，一个行走循环宣告完成。应龙就用前爪抓着树，再次往前伸去，就这么拄着树爬着走……

也亏得迷榖树的树干坚韧，经受得住被一条龙拄来拄去。

叶辰："……"

周步初解释道："他飞着累，爬着也累，身体太衰弱了，又那么沉。"

叶辰机械道："那刚才……"

周步初："还不让人装个 × 了？"

叶辰："让，让。"

几秒钟后，叶辰弱弱地道："周叔，您帮我把那棵迷榖树上结的果子摘一下行吗，待会儿都让他捏碎了。"

"……行。"周步初挎上篮子去龙爪下摘果子。

龙族布雨的原理其实就是以蕴含在龙息中的灵力聚集方圆百里的水蒸气，把它们凝结成小水珠或小冰晶，处于巅峰状态的龙族可在原地给百里之外的田地布雨，但年老体衰的应龙没这隔空布雨的本事，只能一平方米、一平方米地亲力亲为。

只见应龙拄着拐杖，兢兢业业地用两个巨大如脸盆的鼻孔向地面喷气，那喷出的气体如霜霰般洁白朦胧，落在地上就是一层薄雪，再喷两下，雪层略略变厚。

一分钟后，老龙成功地为两平方米的地下了雪……

叶辰："……"

虽说这和叶辰想象中的布雪差距甚大，但这个下雪速度也算够用了，反正一口气下太多也用不上。叶辰取出冬绒草种，招呼神兽宝宝们帮忙，大家一起种草。

············

一下午过去，这段时间，神兽崽崽们收集的两万余颗冬绒草草种已全部种下。等这批新草长成，叶辰每月就能稳定产出一百六七十个枕头，月净利润近九千元，不仅彻底摆脱贫困，还能实打实地帮助到许多饱受失眠困扰的人，既赚钱又行好事，一举两得。

应龙一下午降雪面积多达两百余平方米，他为这次降雪耗光了积攒月余的灵力，连飞都飞不起来了。

犼宝宝一直没出现，记忆力减退严重的应龙干脆忘了这码事，只知道自己又帮凡人兴云布雨了，不禁居功自傲，飘了起来。

古时黎民百姓求应龙布雨，动辄要开坛作法、杀猪宰羊，祭品不断，鼓乐不绝，求雨者要在地上乌压压地跪一片，祈祷带磕头的。现在社会不兴下跪磕头这套，老龙就越看越觉得这届凡人不行，吹胡子瞪眼地盯着叶辰，寻思着该打打人了。

周步初伺候应龙多年，对糟老头子这副要使坏的神态再熟悉不过，忙戳戳叶辰，又指指老龙："把你家犼放出来，他要'盘'你。"

正在炖灵鸡准备犒劳老龙的叶辰惊呆："……我怎么了，就要'盘'我？！"

"老年痴呆这玩意，谁说得准。"周步初啧啧摇头，"就突然看你不顺眼了呗。"

叶辰连忙把在东厢房自己玩的犼宝宝抱出来，塞给犼宝宝一颗糖，抱大腿。

犼宝宝喜滋滋地含着糖块，冲满脸不怀好意的老龙招招手，奶声奶气道："龙爷爷，别怕啦。"

应龙一低头，溜得比孙子还快。

犼宝宝："噗。"

叶辰："……"

人家都是含饴弄孙，犼宝宝是含饴弄爷爷……

今晚在家里吃饭的人多，况且犒劳功臣得多炒几个菜，厨房里大锅小灶全用上了，四合院内灯火通明。但叶辰半点儿没纠结用电量，他从周步初下午抢救下来的满满一篮迷榖果中拣出一个小的，把电磁炉插头往果子上一插，电磁炉"叮"的一声开始运转。

这种迷榖树在《山海经》中的记载是"其状如榖而黑理，其华四照，其名曰迷榖，佩之不迷"，说的是迷榖树会在夜晚发出光华，佩戴它的枝条不会迷路，不过，实际上迷榖树没有指南针的功能，只是会发光。它的果子形状类似灯泡，果皮晶莹透明，薄脆坚硬，透过果皮能一眼看见果核。那果核是一簇明亮得灼目的小火苗，悬浮在果子正当中，果核与果皮间貌似空无一物，只有空气，但叶辰知道，那里装的其实都是电……

一个迷榖果中蕴含着一到两度电，具体电量根据果实大小浮动，直接向果实中插入电线或插头，即可用电，也可以直接把果实当灯泡挂在墙上。自从第二批种植的小迷榖树开始结果，叶辰就恢复了四合院的电力供暖，平时用起电来也不心疼了。

果实发电，安全环保！

…………

叶辰正在厨房和几个帮忙打下手的神兽宝宝忙活，周步初忽然探头进来，告状道："你家混沌崽子在院里弄了一片海。"

"嗯，"叶辰淡定道，"我让他弄的。"

之前混沌宝宝在后罩房的地板上开了一个大小能供一人通行的混沌印记，用来连接房间与利古里亚海，供叶辰进行室内捕捞。但叶辰这几天在各大钓友论坛钻研了一下捕捞的方法，觉得钓鱼效率太低，决定使用海洋专用渔网抓鱼，而混沌印记画得太小，渔网撒不开。于是混沌宝宝抹掉后罩房地板上的印记，在院里画出了一个面积占据半个院子的超大号混沌印记。

"哗啦……"

是惊涛拍墙声。

"嘀嘀——"

是院里的小三轮被海浪拍得发出了报警信号。

"院子都快被淹了。"周步初道。

叶辰放下锅铲跑进院里。

京海月色清疏，利古里亚海在院子里涨潮，海水裹挟着泥沙与贝类溢出混沌印记。叶辰急忙挽起裤腿，蹬掉鞋子，抓在手里，骑上小三轮防止爱车被浪卷入海中，扬头高声道："沌沌，快加个禁制！"

"咕嘟！"混沌宝宝应和着，拼命用小翅膀拖着胖嘟嘟的身子在海上飞来飞去。他每扇一下翅膀，就有些发光粉末飘入海中，潮水汹涌漫溢的态势也会随之削减——他可以设置混沌印记的通过规则，禁止物质或生灵穿越混沌印记，自然也可以禁止海水涌入，可他是第一次绘制面积这么大的混沌印记，还没来得及设置禁制，灵力已是捉襟见肘，不得不稍作休息，结果歇了没一会儿，大海就搞事了。

随着禁制生效，海水渐息，透明的印记下方海浪涌动，却无法越界分毫。叶辰回屋换上拖鞋，从厨房里端出一个洗菜盆，勤俭地捡拾院子地面上残留的贝壳。

"够炒个小菜了。"叶辰笑得质朴。

周步初面露欣慰："后生可畏，后生可畏……都蹚到意大利去了。"

叶辰皮道："继承您的衣钵，出去不能给您丢脸不是？"

周步初哈哈大笑。

叶辰念头一转，笑不出来了："……其实是饕餮要苏醒了，我怕被她吃穷了，就赶紧想想办法。"

"饕餮？"周步初乐呵呵道，"你不用怕她，她什么都吃，好养活，给她一块板砖，她都能当面包吃，往里塞根钢筋就是热狗。"

叶辰顺着话贫嘴："两块板砖夹一井盖就是汉堡包？"

周步初乐不可支："哈哈，对啊！"

叶辰于心不忍："就算她能消化，那也不好吃啊。"

"心还挺软。"周步初一笑，"那你就给她弄几袋大米白面，什么便宜，喂什么。"

"嗯。"叶辰点头，"我都计划好了，要是没别的东西给她吃，我就主要给她蒸馒头、做米饭，让她吃这些吃到八分饱，剩下两分饱再吃好吃的，又能吃饱，又不会馋。"

周步初拍拍他的肩膀，夸赞道："小老弟，你不错。"顿了顿，周步初又道，"你家里这海也不错。"

叶辰："……"

周步初脱衣服："这样，我先帮你下去探探，看这片海域鱼多不多。"

来都来了，不蹭几条鱼，多不合适。

叶辰也想找人试试水，忙道："那您去吧。"

周步初把衣服放好，化作貔貅原形。

貔貅以计谋见长，不擅长战斗，体型与马相仿，周身覆盖着厚实细密的灿金色绒毛，在夜色中如太阳般耀眼，仿佛随意抖一抖毛，都会掉落一地金粉……

"哇。"叶辰的瞳仁都被映亮了。

周步初挺得意，在叶辰面前走秀般转了两圈。

这时，在一旁看热闹的穷奇宝宝蹑手蹑脚地凑上来，拈住周步初的一根毛，快准狠地一拔！

"啊！"周步初失声尖叫。

由于周步初很喜欢戏弄幼崽化的穷奇，所以两人关系向来不大融洽，穷奇宝宝一直憋着劲想扳回一局。

"奇奇！呃……"叶辰正要开口训斥坏小朋友，却见穷奇宝宝手中拈的那根金色貔貅毛以肉眼可见的速度变成了薄薄一沓粉色人民币……

周步初发出杀貔貅般的号叫："啊！你抢劫啊？！"

"你的毛……"叶辰目瞪口呆，"本体是钱？"

"我整个本体都是钱！"周步初撒开蹄子就跑，离熊孩子远远的，惨叫道，"花我的钱就等于割我的肉，放我的血，拔我的毛！"

——与其他有血有肉的神兽不同，貔貅的一身血肉、骨骼、皮毛都是货真价实的财富具现化出来的，好比人吃肉会长肉，貔貅赚来的钱也都长在身上，咬牙割他两斤腿肉，就能在京海买套房。

叶辰屏息，仿佛看到了一座移动的金库。

"……"叶辰沉吟片刻，忍不住嘴贱道，"就您这体质，要是脱发可不得了啊，洗手间的地漏都会被钞票堵住。"

周步初一哆嗦，惊惧道："我的毛结实着呢，他那一下是拼命薅我的！"

"脱发这事可说不准。"叶辰摇头晃脑，"上了年纪什么的……"

"啊，你别说了！"周步初连鱼都不捞了，焦虑得在原地直蹦跶，"我脑袋里都有画面了！"

番外
貔貅

有只貔貅，生理性地抠门，只进不出。

身为知名金融大鳄，抠门到连吃饭都靠去超市蹭试吃，只有捡到大便宜的时候他才会忍痛花钱。

有天他路过房产中介，见一独栋别墅超低价自杀式甩卖，皆因几任房主接连上吊自杀，是货真价实的自杀式甩卖。

低于市价一半。

貔貅："我要了。"

签订购房协议，回家，他含泪剁下一截小手指头。

小手指头叮叮当当砸在地上，金条堆得像座小山一样。

手指头不疼，等钱赚够了还能长回来。

但心疼。

貔貅浑身上下都是金银珠宝幻化而成，叫他花钱，那就是割他的肉，放他的血——字面意义上。

捡了个大便宜，貔貅喜滋滋地搬进别墅。

凶宅嘛，里头塞着满满当当一屋子凶兽，训练有素，准备吓人。

几双爪子掐上貔貅脖子，险些烫化了，神兽灵气自带净化效果。

貔貅满不在乎地抠着鼻孔，朝一众凶兽递去扫帚、抹布、马桶刷子，厚颜无耻地支使起来："把地给我扫了，再把灰抹了，马桶刷干净。"

支使完，他在水表旁边一蹲，聚精会神地盯着指针。

水表稍微一转他就吱哇乱叫："水不要钱的啊？你们用水我不要交钱的啊？！"

骂骂骂，骂骂骂。

给几个凶兽骂得直哭。

貔貅高兴得直拍手："对、对、对，哭一哭，哭一哭不就有水了？"

貔貅就是这般吝啬，雁过拔毛，就算"鬼"经过也得揪住吸两口阴气。

世间唯独运粪车一物能全须全尾地从貔貅面前开过去。

貔貅太抠门，从鸿蒙初辟寡到二十一世纪，好不容易找了个对象，长得好看，工作稳定，是个医生。

两人之所以能在一起，是因为某天貔貅因低血糖昏迷倒地，被救护车送往医院。

神兽体质原本强悍，奈何方圆百里的超市试吃员都学精了，一看见貔貅出没就把试吃藏起来假装无事发生。

这就断粮了。

貔貅饿得双眼精光爆闪，硬是找不到一家能蹭吃的超市。

再这样发展下去，可能要跨省蹭吃。

总之，貔貅饿昏迷了。

他在医院醒来，管床的是一个小医生，水灵灵、白嫩嫩，说他低血糖，给他打了份饭。

貔貅吃得狼吞虎咽，试图以身相许，好赖过饭钱和住院费。

小医生是个"颜控"，被外表非常英俊的貔貅蛊惑了。

小医生毕业不久，正是要爱情不考虑面包的年纪，于是事情就这样成了。

俩人在一起，貔貅天天去医院探班，卿卿我我，花前月下的。

乍一看，还挺甜蜜。

其实貔貅每次探班都惦记着往家里蹭点儿东西。

脱脂棉球、医用外科口罩、一次性手套、酒精……还去B超室蹭人家擦肚子用的耦合剂和手纸。

蹭来的东西也未必都有用，反正能蹭就蹭蹭，貔貅嘛，囤积癖。

喷消毒水的路过，他都过去蹭两喷头，给衣服杀杀菌。

口罩是日常最用得上的，尤其去超市蹭试吃时，不戴口罩不行，貔貅一个口罩论年戴，戴得都飞毛边了。

口罩磨得油亮、精薄，薄得透光，隔着一层口罩能看见嘴，打眼一瞅宛如特效。

小医生忍不住找好友哭诉。

好友本着"劝和不劝分"的原则哄道："这年头上哪找这么勤俭持家的男人去？"

小医生暴怒："他把我科室墙上挂的人体解剖图都蹭走了！"

好友："……"

小医生："还挂在他卧室墙上当壁画，你说他是不是有病？"

蹲在小医生办公室墙角蹭电的貔貅委屈兮兮："蹭都蹭回来了，不挂不是浪费了吗？"

小医生一扭头。

男朋友正捧着一堆花花绿绿的充电宝挨个充电。

小医生登时气不打一处来："闭嘴！！！"

貔貅拽拽小医生白白嫩嫩的手："别生气了，带你约会嘛。"

小医生斜眼睨他："去哪？"

貔貅小气兮兮地嘟囔："去公园散步还是压马路，你选。"

小医生意识到他们谈恋爱这么久，貔貅从来没花过一分钱。

可是小医生去貔貅家做过客的，貔貅家住独栋别墅，别墅里到处摆满了古董、名家真迹，跟不要钱似的，吴道子、八大山人、黄公望……貔貅名叫周步初，是个金融大鳄，这也是谈恋爱之后小医生才知道的。

这人哪可能缺钱呢？

只不过是自己不配被他好好对待罢了。

小医生心灰意冷，一把将病历本砸在貔貅脑袋上，扬长而去。

貔貅摸着崭新的病历本，扯着脖子喊："这本子你不要了呀？"

貔貅："那你不要我拿回去了啊？"占了便宜般摸着本子啧啧道，"这大白纸，能写不少字儿呢。"

小医生气得在医院走廊直蹦跶。

两人分手了。

一种异样的空虚感在貔貅体内蔓延。

从小医生科室顺来的人体解剖图挂在吴道子、八大山人、黄公望等名家的真迹之间。

舍不得揭下来。

这种空虚感比薅走他十个亿还令他痛苦……不，一百个亿。

为了缓解这种莫名其妙的空虚感，貔貅开始对小医生进行纠缠。

他无师自通地进行了一系列网文中所谓"追妻火葬场"的行动。

包括为了节省话费，每天溜到医院传达室，用内线电话疯狂轰炸小医生。

在医院几个出入口来回闪现，对上下班的小医生进行围追堵截。

身上穿着一件漆皮都剥落得七七八八的皮夹克，仗着脸长得太帅，任谁看了都以为是走"乞丐路线"的个性潮牌。

小医生忍无可忍："你知道我们真正的问题在哪吗？！"

终于把话说开了。

小医生想让他不再那么抠门。

貔貅被命中死穴。

回到家里，他冥思苦想，想起他们相处时的点点滴滴，翻着手机里他们的合影以及微信中的聊天记录。

貔貅觉得自己不能没有小医生。

凡人与神兽不一样，凡人盼望过上好的生活，不像貔貅，他的本性注定他只要能攒钱就很幸福。

于是他龇牙咧嘴地……剪脚趾甲和手指甲。

表情极度痛苦狰狞。

叮叮咣咣掉了一地金条。

貔貅捧着一堆金条去求复合。

小医生："谢谢，人格有被侮辱到。"

再次扬长而去。

非常虐。

貔貅急了。

按照"追妻火葬场"第一定律，渣男一般是要被虐身虐心的，这样对方才会回心转意。

如果客观条件虐不到身，也可以自己往自己腰子上来一刀。

貔貅六神无主，给小医生打电话，扬言要自断一臂以挽回这段感情。

小医生丝毫没有感动，反倒更加狂怒："你不要这么非主流好不好？！"

小医生："我们的问题根本就不是这个！"

貔貅："你不懂，我们的问题就是这个。"

小医生："……"

这种暴力偏执狂真的不能沾，今天敢剁自己，说不定明天就剁你。

拉黑了。

貔貅："……"

这"追妻火葬场"和他预想的不一样。

怎么追得越狠，火力越旺？

幸好貔貅身边也有明白人。

经过一番点拨，貔貅终于回过味儿了。

扬言断臂听起来真的很像一个精神病，要挽回爱情，他一定得做实事才行。

他成立了一家私人医院，每一分、每一角都花在心坎上，痛得滴血。

原来这就是虐身虐心。

医院建好了。

貔貅："你来当院长嘛。"

多年未见，好不容易被约出来的小医生："……"

震惊得说不出话。

貔貅冒着挨雷劈的风险泄露了一番天机，说出了自己的真实身份。

在皆大欢喜、破镜重圆之际，小医生开始和前男友约法三章。

小医生："还吃不吃剩饭剩菜啦？里面滋生了很多细菌的。"

貔貅："不吃，超市试吃也不吃了。"

小医生："试吃尝尝味道还是可以的嘛。"

貔貅点头如捣蒜："好。"

小医生："矿泉水瓶也不许重复用了，有毒的。"

貔貅一口应下："知道了，以后直接拿去卖废品。"

小医生："……"

小医生："不许再去医院蹭东西了，你自己家开的医院，蹭来蹭去不都是你的吗？"

貔貅小声嘟囔：“但是医用外科口罩真的很好用。”

小医生敲他的头。

敲了一通，又道：“好用你自己去买嘛。”

貔貅俊脸通红：“好。”

“对了，”貔貅想起来，“我家里有几个凶兽，免费帮我做家务的，你介意吗？”

“……”小医生噎了一下，“那还是介意的，我们医学生胆再大也是有限度的。”

貔貅叹气：“那我把他们都赶跑。”

小医生：“家务我们一起做不好吗？”

貔貅连连点头：“好的，好的。”

小医生：“以后还抠不抠门了？”

貔貅乖得像个孙子：“不抠门了，你可以剃我的头、刮我的腿毛、剪我的指甲……弄下来都会变成金条。”

小医生笑得眉眼弯起：“好，我偷偷的，趁你睡觉的时候。”

貔貅大大松了一口气。

从此，他过上了时不时被老婆“鬼剃头”的幸福生活。

（未完待续）